골초검

骨艸劍

끝초검 2

최필 新무협 판타지 장편 소설

초판 1쇄 찍은 날 § 2004년 4월 10일
초판 1쇄 펴낸 날 § 2004년 4월 20일

지은이 § 최필
펴낸이 § 서경석

편집장 § 문혜영
편집책임 § 유경화
편집 § 장상수 · 권민정
마케팅 § 정필 · 강양원 · 이선구 · 김규진 · 홍현경

펴낸곳 § 도서출판 청어람
등록번호 § 제1081-1-89호
등록일자 § 1999. 5. 31
어람번호 § 제2-0359호

주소 § 경기도 부천시 원미구 심곡1동 350-1 남성B/D 3F (우) 420-011
전화 § 032-656-4452 팩스 § 032-656-4453
http://www.chungeoram.com
E-mail § eoram99@chollian.net

ⓒ 최필, 2004

ISBN 89-5831-072-3 04810
ISBN 89-5831-070-7 (SET)

骨艸劍

고초검

최필 新무협 판타지 소설

Fantastic Oriental Heroes

2

一 신비검객(神秘劍客) 一

도서출판
청람

목

차

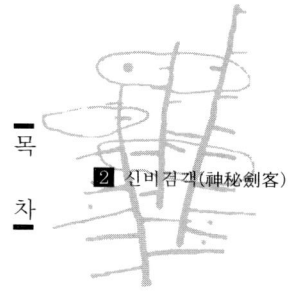

2 신비 검객(神秘劍客)

제1장

산산권, 맞짱 한번 뜰까?

죽림 속의 고요한 전각.

천검궁 후원에 자리 잡은 수룡각에 두 명의 노인이 마주 앉아 있다. 두 사람 사이에는 흑돌과 백돌로 반쯤 채워진 바둑판이 놓였지만 누구도 그곳에 눈길을 주지 않았다.

곤룡포를 입은 노인은 지그시 눈을 감은 채 입 안에 고인 차 맛을 음미하는 듯했고, 흑삼의 노인은 들창 너머 봄바람에 흔들리는 댓잎과 그 사이로 드러난 하늘에 눈길을 주고 있을 뿐이다.

[여추, 너무 고요하다고 생각지 않는가?]

혀를 굴려 입 안의 차 맛을 음미하던 칠 척 거구의 노인 역천휘가 전음을 보냈다.

연록의 찻물처럼 잔잔하게 귀를 적시는 전음이었다. 곤룡포 아래로 자연스럽게 흘러내린 백발과 골 깊은 주름, 부드러운 표정과 긴 손가락은 마치 악공(樂工)으로 늙어온 사람처럼 섬세했다.

여느 날과 마찬가지로 대나무 잎들에 갈라진 햇빛이 문풍지를 적셨다. 가끔씩 바람에 댓잎들이 흔들리며 기묘한 그림자를 만들어내고 있지만 뭔가 자연스럽지 않다.

[궁주, 제대로 은형술을 익힌 자들입니다. 댓잎보다 고요하게 정지되어 있지 않습니까. 왜국의 인자술에 관해 많은 이야기를 들어왔지만 이 정도로 완벽할 거라곤 미처 생각지 못했습니다. 하지만 궁주의 말씀처럼 지나치게 고요한 것이 오히려 옥의 티처럼 여겨집니다. 봄의 정취가 흐트러지고 있으니 말입니다.]

개세구로의 제일좌 여추가 표정을 갈무리한 채 전음으로 화답했다.

여추는 역천휘의 충복이자 지음(知音)으로 알려진 인물이다. 그는 지금 댓잎이 그림자를 만들어내는 미닫이문을 등지고 있으나, 맞은편 창문이 활짝 열려 있어 봄의 정경을 충분히 즐길 수 있는 위치에 앉았다.

[저들이 이곳에 잠입한 지 이미 두 시진이 지났네. 그대도 알고 있었는가?]

[하하, 아닙니다. 제가 저들을 감지한 지는 불과 반 시진 전입니다. 아무런 살기를 내뿜지 않기에 그저 묵묵히 궁주의 처분을 기다리고 있었을 뿐입니다.]

[음, 그래? 그렇다면 저들의 은형술은 정말 일품인 셈이군. 개세구로의 제일좌를 한 시진 반 동안이나 감쪽같이 속이고 있었으니 말이야. 그나저나 일검수는 참 묘한 시점에 모습을 드러냈군.]

흰 바둑 돌 하나를 집어 이제껏 비어 있던 천원(天元)에 내리꽂은 역천휘가 가볍게 한숨을 내쉬었다.

[아무래도 이번 입관 시험엔 많은 변수들이 있을 듯합니다. 저들의 동태가 심상치 않은 데다 일검수까지 모습을 드러냈으니 말입니다. 나름대로 철저히 대비를 하고 있지만 제 생각으로는 자를 수 있는 싹은 일찌감치 잘라내는 것이…….]

[풍뢰검을 이야기하는 것인가?]

[그렇습니다. 궁주 근처에 인자들을 배치할 정도면 그는 이미 모반의 의사를 적나라하게 드러낸 셈입니다. 자칫 입관 시험이 엉망으로 망가져 천검궁의 위상이 깎이는 것보다는 차라리 지금 단죄를 하시는 것이 낫지 않겠습니까?]

[글쎄.]

역천휘의 얼굴에 묘한 표정이 자리 잡기 시작했다.

그의 머리로는 두 사람의 초상이 그려지고 있었다. 풍뢰검(風雷劍) 황보검웅(皇甫劍雄), 그리고 일검수 류추영.

황보검웅은 천검궁의 제이인자로 부궁주의 자리에 오른 지난 십여 년간 크게 세력을 넓힌 인물이다. 원래는 오대세가의 하나인 황보가(家)의 인물이었으나 이십오 년 전 천검궁에 합류해 정파연합을 분쇄하는 데 크게 기여했다.

당시 삼십 대의 젊은 가주 황보검웅이 천검궁에 고개를 조아리고 들어온 일은 강호에 큰 충격을 안겨주었다. 황보세가는 오대세가 가운데서도 정의와 협행, 의리를 가장 존중하는 집안으로, 천검궁과는 같은 편에 설 수 없는 입장이었다. 하지만 정파연합 중 가장 먼저 천검궁에 백기를 들었다.

물론 일각에선 혜안을 지닌 황보검웅이 일찌감치 대세를 읽은 것이라는 평도 있었다. 어차피 당시 천검궁을 막기에 정파연합은 너무 나

약했다. 그러니 막지 못할 바엔 차라리 일찌감치 손을 들어 요직을 차지하는 게 현명한 처사였을지도 모른다. 황보검웅이 결국 천검궁의 제이인자로 등극했으니 그런 평가에도 일면 호응할 면이 없지 않다.

하지만 황보검웅에겐 어쩌면 그것보다 더 큰 목적이 있었는지도 모를 일이다. 적어도 최근 그의 행보를 주시하고 있는 역천휘로선 그런 생각을 떨칠 수 없었다.

황보검웅이 왜국 정벌을 계획하고, 몸소 그 일을 진행할 것을 자청했을 때부터 역천휘는 그를 더 이상 자신의 오른팔로 여기지 않았다.

왜국 정벌!

황보검웅이 부궁주의 자리에 앉은 지 삼 년 만에 세운 청사진이다. 물론 작은 섬나라라고는 해도 이미 국가의 틀을 잡고 있는 왜나라를 상대로 전쟁을 치르겠다는 의미가 아니다. 다만, 그곳에 천검궁의 지부를 두고 방대하게 가지를 뻗고 있는 무사 집단과 인자 집단들을 휘하에 거느리겠다는 포부를 드러낸 것에 불과하다. 적어도 천검궁에게 있어 이제 대륙은 너무 작은 우물이었으므로…….

칠 년이 지난 지금 황보검웅의 계획은 거의 사 할가량 달성되었다. 천검궁의 지부가 이미 왜나라에 세워졌고, 숱한 낭인과 인자들이 그 휘하에 들었다. 문제는 그들을 총감독하는 인물이 황보검웅인만큼 그의 입지가 너무 커졌다는 점이다. 적어도 왜국의 무사들에게 있어 황보검웅은 지존이다. 역천휘를 능가하는 지존.

그것은 최근 대륙으로 건너온 왜국 무사들의 태도에서 여실히 드러나고 있다. 그들은 비록 천검궁 왜국 지부의 무사들이지만 오로지 황보검웅의 지시만을 따르며, 그 외 누구와도 교류하지 않는다. 상황이 그렇다 보니 대륙으로 건너오는 왜국 무사들의 수가 늘면 늘수록 역천휘는 은근히 그들이 신경에 거슬렸다.

그렇다고 역천휘가 왜국의 무사나 인자들을 두려워하는 것은 아니다. 아무리 그들이 정예 무사들이라고는 해도 천검궁 자체를 뒤흔들 정도는 아니니까. 다만, 만에 하나라도 천검궁 실세들이 이미 황보검웅에게 포섭된 상황이라면 이야기는 달라진다. 그들이 모반을 일으킬 경우, 강호일통 이후 천검궁은 가장 큰 위기를 겪게 될 것이므로.

하지만 한편으론 그것이 역천휘가 바라는 상황인지도 모른다. 그 모반을 계기로 천검궁의 썩은 가지를 쳐낼 수 있을 테니까.

역천휘의 눈앞에 그려지는 또 하나의 초상.

차마 남들 앞에서 꺼내지 못한 이야기지만, 역천휘는 가끔 악몽에 시달린다. 일검수 류추영. 정파연합의 꺼지지 않는 불꽃!

이십여 년 전, 역천휘는 구수룡이라는 무명의 무사를 벰으로써 명실공히 천검궁의 천하를 이루었다. 그런데 묘하게도 바로 그날부터 가슴속에 하나의 두려움을 품게 되었다. 구수룡의 목을 벨 때 그의 고통이 자신에게 전이된 느낌을 받은 것이다.

이후 역천휘는 일검수의 검이 자신의 목을 가르고 지나가는 악몽에 시달렸다. 구수룡을 베던 순간 느꼈던 고통의 전이가 꿈속에서 부단히도 재현되었다. 사실상 재기 불가능해진 일검수를 오늘날까지 쫓는 이유도 그 때문이었다.

'황보검웅을 베기엔 아직 이르다. 썩은 가지들을 선별해야 하니까. 하지만 일검수가 모습을 드러냈다. 이제 질긴 악몽을 끊어낼 때가 온 것이다.'

지그시 눈을 감은 채 차 맛을 음미하던 역천휘가 두 눈을 번쩍 떴다. 그 순간, 이제껏 반상(盤上)에 미동도 없이 얹혀 있던 바둑돌들이 일제히 한 자가량의 높이로 떠올라 멈춰졌다. 반상에서 펼쳐지던 국면이 허공으로 자리를 옮긴 것이다.

"여추, 오늘 바둑은 비긴 것으로 하지."

"……?"

"조금 피곤하군."

"예? 아, 예. 알겠습니다, 궁주."

여추의 대답이 끝나자 역천휘가 두 손을 천천히 뻗어 태극의 문양을 만들어냈다.

"……!"

허공에 조밀하게 짜여졌던 바둑돌의 진세가 빠르게 회전하다가 백과 흑이 교묘히 뒤섞인 태극 모양으로 바뀌며 서서히 맴돌았다.

하지만 그것도 잠시, 역천휘가 허공으로 쌍수를 뻗자 바둑돌들이 일제히 천장을 향해 비산했다.

투두두둑—

천장엔 순식간에 백여 개의 희고 검은 바둑돌이 촘촘하게 박혀 버렸다.

'회천(回天).'

흑돌과 백돌이 어우러져 두 개의 글자를 만들어냈다.

호북성 의창 남진관의 나루.

장강삼협의 대구간이 끝나는 곳이니 만큼, 상춘객(賞春客)들의 발길이 계속 이어지고 있다. 물론 평소 같았으면 천검궁의 무사들만이 그들 상춘객들과 대비를 이루었겠지만, 요사이 사정이 달라졌다. 여러 부류의 무사들이 상춘객들의 틈바구니에 섞여 남진관의 나루로 들어서고 있다.

크고 작은 행상아치들은 모처럼의 대목을 놓칠세라 여기저기에 난전을 펼친 채 그들을 잡아끌었고, 기루의 호객꾼이나 식당의 점소이들은 아예 드잡이까지 하며 손님 유치에 혈안이 되었다.

하지만 어느 순간 그런 소란이 일시에 멎었다. 약 반 각 전에 배에서 내린 괴노인과 또 한 명의 준수한 청년 때문이었다.

한 명의 괴노인. 볼까지 길게 늘어진 눈썹이 주름과 검버섯투성이인 얼굴을 살짝 덮었고, 백태 낀 두 눈이 그 사이에 빼꼼하게 드러났다. 또 입은 얼마나 큰지, 웃을 때면 문둥이처럼 뭉개진 코와 합쳐져 얼굴을 반쯤 차지했다. 비교적 장신인 듯했으나 허리가 곱아 낫처럼 반쯤 꺾인 상태로 젊은이가 내민 지팡이에 의지해 힘겹게 몸을 지탱하고 있다.

그럼에도 불구하고 노인의 입에서는 벼락같은 노성이 쉴 새 없이 터져 나오는 중이다.

"이런 염병한 놈들. 이날 이때껏 고지기는 돈 내고 배 탄 적이 없다. 스님이 무슨 돈이 있다고 돈을 내냐? 석가족의 싯다르타가 깨달음을 얻어 붓다가 된 후 그를 따르는 모든 제자는 돈 안 내고 먹고 자는 것을 계율로 삼았느니라. 생각해 보거라, 이놈들. 그가 여우 같은 부인 야쇼다라와 토끼 같은 자식 라훌라를 버리고 나이 스물아홉에 생로병사로 고통받는 인간들을 구하기 위해 출가해 갠지스 강을 건널 때 과연 사공 놈들에게 돈을 주었을 것 같으냐? 또한 그가 마가다 국의 왕서성에서 선인 알라라칼라마와 우다카 라마푸타에게 무소유처정(無所有處定), 비상비비상처정(非想非非想處定)을 배울 때 수업료를 냈을 것 같으냐? 또한 보리수 아래에서 사색에 정진해 깨달음을 얻을 때 과연 자릿세를 냈겠느냐? 아귀 지옥 같던 이 땅에 부처의 자비가 자리 잡게 된 것은 싯다르타가 정각(正覺)을 얻기까지 돈 안 받고 밥 주고, 잠재워 주고, 배 태워준 숱한 조력자들이 있었기 때문이니라. 그런데 네놈들이 감히 대자대비한 부처의 제자들에게 돈을 받으려고 해? 이런 겨드랑이 터럭 수대로 몰매를 맞아 죽어 아귀 지옥에 떨어질 놈들. 썩 꺼지거라!"

"……?"

뱃삯을 받기 위해 길을 막고 있던 선원은 입을 헤벌린 채 주위를 두리번거렸다. 도대체 무슨 말인지, 어떻게 대처해야 할지 난감했으므로.

그때 노인 옆에 서 있던 청년이 천천히 입을 열었다.

"음회회회, 시주, 우리 큰스님은 소림의 역대 고승 중에서도 가장 존경받는 분으로, 세간에선 생불로 불리는 분입니다. 설법이 다소 난해하고 때로는 거칠어 언뜻 그 뜻을 이해하는 데 어려움이 있지만 집에 가서 곰곰이 생각하면 가슴에 꽉꽉 꽂히는 금과옥조임을 깨닫게 될 것입니다. 자, 오늘 천운이 닿아 생불 고지기 스님과 수제자 류성검을 만나 가르침을 받았으니 삼배를 올린 후 정중하게 길을 여십시오."

고지기와 류성검. 숭산을 떠난 그들은 여기저기 명승 유적지만을 골라서 도망 다니다가 결국 이곳 남진관까지 다다랐다. 화향검과의 약속대로 천검궁의 입관 시험에 참가하기 위해서였다.

그런데 사소한 문제가 생기고 말았다. 장강삼협의 장관들을 구경하기 위해 배를 탔는데, 그만 뱃삯을 내야 한다는 사실을 잊고 돈을 준비하지 않은 것이다.

물론 이곳까지 오는 동안 밥을 먹고 잠을 자면서 돈을 낸 적은 단 한 번도 없다. 돈을 내야 할 시점에서 늘 뛰어난 경신술로 삼십육계 줄행랑 하거나 지금처럼 억지를 써서 버텼다. 가끔은 차력에 버금가는 류

성검의 무공으로 장사치들을 위협하기도 했다. 그러다 보니 이젠 아예 돈이 왜 필요한지를 잊는 지경에 다다랐다.

하지만 이번만큼은 호락호락하지 않을 듯싶었다. 배를 타는 것까지는 좋았으나 상대를 잘못 골랐다. 그들이 타고 온 배가 하필이면 과거 장강수로십팔채 가운데서도 이름을 떨치던 화룡방 소속이었으니까.

화룡방의 전신은 화룡제일채(火龍第一寨)로, 장강수로십팔채 시절에는 꽤나 악명 높은 수채였다. 하지만 장여룡이란 자가 채주가 되면서부터 수적질 대신 장강을 중심으로 한 물자 운송, 선박 임대 등 정상적인 사업체로 변모하기 시작했다.

물론 그런 일에도 무력이 배제될 수는 없는 일이었다. 게다가 수적질 할 때의 근성이 남아서 싸움을 즐겼다. 화룡제일채에서 화룡방으로 바뀐 후에도 우두머리를 여전히 채주로 칭하는 것만 보아도 그들의 기질을 짐작할 수 있다. 어쨌거나 화룡방은 근 몇백여 년간 장강 일대를 주름잡아 온 거대 세력이다.

그런데 강호 사정에 어두운 성검과 고지기는 지금 그들을 상대로 억지를 부리고 있는 중이다.

"헤헤, 모처럼 재미있는 놈들을 만났군. 소림의 땡중들이 겁도 없이 화룡방을 상대로 돈을 떼먹겠단 말이지? 으헤헤, 씨도 안 먹힐 소리. 석가모니 죽은 지가 언젠데 아직도 그 이름을 팔아먹고 다니냔 말이지. 요놈의 중놈들, 오늘 제대로 걸렸는지 알아라. 나 산산권(散山拳) 염자방이 네놈들에게 화룡방의 법도를 가르쳐 주겠단 말입지."

"……?"

느닷없는 목소리에 고지기와 류성검의 고개가 천천히 좌측으로 돌아갔다. 성검의 입에서 나직한 탄성이 흘러나온 것도 그 순간이다.

"이야아ㅡ"

"무, 무슨 일이냐, 성검아?"

계절이 변하는 사이 시력을 완전히 잃어버린 고지기가 본능적으로 성검의 소맷자락을 잡아당기며 켕기는 음성으로 물었다.

"괴, 괴물입니다."

성검은 두 눈을 동그랗게 뜬 채 낮게 중얼거렸다.

산산권 염자방! 칠 척 거구의 장년으로, 벗어 젖힌 웃통이 온통 곱슬곱슬한 털로 뒤덮였다. 머리도 곱슬이어서 산발한 머리를 그대로 늘어뜨렸음에도 어깨에 간신히 닿을 정도다.

하지만 무엇보다 눈에 띄는 것은 역삼각을 이룬 상체에서 실뱀처럼 꿈틀거리는 근육덩어리들이다. 손에는 족히 백 근은 나감 직한 닻과 그것에 이어진 쇠사슬이 들려 있다. 작은 배 한 척은 꼼짝달싹 못하게 바다 한가운데에 묶어둘 만한 크기의 닻이다.

염자방은 원래 화룡방의 책사다. 하지만 말이 책사지 일자무식이다. 책사란 그저 채주 장여룡이 화룡방 제일의 싸움꾼인 자방에게 적당한 직책을 주기 위해 마련한 자리에 불과했다.

사실, 책사란 직책에는 무엇보다 지략이 필요하다. 그런데 염자방은 다소 모자란 편이었다. 그럼에도 일단 타 방파와 싸움이 일어났다 하면 염자방의 힘이 절대적으로 필요했다. 그는 일당백의 역발산기개세니까.

염자방은 오늘도 나루터를 어슬렁거리다가 마침 건수를 발견하고 곧장 달려왔다. 이런 일에 나서는 것이 책사의 본분이라고 믿는 그였으니 당연한 일이다.

"흐헤헤, 이놈들, 돈 내! 안 내면 내 파암묘(破岩錨)가 네놈들 대가리를 가루로 만들어놓을 게야."

염자방이 닻을 휘휘 돌리며 으름장을 놓았다.

묵직한 닻이 괴이한 바람 소리를 내며 휘휘 돌자 깜짝 놀란 구경꾼들이 뒤로 물러서기 시작했다.

하지만 이제껏 놀란 표정을 짓던 성검이 갑자기 배시시 웃기 시작했다.

"돈? 우리 그런 거 정말 없는데?"

"뭐? 이런 염병할! 소림사 땡중 놈들이 뭘 믿고 까부는 거지? 천검궁 내에서도 우리 화룡방의 서열이 소림사보다는 높아. 해마다 바치는 세금이 얼마나 많은데. 게다가 이건 네놈들이 무조건 잘못한 거니까 맞아 죽어도 할 말이 없어. 헤헤, 그러니까 돈 없으면 속 편하게 맞아 죽어!"

"음회회회, 사실, 너를 처음 보는 순간부터 한번 붙어보고 싶었어. 긴말이 필요없잖아? 어디 한번 들어와 봐!"

성검은 말아 쥔 주먹을 슬쩍 뒤로 빼며 심드렁하게 말했다.

"……?"

"왜, 중놈 손에 맞아 죽을까 봐 겁나냐?"

"파, 파하하하! 이런 염병, 쪽팔리게 파암묘를 휘두를 수도 없게 됐군. 좋아, 나 염자방의 산산권으로 네놈 뼈마디를 가루로 만들어주지."

염자방은 파암묘라는 닻을 아무렇게나 내던진 후 주먹을 불끈 쥐었다.

성검과 염자방의 눈에서 치지직 불길이 타올랐다. 그것도 잠시,

"간다, 초장박살 산산권!"

"파산일권(破山一拳)!"

두 개의 주먹이 기함할 기세로 마주쳐 갔고, 정확히 한 지점에서 부딪쳤다.

우두두득.

"……!"

"……!"

마치 뼈가 갈리는 듯한 소리가 났으나 성검도 염자방도 뒤로 밀리지 않았다. 주먹과 주먹이 찰싹 달라붙은 가운데 두 사람의 표정이 묘하게 일그러졌을 뿐이다.

"이런 우라질!"

"끄아아아—"

성검과 염자방은 주먹을 감싸 쥔 채 다급히 서로에게서 떨어져 나갔다.

"곰 같은 놈이 제법이군?"

"네, 네놈 참을성도 대단하구나. 분명히 주먹뼈가 가루가 되는 소리가 들렸는데……."

"음회회회, 미련한 놈. 그게 누구 주먹에서 난 소릴까?"

"뭐?"

염자방이 뭔가 불길하다는 표정으로 주먹을 쳐들어 멀뚱히 쳐다보았다.

"서, 설마……."

"그래, 네놈 주먹도 대단했지만 나 류성검의 파산일권에 비하면 새 발의 피야. 음회회, 자, 어디 왼주먹으로도 한번 붙어볼래?"

성검이 씨익 웃으며 조롱하듯 말했다.

하지만 퉁퉁 부어오른 주먹을 등 뒤로 뻗어 왼손으로 열심히 주물러

대면서 속으로 투덜거리는 것도 잊지 않았다.

'젠장, 꼭 망치에 찍힌 느낌이잖아. 이건 사람 주먹이 아니라 숫제 곰 발바닥이군. 막판에 기를 운용해 다급하게 격산타우의 수법을 쓰지 않았다면 정말 가루가 됐겠는걸? 음회회, 그나저나 미련하게 생긴 게 주먹도 세고… 제법 마음에 드는걸? 향후, 지존이 되기 위해선 중용할 만한 놈이야.'

이런저런 생각을 이어가는데, 염자방의 표정이 일변했다.

"이런 썩을! 이 중놈이 정말 사람 치네? 그래, 염자방이 얼마나 독종인지 보여주고 말 테다. 제법 무공 좀 배운 모양인데, 상관없어! 오늘 중으로 네놈을 두 쪽 내지 못하면 네놈 아들이 내 아비다! 이놈, 죽어라아─"

바닥에 늘어뜨려졌던 사슬 달린 닻이 쏜살같이 성검을 향해 뻗어 나갔다.

"이크─"

성검은 퇴법을 펼쳐 가볍게 사슬을 피하면서 장난스레 놀란 척을 했다.

염자방의 공격은 결코 가벼운 게 아니었지만 미친 초자영을 피해 다니며 익힌 신법이 몸에 밴 성검이다. 눈에 보이는 사슬을 피하지 못할 리 없다.

하지만 염자방의 공격은 신법만으로 상대하기엔 다소 곤란한 구석이 있었다. 그는 머리가 나쁜 만큼 무식하고 외곬이었으므로.

"피했어? 그래, 오늘 달 뜰 때까지 한번 피해봐라, 이놈!"

쇄애액─

콰콰콰콰쾅─

파공성에 이어 닻이 땅에 부딪치며 나는 폭음, 쉴 새 없이 터져 나오는 욕설로 나루터는 금세 아수라장이 되어갔다.

성검과의 싸움이 길어지면 길어질수록 구경꾼이 늘어났고, 기어코는 그곳의 치안을 담당하는 천검궁의 무사들과 화룡방의 식술들까지 빽빽하게 모여들게 되었다.

"형님, 좀 더 화끈하게 밀어붙이세요!"

"하하, 화룡방의 염 책사답지 않게 왜 그렇게 계집애처럼 구는 거지? 이거 실망이군. 그래도 천검궁 산하 단체 중에선 화룡방 염 책사가 천하제일장산 줄 알았는데 말이야."

"헤헤, 염 책사가 어젯밤에 제법 무리를 한 모양이야?"

싸움을 지켜보던 화룡방과 천검궁의 무사들이 중구난방으로 떠들며 슬슬 염자방의 염장을 질렀다. 인간이 워낙 미련하다 보니 조금만 불을 지피면 화끈하게 달아오른다는 것을 잘 알고 있었기 때문이다.

2

"헥헥, 에라, 이 싸가지없는 중놈! 한 대만 맞아주면 어디가 덧나냐?"

"음회회회, 그걸 말이라고 하냐, 미련한 놈. 너 같으면 그 무식한 쇳덩이에 맞고 싶겠냔 말이지."

"쥐새끼 같은 놈. 헥헥, 좋아, 그럼 내가 네 대 맞아줄 테니까 딱 한 대만 때리게 해주라, 응?"

"······!"

절묘한 신법으로 닻을 피해 다니던 성검이 갑자기 걸음을 딱 멈췄다. 제법 솔깃한 제안이었다.

"음회회! 미련한 놈. 정말이냐?"

"헥헥, 나 염자방 한 입으로 두말하는 것을 잔소리로 아는 사람이다."

닻을 내린 염자방이 그 자리에 털썩 주저앉으며 가쁜 숨을 몰아쉬었다.

"내가 먼저 때리는 거지?"

"좋을 대로 해."

"그런데 만약에 네가 내 주먹을 못 견뎌내고 쓰러지면 어떻게 하니? 네놈도 내 주먹맛을 봤으니 내가 얼마나 장사인지 잘 알 거 아니냐."

"푸헤헤, 염병! 나 염자방이 다른 건 몰라도 맷집 하나는 천하제일이다. 어려서 종살이 할 때부터 쇠방망이에 길들여져 왔거든. 네놈 주먹도 쓸 만했지만, 결코 나를 쓰러뜨리지는 못해. 만에 하나, 네놈이 나를 쓰러뜨리면 그 순간부터 내가 널 형님으로 모시지."

"음회회회, 정말?"

성검의 얼굴로 한줄기 미소가 스쳐 지나갔다.

잠시 후, 어수선한 가운데 반경 이 장가량의 원이 생겼다. 염자방과 성검이 마주 선 곳을 중심으로 구경꾼들이 빙 둘러선 것이다.

솔직히 성검으로선 가소롭기 그지없는 내기였다.

선이 곱고 준수한 외모에 피부까지 뽀얘서 언뜻 약골로 보이지만 성검은 그 수준을 가늠할 수 없는 무림고수다. 마음만 먹었다면 진작에 염자방을 쓰러뜨릴 수도 있었다. 그런데 그런 성검의 주먹을 네 대씩이나 자청하다니.

"자, 준비는 됐겠지?"

방긋 웃으며 한 마디 던진 성검. 도대체 어딜 어떻게 때리고 몇 번째 주먹에서 마무리 지을까 고민하지 않을 수 없었다.

"염병, 준비는 무슨… 얼굴만 빼놓고 아무 데나 때려도 상관없으니까 빨리 끝내자."

염자방이 가소롭지 않다는 듯 내뱉은 후 어금니를 앙다물었다.

"정말 견딜 수 있겠니?"

"그놈 참 말 많……."

픽—

"끄아아— 야, 야비한 놈!"

앙다물었던 어금니를 벌리는 순간 성검의 주먹이 날아들었고, 그것은 정확히 복부에 꽂혔다. 천하제일 맷집 장사인 염자방으로서도 눈앞이 아찔한 순간이었다.

염자방은 복부를 거머쥔 채 풀썩 그 자리에 주저앉았다. 마치 쇠망치에 가격당한 것처럼 온몸에서 힘이 쪽 빠져나갔다.

하지만 염자방도 허튼소리를 하는 위인은 아니었다.

"끄응, 어쨌든 세 방 남았다."

푸르르 몸을 떨며 일어선 염자방이 다시 어금니를 앙다문 채 성검을 뚫어져라 노려보았다.

"음회회회, 정말 곰 같은 놈이군. 내 주먹에 정통으로 맞고도 다시 일어선 걸 보면 말이야. 하지만 횟수가 늘어날수록 내 주먹의 강도도 세진다는 것을 알아둬라. 어때, 더 버틸 수 있겠냐?"

"잔말 말고……."

퍽―

"끄, 끄아아아―"

염자방은 이번에도 질문에 충실하게 대답하기 위해 입을 벌렸다가 불의의 일격을 허용하고 말았다. 그럼에도 불구하고 그는 몸을 비틀거리며 다시 벌떡 일어섰다.

"컥, 커흐흡. 저, 정말 치사한 녀석이군. 자, 이제 두 방 남았다."

"……!"

"이젠 절대 입 안 열 거야. 빨리 때려!"

"이야, 정말 대단한걸? 상당한 외공이야. 도검불침의 금강지체, 수화불침의 불괴지체까지는 아니더라도 가히 인간의 한계를 벗어난 몸뚱이란 말일지. 하지만 괜히 미련 떨지 말고 이번엔 일어서지 마라. 다 너 곰탱이를 위해서 하는 말이야."

성검은 왼손으로 오른 주먹을 말아 쥔 채 상체를 뒤로 비틀어 회심의 일격을 준비했다.

솔직히 성검으로서도 체면을 생각해 이쯤에서 염자방을 쓰러뜨려야 했다. 최소한 하루 정도는 혼수상태에 빠지게 만들어놓아야 아우 삼은 다음에도 확실하게 부려먹을 수 있다는 판단이 섰다.

"자, 간다아―"

쿵!

마치 거대한 충차(衝車)가 굳게 닫힌 성문을 깨부수는 듯한 굉음이 일었다.

그 순간, 염자방의 표정이 납빛으로 굳어졌다. 그리고 잠시의 시간차를 두고 그의 입에서 바람이 새어 나가는 듯한 소리가 들려왔다.

"흐어어."

하지만 정작 놀란 것은 성검이었다.

전신공력은 아니더라도 상당한 힘을 실어 일권을 내질렀음에도 염자방은 한 발짝도 물러서지 않은 채 천근추의 수법으로 바닥에 반 자 가량의 족흔을 남겼을 뿐이다. 게다가 어찌 된 일인지 염자방의 복부에 꽂힌 주먹이 접착제로 달라붙기라도 한 것처럼 한동안 떨어지지 않았다.

"헤헤, 이제 한 방 남았다."

씹어뱉듯 말한 염자방이 날숨을 내쉬며 복근을 튕겨냈다.

"허억—"

성검의 입에서 당혹성이 새어 나왔다.

태극기공을 복근으로 펼쳐 낸 게 아닌가 싶을 만큼 알 수 없는 힘이 부드럽게 내장을 울리며 물결처럼 전신을 휩쓸어갔다.

그러고 보니 복부에 꽂힌 주먹을 잡아끈 것도 무당 태극구공의 수법과 비슷하다는 생각이 스쳤다.

"곰도 구르는 재주가 있다더니 꼴에 별 기술을 다 익혔군."

서너 걸음 뒤로 밀려났던 성검이 부르르, 몸을 떨며 염자방을 빤히 쳐다보았다.

"헤헤, 내공이면 내공, 외공이면 외공. 어디 한 군데 꿀릴 데가 없는 실력이지. 화룡방의 책사 자리가 거저 주워지는 게 아니다, 이놈."

"음회회회, 책사? 화룡방인지 뭔지 하는 잡방에는 꼴통들만 있나 보지? 너 같은 곰딴지가 그런 자리를 차지하고 있다니 말이야. 자, 아직 한 방이 더 남았지?"

"헤헤, 두 방이지. 네놈이 그 계집애 같은 주먹을 날린 후엔 나 염자방의 산산권이 네놈 뼈다귀를 아작 낼 테니 말이다."

이번에도 두 사내의 눈에서 치지직 불꽃이 튀었다.

한편, 성검과 염자방의 주먹 싸움을 지켜보던 구경꾼들도 달아오를 대로 달아올랐다. 이제껏 숱한 눈요깃거리를 만들어냈던 염자방이 오늘 맷집의 진수를 보여주고 있으니 당연한 일이다.

"모처럼 좋은 구경하는군."

"역시 염자방이야. 저 친구는 차력을 했어도 성공했을 거야. 저게 바위지 어디 사람 몸뚱이인가 말이야. 저 젊은이가 계집애처럼 생겨먹었어도 힘깨나 쓸 것 같은데 꿈쩍도 안 하잖아. 아까 일권을 내지를 땐 통나무 쪼개지는 소리가 나지 않았냔 말이지."

"당연하지. 괜히 염자방인가? 닭 같은 머리에 곰 같은 몸뚱이를 자랑하는 천하의 꼴통이잖아. 저 친구는 무산의 전설적인 흑곰하고 맞짱을 떠도 전혀 안 끓릴 거야."

구경꾼들은 팔짱을 끼거나 턱을 괸 채 고개를 끄덕이며 한마디씩 내뱉었다. 한쪽에선 누가 이길지 돈을 거는 이들까지 생겨났다.

"자, 괜히 혀 깨무는 수가 있으니까 어금니 꼭 물고 배에 잔뜩 힘을 줘라. 그리고 어느 쪽으로 넘어져야 덜 아프게 넘어질지도 미리 생각해 두는 게 좋을 게야."

성검이 손가락 마디를 뚝뚝 꺾어가며 눈에 잔뜩 힘을 주었다.

하지만 웬일인지 염자방은 아무 대꾸도 없이 기마 자세를 취한 채 살짝 두 눈을 감고 있을 뿐이다.

'흥! 야비한 놈. 이번에도 내가 대답할 때 기습적으로 때리려고 하는 거지? 나 염자방, 두 번 속지 세 번은 안 속는다.'

'어쭈, 자세 죽이는데. 하지만 임자 잘못 만났다. 한 나흘 동안 뒷간도 못 가게 확실히 손써주지. 가만, 그런데 정말 고민되는군. 워낙 괴물 같은 놈이라 힘을 어느 정도로 조율해야 할지 감이 안 잡히네. 너무 세게 때리면 장 파열로 죽을 수도 있고, 인정 봐주면서 때리자니 재수 없으면 한 대 얻어맞을 수도 있겠고… 에라, 모르겠다. 마지막 한 방인데 손속에 사정을 둘 처지가 아니지. 죽고 살고는 저놈 팔자야.'

생각을 굳힌 성검은 두 눈을 질끈 감았다. 그리고 대략 팔성의 공력이 담긴 쌍수를 천천히 뒤로 젖혔다. 그 정도로도 바윗덩어리 하나쯤은 거뜬히 박살 낼 자신이 있었다.

"미안하다, 곰탱이!"

스팟—

태산이라도 쪼개 버릴 듯한 쌍장이 바람을 가르며 쏜살같이 뻗어 나갔다. 염자방이 제아무리 천하제일 맷집이래도 도저히 버텨낼 수 없는 힘이다. 하지만……

퍼—

예상했던 것보다 훨씬 미약한 격타음이 울렸을 뿐이다. 아니, 그조차도 환청이었을지 모른다. 성검의 쌍수는 채 염자방의 복부에 꽂히지도 않은 채 멈춰 있었으니까.

그런데 놀라운 일이 벌어졌다. 이제껏 거목처럼 버티고 섰던 염자방이 두 눈을 하얗게 까뒤집은 채 그대로 쿵, 바닥을 울리며 나동그라진 것이다.

'헤헤, 이게 바로 무당의 면장공이지. 종이를 찢지 않은 채 그 뒤의 벽을 허물어 버리는 신비한 힘. 그게 바로 기(氣)라는 것이다.'

한쪽 눈을 살짝 치떠서 염자방이 쓰러진 것을 확인한 후에야 성검은 비로소 안도의 한숨을 내쉬었다.

이에는 이, 기에는 기. 성검은 방금 전 염자방의 기술이 유능제강(柔

能制剛)의 원리에 바탕을 두었다는 점을 염두에 두고, 그것을 파훼할 공격법으로 면장공을 선택했다.

"와아아, 천하제일 맷집 염자방이 쓰러졌다!"

"염자방의 전설이 깨지다니 이런 어처구니없는 일이……."

"하하, 화룡방이 벌컥 뒤집히겠군."

구경꾼들의 입에서 연신 탄성이 쏟아져 나왔다.

하지만 그것도 잠시, 이제껏 구경꾼들 틈바구니에 섞여 있던 화룡방의 무사들이 일제히 튀어나와 염자방을 에워싼 채 성검을 매섭게 노려보기 시작했다.

"저놈이 염 책사를 쓰러뜨렸다. 이건 전쟁이다!"

"화룡방의 명예를 걸고 저놈을 족치자아—"

"소림이 전쟁을 포고했다. 너희는 어서 가서 방에 이 사실을 고해라. 이제 반 각 대기조가 가동하고, 남진관 전체에 계엄령이 선포될 것이다. 이 시간 이후, 한 척의 배도 나루를 벗어날 수 없다."

"이쒸, 그건 나중 일이고 우선 저놈을 족쳐라아—"

중구난방으로 떠들어대던 무사들이 결국 하나로 뜻을 모은 후 분연히 일어섰다.

족히 오십여 명에 이르는 숫자다. 그것도 검과 도, 철봉, 쇠사슬 따위로 중무장했다. 아무리 염자방을 쓰러뜨린 자라 해도 쪽수로 밀어붙이면 별수없다. 적어도 그들의 생각은 그랬다.

"와아아아—"

"무조건 깔아뭉개라아—"

나루터는 순식간에 아수라장으로 변했고, 성검은 사방에서 날아드는 무기를 피해 다니며 일권 일장으로 그들을 상대해 나갔다.

염자방이 쓰러짐으로써 싸움 구경이 끝나게 된 것을 아쉬워하던 구경꾼들은 다시 환호했다. 그중에는 천검궁의 무사들도 상당수 있었다. 비록 화룡방이 천검궁의 휘하에 있으나, 지금 벌어지고 있는 싸움은 어디까지나 화룡방의 싸움이다. 천검궁 무사들은 팔짱이나 낀 채 지켜보면 그만이다.

펙, 펙, 퍼퍽!

성검의 주먹이 뻗어 나갈 때마다 화룡방 무사들이 쿵쿵 나가떨어졌다. 벌 떼처럼 모여들던 그들도 어디서 어떻게 뻗어 나오는지 알 수 없는 주먹에 점차 두려움을 느꼈는지 서서히 성검과의 거리를 넓혀 나갔다.

"그럴 땐 왼쪽 옆구리를 때려야지!"

"이야아, 저게 사람이야, 새야?"

시야가 가려 제대로 싸움을 지켜보지 못했던 구경꾼들이 다시 성검의 일권 일장에 환호하기 시작했다. 하지만…….

"성검아, 밥 먹고 하자. 이놈. 나 배고파 죽겠다아—"

구경꾼들 틈새에 끼어 할딱거리던 고지기가 고래고래 소리를 내질렀다.

3

송죽루(松竹樓). 남진관에서 제일가는 기루다.

굽이쳐 흐르는 장강이 한눈에 내려다보이는 언덕 솔밭에 자리 잡았으며, 세 가지로 유명하다. 첫째는 풍경, 둘째는 죽엽청, 셋째는 솔밭을 스쳐 지나가는 바람이다.

풍경은 눈을, 죽엽청은 혀를, 솔숲의 바람은 코를 즐겁게 한다. 하지만 그것은 풍류를 즐기는 일부 한량들의 입에서 흘러나온 대사고, 기실 많은 손님들이 꼬이는 이유는 하나다.

송죽루의 기녀들은 화끈했다.

"헤헤, 형님. 마음에 드는 아이로 고르십시오. 오늘 이 아우가 확실히 쏘겠습니다."

여덟 명의 기녀가 방 안에 들어서자 염자방이 배시시 웃으며 말했다.

"……!"

'마, 맙소사. 정말 감칠맛 나는군.'

성검은 벌어진 입을 다물지 못한 채 엉덩이를 들썩거렸다.

'음회회, 환장할 일이군.'

물론 무불사에서 숱하게 보아온 것이 치마 두른 시주들이지만 지금 눈앞에 서 있는 기녀들과는 결코, 단연코 비교할 수 없는 수준이었다.

솔직히 여자를 여자로 만드는 데 조물주가 기여하는 몫은 오 할에 불과하다. 나머지는 뼈를 깎는 고통으로 익힌 변장술, 생사를 건 몸매 관리, 빛의 조도를 연구해 익힌 위치 선정 능력 등 끊임없는 자기 개발이다.

그런 점에서 볼 때 송죽루의 기녀들은 그야말로 고수들이었다.

몸매는 버들강아지처럼 호리호리, 야들야들했고 빛을 잘 받아 화장발이 더욱 빛났다. 게다가 슬쩍 고개를 비틀거나 손가락 하나 움직이는 따위의 사소한 행동들에서도 교태미가 뚝뚝 떨어졌다. 손대면 톡

하고 터질 것만 같은 봉선화라고나 할까?

"아, 아우가 확실히 쏘겠다면 나는 예의상 처절하게 맞아줘야겠군. 음회회회!"

소매로 입가의 침을 스윽 닦아낸 성검이 다시 몽롱한 눈으로 기녀들을 쳐다보았다.

나루터에서 푸닥거리를 한 후 성검과 염자방은 의형제를 맺었다. 나이야 염자방이 십 년 정도 연상이었지만 약속대로 성검이 형을 먹기로 했다.

"성검아, 밥은 언제 나오냐?"

한쪽 구석에 처박혀 발가락을 만지작거리던 고지기가 뚱한 음성으로 물었다.

작년까지만 해도 취봉접처럼 늙어 비틀어진 할망구에게까지 음탕한 마음을 품던 고지기다. 하지만 급격히 쇠해진 기력 때문인지 그는 영 마음이 동하지 않았다. 그저 건전하게 밥이나 먹었으면 하는 바람을 지녔을 뿐이다.

"스님, 분위기 깨려거든 밖에 나가서 국수나 드세요."

기녀들의 향수 냄새에 코를 벌름거리던 성검이 싸늘한 음성으로 대답했다.

"응? 앞도 안 보이는 늙은이 혼자 어딜 가냐. 마침 계집들도 남아도는 모양인데 빨리 밥 시켜서 떠먹여 달래야지."

"……."

성검은 잠시 곱지 않은 시선으로 고지기를 쳐다보았다. 아무리 봐도 강호일통에 손톱만큼도 보탬이 안 될 늙은이다. 그렇다고 내다 버릴 수도 없고.

"헤헤, 형님. 신경 쓰지 마십시오. 안주 시키면서 국수나 한 그릇 더 내오라 하면 되는 일 아닙니까. 그나저나 쟤네 둘은 금(琴)을 잘 타고, 쟤네 넷은 각각 시(詩), 서(書), 화(畵), 가(歌)에 능합니다. 그리고 이쪽 두 아이는 춤에 능하지요. 누가 제일 마음에 드십니까? 하나로 부족하면 둘을 고르셔도 되구요."

"으응? 아, 음회회, 내가 춤을 좀 좋아하는 편이지."

'젠장, 금시서화가무(琴詩書畵歌舞)가 다 무슨 소용이야. 여자는 자고로 얼굴만 이쁘면 돼. 양귀비가 뭐 음주가무 시서화(詩書畵)에 능해서 역사에 이름을 남겼는지 알아? 다 얼굴이 반반하고 밤일에 능해서 그렇게 된 거라구. 음회회, 사실 여덟 명 다 내 옆에 앉히고 싶지만, 그럼 너무 속 보이잖아? 그나마 춤 잘 춘다는 저 두 아이가 그중 제일 예쁘군.'

춤의 하늘 천 땅 지도 모르는 성검이지만 예쁜 건 알아서 잽싸게 기녀 두 명을 찍었다.

"하하, 역시 풍류를 아는 한량이십니다. 자, 너희 두 명은 냉큼 형님 옆으로 앉거라. 그리고 춤을 추려면 가락이 있어야지? 너 금회(琴姬)는 내 옆에 앉고, 묵향(墨香)이는 붓 대신 젓가락을 잡으면 되겠구나. 여기 눈먼 스님을 위해서 국수라도 떠 넣어주어야 하니까. 헤헤."

기루의 단골인지, 염자방은 기녀들 하나하나를 꿰고 있었다. 일단 성검이 짝을 고르자 일사천리로 자리 정렬을 끝낸 후 나머지 기녀들은 내보냈다.

"호호, 소녀 화접몽(花蝶夢), 대협을 모시게 되어 영광입니다."

"소녀 매란(梅蘭), 오늘 확실하게 서방님을 모시겠습니다."

무희 두 명이 성검의 좌우로 포진하며 찰싹 안겨들었다.

춤 실력이야 알 수 없지만 일단 자세가 됐다. 벌써부터 성검의 입이 함지박만하게 벌어졌으니까.

술이 몇 순배 돌고, 시시각각 향기로운 술과 안주가 갈리는 사이 성검은 점차 대담해졌다. 처음엔 체면을 생각해 화접몽, 매란 등과 술잔이나 돌렸지만 일단 술기운이 심장을 적시자 무불사 사미승의 본색이 드러나기 시작한 것이다.

"음회회회, 매란이, 너는 정말 이쁘구나. 어라, 그런데 어딘가 좀 아쉽군?"

"어머, 그게 무슨 말씀이세요? 그래도 이 기루에선 제가 제일 반반한데……."

"음회회, 누가 뭐라던. 그저 안색이 창백해 보여서 그러지. 이 오라비가 한때 의술을 공부한 바 있느니라. 사부님께선 늘 나를 보시며 화타가 울고 갈 명의(名醫)의 자질을 지녔다 하셨지. 음, 오늘 인연이 닿아 만나게 되었으니 널 위해 의술을 펼칠까 하는데… 음회회, 혹 평소 가슴이 답답하지는 않더냐?"

"호호, 서방님은 무공이 뛰어나시다더니 의술에도 정말 조예가 깊은가 봐요? 호호, 사실 밤마다 가슴이 답답한 게 옆구리도 허전하고……."

성검의 느물거리는 말투에 매란은 금세 그 의중을 파악하고는 찰싹 몸을 안겨왔다. 그 정도가 아니다. 선수답게 아예 성검의 손을 잡아끌어 저고리 안으로 쑥 집어넣었다.

물컹―

'허억, 이거 진도가 너무 빠른 건 아닌지 모르겠군. 하지만 이 아이의 투철한 직업 의식을 무시할 수도 없는 거고…….'

무불사의 색승 심공에게 숱한 이론 교육을 받았음에도 성검은 잠시 몸이 굳어지는 것을 느꼈다.

사실, 이런 순간을 위해 만들어진 몸이지만 막상 실전에 돌입하자 정신이 아찔해졌다. 무엇보다 큰 차이는 돈을 받고 하는 것과 돈을 주고 하는 것의 차이랄까?

성검은 철저하게 먹고살기 위한 수단으로 색(色)을 이해해 왔지, 지금처럼 향유하는 입장에 대해선 생각해 본 적도 배운 바도 없었다. 그 차이가 얼마간 그를 혼란스럽게 하고 있는 것이다.

하지만 매란은 적극적으로 성검의 손길을 이끌었고, 그것은 또 화접몽의 경쟁심을 부추겼다.

"아이, 어지러워라. 이상하네. 오늘 따라 술기운이 도는 게… 서방님, 잠깐 어깨 좀 빌려도 되지요?"

화접몽이 성검의 어깨에 고개를 살짝 걸치며 왼손으론 허리를 휘어 감았다.

그녀들에게 있어 성검은 귀빈에 속했다. 기루에 막강한 영향력을 행사하고 있는 염자방의 의형이니 기둥서방으로 만들어놓으면 든든한 뒷배가 되어줄 것이다. 게다가 얼굴도 반반한 게 놓치기 아까운 먹이였다.

"어, 어지러우면 기대야지. 음회회, 왜 이렇게 더운 거지?"

염자방의 부러운 시선을 느끼면서도 성검은 차마 그녀들을 뿌리칠 수 없었다.

"홍! 대가리에 피도 안 마른 것들이 잘하는 짓이다. 늙은 스님 앞에 앉혀두고 퍽도 홍이 나겠다. 에히잉, 묵향아, 국수나 한 그릇 더 시켜라."

술 한 잔에 잔뜩 취해 버린 고지기가 염자방의 허리를 휘어감으며 말했다.

"스님, 묵향이는 저쪽에 있수. 취하셨으면 그만 객방으로 가서 잠이나 주무시구려."

"푸헤헤, 그, 그런가? 하지만 늙은이가 무슨 밤잠이 있겠느냐? 술자리가 문란해지는 것을 막기 위해서라도 내가 여기 앉아 계도를 해야지."

"맞아요, 스님. 자기는 아직 이른 시간이니까 우리 마작이나 해요. 호호, 옷 벗기나 말 태워주기, 뭐 그런 벌칙으로요."

묵향이가 희색을 띠며 끼어들었다. 국수 떠먹여 주고 어깨 주물러 주고, 팔이 아프도록 늙은 고지기 시중을 들다 보니 은근히 지루했던 것이다. 게다가 그녀 역시 성검에게 은근히 마음을 품고 있어, 이번 기회에 짝을 바꾸고 싶었다.

"하하, 형님. 그것도 재미있겠습니다. 어차피 오늘 밤새워 마시게 될 테니 이것저것 다 해봅시다."

"이것저것 다?"

성검은 머리 속으로 갖가지 상상을 하며 염자방의 말을 받았다.

'옷 벗기? 말타기? 이것저것… 헤헤, 이것은 무엇이고 저것은 무엇일까? 그나저나 기녀들과 노는 것도 퍽 재미있군. 역시 강호에 나오길 잘했어. 무불사에 남아 있었으면 아마 늙은 보살들 상대로 별 짓을 다 했겠지? 어휴, 상상만 해도 끔찍하군.'

"예. 우선 형님이 춤을 좋아하신다니 가무 먼저 즐깁시다. 원래 저 아이들 춤이 좀 화끈합니다. 총 육로 삼십사세로로 이루어진 초식인데, 한 초식이 끝날 때마다 옷이 한 꺼풀 한 꺼풀 땅바닥으로 떨어진다는 거 아닙니까. 헤헤, 사실, 긴히 형님께 드릴 말씀도 있고 하니 눈요기나 하면서 두런두런 이야기를 나누었으면 합니다."

"한 꺼풀 한 꺼풀 땅바닥으로? 눈요기… 음회회, 그래. 아우님이 긴히 할 얘기가 있다면 꼭 해야 하는 거지. 음회회회! 아, 마작도 좋아하는데, 그것도 꼭 할 거지?"

"아, 형님이 좋아하신다면 당연히 해야지요."

탁자를 탁 내려치며 염자방이 시원스레 대답했다.

술이 한 순배 돌고 나자, 상 위의 안주와 빈 접시들이 치워졌고, 그 사이 금희가 가야금을 준비했다. 그리고 화접몽과 매란은 하늘거리는 무대 의상으로 갈아입은 채 빈 상 위에 올라섰다. 뭔가 상당한 작품이 탄생할 듯한 분위기.

치르르릉—

금희가 현을 튕기는 것과 동시에 상 위에 올라선 화접몽과 매란의 춤이 시작되었다.

마치 꽃과 나비가 어울려 노는 듯한 춤사위는 시작부터가 화끈했다. 하늘거리던 장옷이 어깨 아래로 흘러내렸고, 그것은 다시 그녀들의 손을 거쳐 허공으로 던져졌다. 기묘하게 펼쳐지던 장옷이 성검과 염자방의 머리 위로 떨어져 그들을 뒤덮었는데, 그 옷에서 뿜어지는 달콤한 향기가 정신을 아찔하게 했다.

'과, 과연 놀라운 초식이군.'

장옷을 끄집어 내린 성검은 어깨를 고스란히 드러낸 화접몽과 매란을 황홀한 눈으로 바라보며 꿀꺽, 침을 삼켰다.

"형님, 다음 제이초식은 치마 벗깁니다."

"치, 치마를?"

"헤헤, 하지만 아직 절정에 다다르려면 멀었습니다. 제오초식과 최종식인 제육초식에선……."

"그, 그만! 굳이 얘기하지 않아도 짐작이 가는군. 정말 훌륭해. 과연 저 초식을 완성한 이의 무위는 어느 정도 수준이었을까. 실로 찬사를 아낄 수 없는 경지군."

고지기는 잠이 오는지 하품만 해댔지만, 생전 처음 예술을 접하는 성검은 두 눈을 또랑또랑하게 뜨고 화접몽과 매란을 지켜보았다.

"헤헤, 형님, 저 아이들의 춤을 감상하면서 제 말씀을 들어주십시오."

"말씀? 음회회, 그래, 듣고 있어."

성검은 입을 헤벌린 채 대충 대답했다.

"형님은 천검궁의 입관 시험을 위해 이곳에 왔다고 하셨지요?"

"그랬지."

"형님 실력이면 천검궁의 무사가 되는 데는 별 어려움이 없을 겁니다."

"당연하지."

"하지만 꼭 천검궁의 무사가 될 필요가 있겠습니까? 형님 실력이야 인정하지 않을 수 없지만 천검궁에는 숱한 고수들이 있습니다. 실력이 뛰어나다고 해도 고위직에 오르기까지는 족히 이삼십 년은 걸릴 겁니다. 하지만 저희 화룡방은 다릅니다. 방대한 조직을 갖추고 있음에도 정작 고수들을 찾기는 힘듭니다. 형님 같은 인재라면 금세 두각을 나타낼 수가 있지요. 사실, 요사이 우리 화룡방에 좀 복잡한 문제가 생겼습니다."

일단 말을 꺼낸 염자방은 어떻게 해서든 성검을 설득하기 위해 거품을 물어가며 열변을 토해내기 시작했다.

원래 천검궁은 강호 각 방파를 접수한 후 그들 조직을 재정비했다. 하지만 기존의 조직 체계를 완전히 묵살한 것은 아니다. 천검궁의 필요에 의해 그때그때 세금 내지는 물자와 병력을 차출하는 대신 각 파 고유의 역사와 전통을 일정 부분 인정했다.

물론 각 파의 수뇌부에는 천검궁의 관료들이 파견되어 그들을 관리 감독했다. 하지만 그것은 어디까지나 소림이나 무당파, 화산파처럼 과거 정파의 거두로 활동했던 몇몇 단체처럼 경계할 필요가 있는 일부 문파에 한정된다. 화룡방처럼 수적질을 일삼던 잡파에는 해당 사항이 없다는 이야기다.

화룡방!

이미 말했듯 과거 장강수로십팔채 가운데서도 이름을 떨치던 수적 떼다. 하지만 장강수로십팔채가 천검궁에 복속되면서 얼마간 사정이 달라졌다. 총채주 한 사람을 중심으로 뭉쳐졌던 조직이 와해되더니, 결국은 세력이 큰 세 개의 단체만 남게 되었다. 그중 하나가 염자방이 몸담고 있는 화룡방이고, 나머지 두 단체는 각각 흑풍채(黑風寨)와 구구방(九龜房)이다.

천검궁에선 특별한 경우가 아니면 일체 그들의 활동에 간섭하지 않았다. 그저 세금을 걷고, 필요한 만큼 그들의 수로를 이용할 뿐이다. 그러다 보니 화룡방과 흑풍채, 구구방 등 과거 장강수로십팔채를 주름 잡던 세 방파가 치열하게 이권 싸움을 벌이게 되었다.

천검궁의 입장에선 굳이 수로를 관리하는 단체가 일원화하는 것을 반대할 필요가 없었다. 그러니 그저 싸움을 방관하고 있는 실정이다.

그런 사정은 비단 장강수로십팔채에 한정되지 않았다. 녹림십팔채,

동정십팔채, 하오문 따위의 문파 같지 않은 세력들이 예전의 경계를 넘나들며 세력 다툼을 벌이고 있는 것이다. 얼마나 치열한지, 때로는 그 이권 다툼이 과거 천검궁의 강호일통 이전의 양상과 비슷하게 벌어지기도 했다.

염자방이 골치를 썩는 이유도 그 때문이었다. 그나마 장강수로십팔채에 소속되었던 조직 중에선 화룡방이 제일이었는데 최근 흑풍채와 구구방이 연합해 화룡방을 궁지로 몰아넣기 시작했다. 그들은 툭하면 화룡방의 배를 털거나 화룡방 소속의 무사들을 폭행했다. 쉽게 말해 도둑놈들이 도둑놈이었던 놈들을 상대로 노략질을 하고 폭력을 휘두르고 있는 것이다.

다행히 화룡방이 천검궁의 총타가 자리 잡은 이곳 남진관에 터를 잡은 덕분에 그들 흑풍채와 구구방이 본거지를 습격해 오지는 못하지만, 이미 화룡방은 큰 손실을 입고 있다.

그게 다가 아니다. 엎친 데 덮친 격으로, 과거 동정호를 중심으로 수적질을 해먹던 동정십팔채가 하나로 통합되면서 그 여파가 이곳까지 미치게 되었다.

동정룡(洞庭龍)!

그들은 천검궁의 감독이 느슨해진 지난 십여 년 사이 조직을 하나로 통합해 동정호 주변을 완전히 장악했다. 그리고 녹림들과 손을 잡더니 기어코는 이곳 장강에까지 마수를 뻗쳐 왔다.

그렇다고 거리가 멀리 떨어져 있는 그들에게 장강수로가 통째로 먹힐 일은 없다. 적어도 화룡방은 그렇게 생각하고 있었다. 그런데 요사이 사정이 달라졌다. 동정룡이 장강수로까지 진출한 것이 흑풍채와 구구방의 의뢰에 의한 것임이 밝혀진 것이다.

흑풍채와 구구방은 동정룡의 힘을 빌어 화룡방을 친 후, 동정호와 장강수로, 녹림 조직과 함께 거대 연합을 세울 계획이었다. 물론 조만간 흑풍채와 구구방은 하나로 합할 것이고, 그전에 화룡방을 접수할 계략을 꾸미고 있다. 이상이 최근 화룡방을 두고 벌어지는 장강수로의 이권 다툼이었다.

상황이 이렇게 급박해지다 보니, 명색이 책사인 염자방은 뭔가 그럴 듯한 해결책을 세워야 했다. 그런데 마침 성검이 나타났다. 아직 진수를 보지는 못했지만, 자기를 꺾었다는 사실 하나만으로도 염자방은 성검에게 큰 기대를 품었다. 염자방 자신, 수적들 중에선 최고의 주먹을 자랑하는 싸움꾼이었으므로.

"어떻습니까, 형님. 저를 도와주실 수 있겠습니까?"

저간의 사정을 이야기한 염자방이 애절한 눈빛을 건네며 물었다.

하지만 막상 성검은 엉뚱한 데 정신이 팔려 염자방의 말을 귓전으로 흘리고 있었다.

"헉, 허어어, 환상적인 제사식! 음회회, 이제 절정이라는 제오식이 펼쳐질 차례인가?"

"혀, 형님, 제 말씀을 못 들으신 겁니까?"

"응? 무, 무슨 말씀? 아, 동정룡? 모두 들었다네, 아우님. 하지만 지금처럼 급박한 상황에서 굳이 그런 시시껄렁한 이야기나 하고 있어야겠는가. 흐흐, 내 웃음소리까지 바꾸어놓을 만큼 현란한… 저 섬세하고 견고한 손길! 차마 최종식도 보지 못한 채 심장이 터져 죽는 것은 아닐는지."

"……!"

그제야 염자방은 괜히 성검을 기루로 데리고 온 것이 아닌가 후회하게 되었다.

'젠장, 샌님처럼 생긴 형님이 이런 색골일 줄이야. 다음부터는 그냥 절간이나 찻집 같은 조용하고 건전한 곳으로 데리고 다녀야겠군.'

염자방의 긴 한숨 소리에 맞추어 화접몽과 매란의 손바닥만한 속곳이 허공으로 던져지고 있었다. 그리고 뒤이어 터진 성검의 처절한 비명성.

"끄아아아, 시, 심장이 멎는다아—"

제2장

천검궁 입관 시험

천검궁 입관 시험이 사흘밖에 남지 않았다.

시험을 치르기 위해 몰려든 무사들과 상춘객들로 인해 남진관은 어느 때보다 북적였다. 하지만 그런 들뜬 분위기와는 달리 거리의 풍경은 다소 살벌했다. 한 달 전쯤 호북성 의창 근처 도화곡에서 일어난 사건 때문이었다.

도화곡에서의 사건. 두말할 것도 없이 일검수 류추영의 등장과 마하구옹의 죽음이다. 천검궁의 대원로들인 마하구옹이 죽은 것도 충격이었지만, 그들을 죽인 장본인이 류추영이라는 사실 때문에 천검궁에선 연일 대책 회의가 열렸다.

궁주 역천휘는 심경을 크게 내색하지 않았다. 하지만 부궁주 황보검웅과 개세구로 등 수뇌부는 그 일을 민감하게 받아들일 수밖에 없었다. 류추영이 나타난 시점이 묘하게도 천검궁의 입관 시험에 즈음했다는 게 가장 큰 이유다. 우연이 아니라면, 류추영은 분명히 이번 입관 시험에 즈음해 어떤 행동을 개시할 것이다. 변고를 미연에 방지하고 이참에 류추영을 제거하자는 것이 수뇌부의 공통된 생각이었다.

하지만 소문이 어떻게 퍼진 것인지 도화곡에서의 사건은 이미 강호 전체에 알려졌다. 강호의 분위기가 평소와 많이 달라질 수밖에 없었다.

정파연합과의 일전 이후 천검궁은 오늘날까지 별다른 사건 없이 강호를 지배해 왔다. 그 어떤 문파나 연합체도 천검궁에 대항하지 못했으며, 무림정파라는 개념조차 사라져 버린 듯했다.

그런데 류추영의 존재가 강호에 다시 회자되면서 은근히 천지개벽을 바라는 이들이 생겨났다. 천검궁의 입장에서 보자면 위기 상황이 아닐 수 없다.

그 때문인지 호북성 의창은 물론, 장강수로 전체에 검문소가 생겨났고 천검궁 무사들에 의한 불시 검문도 수시로 실행되었다. 한 사람 때문에 벌어진 일이라기엔 수선스럽다 싶을 만큼 천검궁은 긴장하고 있었다.

남진관에서 멀지 않은 천검궁 본궁.

지난 열흘 동안 수로를 이용해 그곳에 당도한 무사들의 수는 족히 삼만에 가까웠다. 그들 대부분이 이번 입관 시험에 참가하기 위해 온 이들이고, 일부는 그저 입관 시험에서 펼쳐질 비무를 관람하기 위한 예비 무사들이었다.

성검과 고지기, 염자방이 도착한 것은 오늘 아침이었다. 워낙 많은 무사들이 참가하다 보니 이틀에 걸쳐 접수가 이루어지는데, 자칫 게으름을 피우다 접수도 못하고 돌아갈 것이 걱정되어서 서둘러 온 것이다.

"어휴, 이 많은 무사들하고 일일이 붙어야 하는 건 아니겠지?"

천검궁 앞 평지에 장사진을 이루고 있는 무사들을 보며 성검은 혀를 내둘렀다. 어쩌다 이곳까지 오게 되었지만 막상 수만 명에 달하는 무사들을 보자 기가 질릴 수밖에 없었다.

"하하, 형님. 걱정하지 마십시오. 생각보다는 수월하게 본선에 오를 수 있을 겁니다. 천검궁의 입관 시험은 보통 사 년에 한 번씩 치러지며, 매회 이천 명의 무사를 선발합니다. 지난 대회에는 오만 명의 무사가 참가했고, 그 이전 회에도 비슷한 수준이었습니다. 나이는 대개 십오 세에서 사십 대에 이르기까지 폭이 넓지만 정작 쓸 만한 무사들은 일만 명 정도에 불과합니다. 나머지는 그저 경험 삼아 참가하거나 분수도 모르고 끼어든 경우지요. 제가 알기로 입관 시험은 사차 관문으로 이루어져 있습니다. 일차 관문은 간단한 무공 초식과 볏단 자르기, 벽돌 격파 따위인데 일만 명의 후보들만이 통과할 수 있지요."

염자방이 성검과 고지기를 접수처로 안내하며 소상하게 설명했다.

기루에서 함께 시간을 보낸 이후 염자방은 성검에게 최대한 지원을 아끼지 않기로 했다. 천검궁의 무사가 되려는 게 아니라 화향검과 다시 한판 붙는 게 목적임을 알게 되었기 때문이다.

성검 또한 입관 시험을 통과하고 화향검과 한판 붙은 후엔 한동안 화룡방을 위해 일해주기로 했다. 뭐 일단 의형제를 맺은 이상 형제의 도리를 다해야겠다는 생각… 때문만은 아니다. 그저, 화접몽과 매란이 펼치는 예술의 세계를 자주 경험하고 싶었을 뿐이다.

"음회회, 벽돌 격파쯤이야. 그럼 이차 시험은 어떻게 치러지지?"

"예, 형님. 이차 시험은 면접입니다. 여기에서 이천 명이 탈락되지요. 무학의 상식이나 성향 분석을 위한 간단한 질문들이라고 하는데, 저도 떨어지는 자들이 왜 떨어지는지는 모르겠습니다."

염자방이 갑자기 침울한 음성으로 말했다.

하지만 성검은 미처 염자방의 심경 변화를 눈치 채지 못했다.

"뭔가 이유가 있으니 떨어지겠지. 아는 게 쥐뿔도 없거나 생긴 게 마음에 안 들거나……."

"흐흐흑, 아닙니다. 제가 그렇게 무식한 놈은 아니라구요."

"……?"

"생긴 것도 이 정도면 준수하지 않습니까? 흐흐흐흑!"

걸음을 멈춘 염자방이 성검을 돌아다보며 예쁜 표정을 지었다. 눈물이 그렁그렁한 눈을 동그랗게 뜬 채…….

"……?"

"솔직히 잘생기지는 않았지만 귀염성도 있고, 한편으론 진실한 구석도 찾아볼 수 있지 않을까요?"

"쯧쯧, 아우님도 면접에서 떨어진 게군?"

"예, 형님. 천검궁에서 큰 실수한 거죠. 흐흐흑, 그날 일만 생각하면 아직도… 아마도 다른 놈들이 다 먹이는 뇌물을 저만 먹이지 않아서 그런 게 아닌가 싶습니다. 저희 염씨 집안이 워낙 청렴결백하다 보니……."

눈가의 물기를 닦아내며 염자방이 말했다. 결국 그도 수적 놈이 되기 전엔 그럭저럭 꿈을 가진 젊은 무사였던 셈이다.

"음, 아우님에게 그런 아픔이 있었군. 그래, 면접관이 뭘 물어보던가?"

"예. 아주 간단한 거였습니다. 대륙 선종과 불교 무술의 시조인 달마 대사께서 동쪽으로 간 이유가 무엇이냐고 묻더군요."

"그래? 무사들에게 묻기엔 좀 심오한 질문이군. 그래, 자네는 뭐라고 대답했지?"

"헤헤, 간단한 거 아니겠습니까. 절이 싫어서 떠난 거죠. 원래 절이 싫으면 중이 떠나는 법 아닙니까."

"……?"

'음회회, 어쩌면 농담일지도 몰라.'

성검은 고개를 갸우뚱하며 염자방을 빤히 쳐다보았다.

하지만 염자방은 진지했다. 그날의 아픔이 고스란히 얼굴에 새겨져 있는 듯했다. 결코 농담하는 사람의 낯빛이 아니었다.

"흠흠, 그, 그럴 수도 있겠군. 그런데 그런 대답 하나에 자네를 무 잘라 버리듯이 잘라 버렸단 말인가? 워낙 선문답에 가까운 질문이라 무슨 대답을 해도 크게 탓할 바가 못 될 듯한데……."

"예? 무슨 말씀이신지. 면접관들은 제 대답에 퍽 만족하는 분위기였습니다. 고개를 갸우뚱하기도 하고, 혀를 쯧쯧 차며 탄성을 자아내기도 했지요. 문제는 두 번째 질문이었습니다."

"……!"

'염병, 혀를 쯧쯧 차는 게 탄성을 내지르는 거냐?'

꾸준히 느끼는 것이지만 염자방은 은근히 무식했다. 처음 한동안은 긴가민가 싶게 행동하고 말했지만, 곱씹어보면 볼수록 무식이 철철 흘러넘쳤다. 성검은 이번에도 크게 다르지 않을 거라고 생각했지만 예의상 물었다.

"그래, 두 번째 질문은 뭐였지?"

"예, 형님. 두 번째 질문은 더 간단했습니다. 쾌검(快劍)의 검수와 중

검(重劍)의 검수, 신법이 절묘한 무사가 싸운다면 과연 누가 살아남겠
냐는 거였습니다."

"절묘한 질문이군. 답변자가 지닌 무학의 뿌리와 경지를 얼마간 헤
아릴 수 있는 질문이야."

"그, 그런가요? 어쨌든 제겐 너무 쉬운 질문이라 곧장 대답했습니
다."

"뭐라고?"

"숫총각이요."

"……?"

'혹시 동정공을 이야기하려는 걸까?'

뜬금없는 대답에 성검은 잠시 긴장했다.

동문서답은 염자방의 무식을 은밀하게 포장해 주는 무기들이다. 이
번에도 그 대답은 성검을 헷갈리게 했다.

"헤헤, 믿어주는 사람은 별로 없지만 제가 숫총각이거든요. 그래서
숫총각은 절대 죽지 않는다는 신념을 가지고 있지요. 장가도 못 가고
죽으면 몽달귀가 되는데, 쉽게 죽으려고 하겠어요? 아마 발가락에 고
인 기까지 모두 끌어올려서 미친 듯이 싸울 겁니다."

"……?"

'노, 농담인가?'

성검은 고개를 갸우뚱할 수밖에 없었다.

"그래, 면접관들은 뭐라던가?"

"형님처럼 고개를 갸우뚱하던걸요? 한참 동안 아무 말도 없기에, 제
가 다른 질문은 없느냐고 물었습지요. 그랬더니 자기들끼리 빤히 얼굴
을 쳐다보더니 가서 결과를 기다리라고 하더군요. 그래서 저는 됐구나

싶었습니다. 흐흐흑, 그런데 그 타락한 면접관들이 저를 탈락시킨 겁니다. 흐흐흐흑, 고개를 갸우뚱할 때 은자라도 한 뭉치 던져 줬어야 하는 건데……."

"그, 그랬군. 하지만 꼭 면접관들이 타락했기 때문에 그런 건 아닐지도 몰라."

"예? 형님, 이제까지 제 말씀을 듬성듬성 들으신 겁니까? 전 정말 진실만을 말했다니까요? 그런 저를 떨어뜨릴 이유가 뭐가 있겠습니까. 그놈들이 다 뇌물에 혈안이 된 썩어 빠진 면접관들이라 그런 겁니다. 그러니 형님도 이차 관문을 통과하시려면 돈 좀 준비하셔야 합지요."

"아우님, 그렇게 화낼 일이 아니야. 난 그저 면접관들이 숫총각들에 대해 아는 바가 적기 때문에 아우의 말을 이해하지 못했을지도 모른다는 생각으로… 어쨌든 아우님의 충고는 고맙게 듣겠네."

'끄응, 미안한 말이지만 자넨 떨어질 만했어.'

안쓰러운 음성으로 말하자 염자방이 고개를 주억거렸다.

"음, 역시 형님은 사려 깊으십니다. 전 미처 그런 생각은 해보지 못했습니다. 대부분의 사람들이 저처럼 숫총각일 줄 알고……."

"그, 그렇지? 그래, 다음 관문은 뭐지?"

성검은 애매하게 대답한 후 염자방을 쳐다보았다.

"헤헤, 예. 삼차 시험에 대해 말씀드리겠습니다. 삼차에선 진출자의 절반인 사천 명이 시험에서 떨어지게 되는데, 이때부터는 철저하게 무공 대결입니다. 다만, 네 명씩 짝을 지어 싸우게 된다는 점이 일반 비무와는 다른 점이지요. 어떤 식으로든 비무에 나선 네 사람 중 둘은 떨어지고 둘은 남는 겁니다. 그러다 보니 그 비무에선 많은 변수들이 생겨나게 마련입니다. 무공이 제일 강한 사람이 가장 먼저 탈락되는 경우도 있고……."

"그럴 수도 있겠군."

장사진을 이룬 무사들을 보며 성검은 묘한 미소를 지었다. 이제야 비로소 강호 맛을 확실히 보게 되리란 생각 때문이었다.

"다음, 사차 시험에선 천검궁의 무사들과 직접 비무를 겨루게 됩니다."

"천검궁의 무사들과?"

"그렇습니다. 천검궁의 고수 사백 명이 각각 열 명씩의 무사를 차례로 상대하게 되지요. 그들은 응시자들의 실력을 몸소 확인하고 그중에서 쓸 만한 인재들을 추려 휘하에 둡니다. 그리고 한 삼 년 정도 무공을 가르치지요. 결국 자기 제자를 자기 손으로 뽑게 되는 겁니다."

"하지만 삼차 관문을 통과한 무사들의 수준이 일정치 않을 텐데? 임의적으로 열 명씩 나눈다면 어떤 조엔 강자들만 모이고, 또 어떤 조엔 약자들만 모일 수 있는 일 아닌가."

"물론입니다. 그래서 천검궁의 무사로 뽑히는 수는 정확하게 정해져 있지 않습니다. 이천 명 정도를 채우려고 노력하지만 간혹 일천 명의 무사들만 뽑는 경우도 있지요. 하지만 그건 유난히 물이 안 좋을 때고, 대개는 이천 명 선으로 정리가 됩니다. 어차피 말 그대로 입관 시험에 불과하니까요. 제대로 된 무사가 되기 위해선 천검궁에서 몇 년 교육을 받아야 한다는 얘깁니다. 물론 개중에는 그 훈련을 견디지 못해 궁을 떠나는 자들도 있구요."

"이해가 가는군. 그런데 말이야……."

성검은 또 뭔가 궁금한 것이 있다는 듯 잠시 말끝을 흐렸다.

"말씀하시지요, 형님."

"만약 사차 관문에서 천검궁 무사를 쓰러뜨리면 어떻게 되는 거지? 설마 이렇게 많은 무사들 중에 그런 인물이 없겠는가 말이야."

"헤헤, 형님, 그런 경우가 아예 없는 건 아닙니다. 실제로 매회 한두 명의 후보들이 천검궁의 고수들을 쓰러뜨리지요. 하지만 그게 결코 쉬운 일이 아닙니다. 궁내 서열 백일위에서 오백위까지의 무사들이 비무에 나서게 되니까요. 천검궁에서 그 정도의 위치를 차지하고 있다면 결코 가벼이 볼 수준이 아니지요. 최소한 일개 방파의 장문인 정도는 되어야 그들과 대적할 수 있습니다. 그러니 생각해 보십시오. 그 정도의 실력을 갖춘 자들이 뭐 할 일이 없어 입관 시험을 보겠습니까. 기껏 입관 시험을 통과해 봐야 겨우 훈련생 정도의 대접을 받을 뿐인데요."

염자방은 이번에도 충실하게 답해주었다. 한이 맺혀서 그런 건지 입관 시험에 대해선 모르는 게 없었다.

"하지만 천검궁에 들어가기 위해선 별수없지 않을까?"

"그렇지도 않습니다. 입관 시험 외에도 이런저런 통로를 통해 천검궁에 들어갈 수 있으니까요. 고수라면 으레 영입 의뢰를 받아들이거나 누군가의 추천을 통하게 마련이지요. 연고가 없다 해도 천검궁의 실세들을 찾아가 자기 실력을 입증하면 가능합니다. 스스로 뒷배를 만드는 것이지요. 그게 정석입니다. 사실, 입관 시험에서 천검궁의 고수들을 쓰러뜨렸던 소수의 무명 검객들은 끝이 좋지 않았습니다. 천검궁에 든지 채 반년도 지나지 않아 폐인이 되어 쫓겨났으니까요."

"어째서지?"

성검은 언뜻 이해가 가지 않는다는 듯 물었다.

"텃세 때문입니다. 제사관문에 나섰던 고수들이 자신들의 명예를 실추시켰다는 이유로 보복 조치한 것이지요."

"그래? 정말 그렇다면 이거 걱정인걸?"

걸음을 멈춘 성검이 손가락으로 턱을 괸 채 잠시 하늘을 올려다보았다. 가랑비라도 흩뿌릴 것처럼 궂은 날씨다.

"예? 뭐가 말입니까, 형님?"

"나는 화향검을 상대하기 위해서 입관 시험을 치르는 건데 쪽팔리게 제시관문에서 무릎을 꿇을 수는 없잖아? 그렇다고 성질대로 하자니 밤길이 두렵고… 음회회, 그놈들이 또 자존심이니 뭐니 내세우면서 떼로 덤벼들지도 모를 일 아냐?"

"아, 글쎄, 천검궁의 고수를 쓰러뜨리는 게 그렇게 쉬운 일이 아니라니까요, 형님?"

"나한텐 쉬워."

짧게 대답한 성검은 접수 창고를 향해 성큼성큼 걸어가기 시작했다.

2

둥, 둥, 두둥, 두둥둥!

입관 시험의 시작을 알리는 웅장한 북소리가 연무장을 휘돌기 시작했다.

족히 삼천 평에 이르는 연무장의 넓이도 넓이지만, 연무장의 오만여 응시자들이나 그들을 몇 겹으로 에워싸고 있는 천검궁 무사들의 기도도 일품이다.

태양은 동쪽 담벼락과 사선을 이루며 그들을 비추고 있다.

하지만 정말 장엄한 것은 아침 해도, 북소리도, 연무장을 빼곡이 채운 무사들도 아니다. 미동도 없이 도열한 연무장의 무사들은 단상 위로 막 올라서는 한 사람을 향해 시선을 고정시키고 있었다.

천검궁주 역천휘.

그가 관 안에 백발을 숨긴 채 황금빛 예복을 걸치고 막 단상에 앉았다. 부드럽게 태사의 위로 펼쳐지는 예복이 햇빛을 받아 빛났으나, 모든 이들의 눈은 지극히 온화하면서도 위압적인 역천휘의 얼굴에 모아졌다. 그에게선 황금빛 예복의 화려함마저 퇴색케 하는 알 수 없는 힘이 느껴졌다.

두두둥, 두둥, 둥, 둥!

자세를 가다듬은 역천휘가 한 손을 천천히 들자, 가파르게 이어지던 북소리가 멎어갔다. 이제 연무장은 정적에 휩싸였고, 그저 봄날 아침의 햇빛만이 미세하게 뭉개지고 있을 뿐이다.

어느새 단상 위엔 천검궁의 수뇌부가 모두 올라와 있었다.

개세구로가 역천휘의 좌측에 나란히 앉았고, 우측엔 부궁주 황보검웅과 그의 수족들이 자리했다. 그 외에도 개세구로의 제자이자 후기지수인 구룡—경추봉에서 성검의 손에 죽은 공손추사를 제외한 여덟 명—과 그 외 각 지부장급의 중간 관리자들이 역천휘 뒤편에 도열했다.

역천휘는 평소 천검궁 내의 행사에 모습을 내비치는 경우가 드물었다. 하지만 입관 시험의 개회식과 폐회식만은 꼭 참석해 왔다. 천검궁의 식솔이 될 여러 무사들에 대한 예의로…….

현 강호의 지존이자 천검궁의 주인인 역천휘. 그의 얼굴에도 세월의 흔적은 남아 있었다. 형형한 눈빛과 온몸을 감싸 도는 은은한 기도에도 불구하고, 얼굴에 자리 잡은 주름만은 숨길 수 없었다.

"천검궁에 온 것을 환영하오."

역천휘가 묵직한 음성으로 침묵을 깨뜨렸다.

낮은 음성이었음에도 내력이 실린 탓에 그의 음성은 연무장 전체를 휘돌았다. 입가에 미소가 스쳐 가곤 했으나, 단호하면서도 위엄을 갖춘 표정이었다.

잠시 연무장을 둘러보던 역천휘는 부드러운 음성으로 말을 이었다.

"삼천 년 무림사에 일관되게 전해져 온 무(武)의 정신을 지켜내기 위해 여러 무림동도들과 형제의 예를 맺은 지 어언 수십 년의 세월이 넘었소. 나 역천휘, 선조들의 뜻에 어긋나지 않게 천검궁을 이끌어왔다 자부할 수는 없으나 한 가지는 확신하오. 오늘 이 자리에 모인 오만여 형제들이 있는 한 강호의 정의와 천검궁의 역사는 영원히 지켜지리라는 것! 천검궁에 온 것을 다시 한 번 환영하며, 대회의 시작을 선포하는 바이오."

짤막한 개회사가 끝나는 순간, 전각과 전각 사이에 이어져 있던 화등(花燈)이 일제히 반으로 쪼개지며 오색찬연한 종이들을 흩뿌렸다. 도열해 있던 응시자들은 환호성을 터뜨리며 들뜨기 시작했고, 연무장은 한동안 그런 열기에 온전하게 파묻혔다.

하지만 잠시 후 다시 북이 울리자 응시자들은 곳곳에 배치된 천검궁 무사들의 지휘에 따라 신속하게 조별로 나뉘어졌다. 그리고 몇 가지 주의 사항과 대회 운영의 개요를 교육받은 후 곧장 제일관문의 시험을 준비했다.

'아니, 화향검 이 인간은 도대체 어디에 있는 거야? 설마 나랑 한 약속을 까맣게 잊고 있는 것은 아니겠지? 그러기만 해봐라. 내가 누구 때문에 이 고생을 하고 있는데…….'

이리저리 휩쓸려 다니던 성검이 길게 한숨을 내쉬었다.

천검궁에 들어온 이후 꾸준히 화향검을 찾아 헤맸지만 어디에도 그의 모습은 보이지 않았다. 어쩌면 아직 소림사에서 휴가를 즐기고 있을지도 모를 일이란 생각이 들자 은근히 열이 뻗치기까지 했다.

'하긴, 서두를 필요 없지. 어차피 입관 시험을 치르려면 한동안 천검궁에서 좀 즐겨야 할 테니까. 음회회. 그나저나 정말 개 떼처럼 모여들었군. 꽤나 피곤해지겠어. 다른 건 다 참아도 줄 서는 건 잘 못 참는 성격인데 말이야.'

성검은 길게 늘어선 응시자들을 보며 한숨을 내쉬었다. 그 수가 워낙 많다 보니 시험을 치르기도 전에 진이 빠질 것 같았다.

"삼백육십칠 번!"

드디어 성검의 차례가 왔다.

"왜요?"

성검은 얼떨결에 큰 소리로 대답했다. 그런데 그 태도가 다소 불량했다.

"왜, 왜요? 이런 황당한… 하는 짓이 마치 과거 염자방이란 촌놈의 짓거리와 똑같군. 이놈 혹시 염자방 동생 아냐?"

탁자를 앞에 두고 앉은 두 명의 심사관 중 작고 빼빼 마른 사내가 말했다.

"하하, 달마가 절이 싫어서 동쪽으로 갔다던 꼴통 말이지? 나도 기억나는군."

또 한 명의 퉁퉁한 심사관이 씨익 웃으며 장단을 맞추었고, 두 사람은 잠시 서로의 얼굴을 쳐다보며 낄낄 웃어댔다.

'어라? 그럼 이자들이 당시 염자방에게 문제를 냈던 면접관들? 묘한 인연이긴 한데 어째 불길하군. 가만, 정말 은전 뭉치라도 던져 줘야 되는 거 아냐?'

성검은 잠시 허리춤에 찬 쌈지를 만지작거리며 고민했다.

"하북성 열하에서 온 류성검이 맞느냐?"

작고 마른 심사관이 웃음기를 거둔 채 담담하게 물었다.

"예? 예. 정확하게는 하북성 열하에서 항산, 소림사가 있는 숭산을 거쳐서 왔습지요. 음회회회."

"묻는 말에만 답하거라."

"예."

"그래, 사문은 어디냐? 내가 알기로 열하 지방엔 그다지 내세울 만한 문파가 없는데… 아, 숭산을 거쳐 왔다면 혹시 소림사의 속가제자더냐?"

이번엔 퉁퉁한 심사관이 심드렁하게 물었다. 이미 신상 기록을 살펴보았는지, 성검에게 별다른 기대를 하고 있지 않은 듯했다.

"아니오. 그저 여기저기서 잡다한 무공들을 배웠을 뿐인데요."

"그래? 그럼 제일 자신있는 무공 초식을 시전해 보거라."

"음회회, 그래도 유행을 따라야… 요즘 제일 잘 나가는 무공 초식이 뭔가요? 제가 웬만한 건 다 따라 할 줄 아는데……."

성검은 환심을 사기 위해 해맑은 미소를 내비쳤다.

봄날 햇빛보다 찬연한 미소다. 그 미소를 만들어내기 위해 색승 심공은 얼마나 많은 공을 들였던가. 얼굴에 일일이 침을 꽂아 안면 근육이 만들어낼 수 있는 가장 환상적인 표정을 만들어갔고, 인상학과 관상학의 핵심을 정리해 수백 가지의 표정을 만든 후 매일같이 반복 훈련시켰다.

그런 심공의 눈물겨운 노력이 지금의 성검을 만들어냈다. 가볍게 흘린 미소 한 방으로 저자의 처자들을 일제히 실신 지경으로 몰아갈 수 있는 초절정 인간 병기. 그게 바로 성검이었다.

하지만 안타깝게도 그 미소가 남자들에게는 통하지 않았다.

"저놈, 정말 말 많군. 그냥 탈락시킬까?"

"그러세. 저 재수없는 웃음도 그렇고, 깐죽거리는 것이나 느끼한 얼굴도 그렇고 보나마나 낙제감이야. 설령 운이 좋아 일차 관문을 통과한다 해도 저런 언변과 행동거지로는 도저히 이차 시험을 통과할 수 없지."

"맞는 말이야. 탈락!"

작고 마른 심사관이 인상을 찌푸리며 짧게 말했다.

그 말이 농담이 아닌지 그는 아예 붓을 들어 성검의 이름 옆에 있는 공란에 무엇인가를 적으려 했다.

'염병! 염자방도 통과한 제일관문에서 떨어진단 말이야? 도저히 용납할 수 없는 일이야.'

성검의 검이 빠르게 뻗어 나간 것은 그 순간이다.

"헛!"

작고 마른 심사관의 입에서 당혹성이 새어 나왔다.

뭔가 빠른 빛줄기가 스쳐 갔다고 느끼는 순간, 붓의 호(毫) 부분이 사라졌다. 성검의 검에 잘려 나간 것이다.

"매화노방(梅花怒放)!"

바닥으로 떨어졌어야 할 붓의 끝부분이 싸구려 철검 위에서 꽃처럼 봉오리를 벌리고 있었다.

"마, 맙소사. 저것은……."

퉁퉁한 심사관이 쩌억 입을 벌린 채 성검의 검로를 따라 시선을 옮기고 있었다.

매화토염(梅花吐艷), 매화이도(梅花二度). 한 자루 검이 지극히도 자연스럽게 허공을 가르며 흘러갔다. 마치 바람에 날린 매화꽃이 연무장에 뿌려지는 듯한 환상…….

"실로 오랜만에 화산 검법의 진수를 보는군."

작고 마른 심사관은 매끈하게 잘려 나간 붓자루를 쥔 채 탄성을 자아냈다.

화산파의 절기 십사수매화검법이 무명의 청년에게서 펼쳐지고 있는 것이다. 그렇게 얼마의 시간이 더 흘렀을까.

"매화유검(梅花流劍)!"

초식을 펼치던 성검의 움직임이 딱 멎었다.

싸구려 철검은 정확히 작고 마른 심사관의 얼굴 앞에 멈춰 섰는데, 그 순간 검단에 올려져 있던 황모(黃毛) 붓털이 봉오리를 접은 꽃처럼 차르르, 떨리며 처음 모습 그대로 모아졌다. 묘기 중의 묘기였다.

"자네, 화산파에서 검법을 익혔는가?"

퉁퉁한 심사관이 부드러운 미소를 지으며 물었다.

그는 이미 다른 붓을 꺼내 성검의 이름 옆 공란에 합(合)이라는 글자를 적었다. 평소 화산파의 검법에 심취해 있었던 것인지, 성검을 바라보는 시선이 처음과는 많이 달랐다.

"음회회, 아닙니다. 그저 독학으로 익혔을 뿐입지요. 그러다 보니 자칫 곡학아세에 빠진 것이 아닌가 염려가 됩니다. 하지만 앞으로 여러 명숙들의 가르침을 받으며 하나하나 바로잡아 나갈 생각입니다."

"음, 우리가 잠시 이 친구에 대해 오해한 모양이군. 무공의 기초가 단단한 데다 겸양의 미덕까지 갖추었으니. 하하, 어렵지 않게 입관 시험을 통과할 수 있을 것 같지 않은가?"

"자네 말이 맞네. 거 예전의 염자방이란 잡놈하고는 근본부터가 다른걸? 사차 관문에서 내가 이 아이를 상대하고 싶어지는군. 그래야 내 휘하에 둘 수 있을 것 아닌가."

"어허, 이 사람. 내가 먼저 점찍었네. 그러지 않아도 밑에 꼴통들만 모여서 지난 사 년간 어지간히 속이 상했는데 이건 그야말로 천운이 아니겠는가. 나 염라검황(閻羅劍皇) 이우공이 비로소 수제자로 삼을 만한 녀석을 만났어. 안 되겠군. 조 편성도를 이리 줘보게. 아예 이차, 삼차, 사차 관문 모두를 내가 감독할 수 있게 조정해야겠어. 하하하하!"

이우공이라는 작고 마른 심사관이 들뜬 음성으로 말하며 편성도를 낚아챘다.

주위의 눈길을 의식하지 않은 채 마음대로 조작하는 것으로 보아, 천검궁 내 그의 서열이 제법 높은 듯했다.

"감사합니다, 선배님."

'음회회, 아무래도 사람 환심 사는 건 타고난 것 같아. 이것도 유전일까? 음, 아마 그럴 거야. 나 같은 호래자식이 괜히 만들어졌겠어? 그러고 보면 잘난 것도 죄야. 대륙의 모든 고아들을 위해서 나처럼 잘난 놈들은 모두 감옥에 가둬야 하는데…….'

성검은 이우공에게 포권지례한 후 담담하게 물러섰다.

응시자들의 부러운 시선이 그에게 모아지고 있었다. 어느새 시간은 정오를 지나 오후로 내닫는 중이다.

제이차 관문, 즉 면접은 다음날 아침부터 밤늦게까지 치러졌다. 면접 시간은 채 반 각을 넘기지 않았지만 응시자의 수가 워낙 많다 보니 많은 시간이 걸렸다.

　성검은 염자방의 이야기를 떠올리며 은근히 걱정했지만 일은 의외로 쉽게 풀렸다. 이우공이 면접관으로 나선 덕분에 이런저런 수다를 떠는 것으로 가볍게 제삼차 관문까지 진출하게 된 것이다.

　그렇게 이틀의 시간이 흘렀고, 드디어 삼차 관문이 시작되는 아침이 되었다.

　이차 관문을 통과한 응시자들은 모두 팔천 명. 연무장에는 사백 명으로 이루어진 이십 개 조가 도열했고, 그들 앞에는 똑같은 모양의 비무장이 준비되어져 있었다.

　이제까지와는 달리 진검 승부가 펼쳐지는 만큼 비무를 모두 치르는 데는 열흘이 걸릴 수도 있고 보름이 걸릴 수도 있다. 각 조에서 네 명씩 짝을 지어 총 일백 회의 비무를 치러야 하므로 언제 끝나게 될지 종잡을 수 없는 것이다.

　"얘야, 일찌감치 시작해서 푹 쉬겠느냐, 아니면 응시자들의 기량을 대충 훑어본 후 천천히 비무에 나서겠느냐? 원하는 대로 순번을 짜주마."

　이번에도 감독관으로 나선 이우공이 넌지시 물었다.

　"이왕이면 첫 번째 비무에 끼워주십시오, 선배님. 음회회, 사실 제가 기다리는 걸 아주 싫어하거든요. 빨리 끝내고 들어가서 쉬고 싶습니다."

　"음, 하긴, 네 실력 정도면 삼차 관문이 문제가 되진 않겠지. 알았다. 하지만 사차 관문에선 나와 맞붙게 될 것이니 남는 시간에 연습을 게 울리 해선 안 될 게야."

"음회회회, 기대하고 있겠습니다."

성검이 묘한 표정을 지으며 가볍게 고개를 끄덕였다.

잠시 후 성검이 속한 을(乙)조의 첫 비무가 시작되었다.

비무장에는 성검 외에 세 명의 사내가 더 호명되어 올라왔다. 다들 인상이 더러운 자들이었으나 한 명이 유독 더러운 인상이어서 나머지는 얼마간 중탕되었다.

비무장에 오른 네 명은 차례로 을조의 일, 이, 삼, 사 번으로 성검은 삼 번, 인상이 유독 더러운 자는 사 번이었다.

"삼차 관문의 규칙에 대해선 이미 숙지하고 있으리라 믿는다."

이우공이 비무장의 네 사람을 향해 위엄있는 음성으로 말했다.

성검을 대할 때와는 전혀 딴판이었다. 엄숙하다 못해 두렵게 느껴지기까지 했다.

"제한 시간은 없으며 최후의 이 인만이 사차 시험에 응시할 수 있다. 또한 이 비무로 인한 사고는 전적으로 응시자들에게 있으니 죽음이 두려운 자는 일찌감치 검을 집어넣고 돌아가거라. 천검궁은 곧 강호다. 강호에서는 누구도 남의 목숨을 생각하지 않는다. 강한 자만이 살아남게 되는 것이다. 돌아갈 자가 있는가?"

"……."

네 명의 사내는 아무 말도 없이 서로를 노려볼 뿐이었다.

하긴, 부상당하거나 죽는 것이 두려워 돌아갈 거라면 아예 참가하지 않았을 것이다. 게다가 진검 승부라고는 하지만 원한 진 일도 없는데 상대를 죽일 이유가 없다. 그저 검을 섞어보는 것만으로도 우열을 가늠하기엔 충분했다.

'음, 검의 하늘 천 땅 지도 모르는 자들이군. 어쭈, 사 번… 검을 잡은 자세 좀 봐라. 하긴, 저 나이 되어서 이런 데 나온 것만 봐도 알 만하군.'

유독 신경에 거슬렸기 때문인지 성검은 좀체 사 번 사내에게서 눈을 뗄 수 없었다.

사 번 사내. 창백한 낯빛에 수염 한 올 없었다. 눈가의 주름으로 짐작컨대 족히 마흔은 되었음 직하다. 하지만 얼굴을 대각선으로 가로지르는 검상과 형형한 눈빛 때문에 좀체 오랜 시간 얼굴을 마주하기가 거북했다. 성검이 그를 힐끔힐끔 곁눈질하는 이유도 그 때문이었다.

"개(開)!"

염라검황 이우공이 비무장을 벗어나며 짧게 외쳤다.

3

스릉, 스르르릉.

묘하게도 첫 번째 비무에 참가한 네 사람은 모두 검수들이었다.

시작을 알리는 소리와 함께 네 개의 검이 눈부시게 빛나며 검집을 벗어났다. 맑은 공명음이 비무장을 맴돌며 긴장감을 불러일으켰다.

누구도 쉽게 검을 휘두르려 하지 않았다. 일 대 일의 비무와는 달리, 세 명의 적을 상대로 싸워야 한다. 그것은 비무장에 오른 네 사람 모두 같은 처지다. 그러니 탐색전이 길어지는 것은 당연한 일이다.

'이거, 하수들을 상대로 먼저 검을 휘두를 수도 없는 일 아닌가. 그나저나 뭐가 이렇게 살벌한 거야. 최소한 처음 만났으면 통성명부터 해야 하는 거 아닌가?

고개를 갸우뚱하는데, 마침 사 번 사내가 성검과 똑같은 생각을 한 것인지 낮고 굵직한 음성으로 입을 열었다.

"어차피 이것도 인연인데 통성명이나 하는 게 어떻겠소? 내가 쓰러지거나 쓰러뜨리거나에 상관없이 나와 검을 섞은 이의 명호가 무엇인지는 알아야 하지 않겠소. 그래야 훗날 설욕이라도 할 수 있는 것이고……."

더러운 인상에 비해 비교적 중후한 멋이 느껴지는 음성이었다.

"나는 아수라(阿修羅)요. 이름은 잊은 지 오래올시다. 쾌검수이며 어쩌면 그대들 가운데 두 사람을 쓰러뜨릴 수도 있을 것 같소."

말을 마친 사 번 사내, 아수라가 세 사람의 얼굴을 번갈아 쳐다보았다.

그의 눈길과 마주치는 순간 성검은 묘한 전율을 느꼈다. 등줄기를 타고 흘러내려 오는 싸늘한 한기. 소름 같기도 하고 식은땀 같기도 했다.

"나는 장탁. 아직 별호를 받지 못했소. 하지만 아수라 대협의 말처럼 쉽게 무너질 것 같지는 않소이다. 내 장검은 이제껏 단 한 번도 내게 패배를 안겨주지 않았소."

일 번 사내가 두 손으로 장검을 꽉 움켜쥐며 말했다.

말은 그럴싸하게 했지만 첫눈에 하수임을 알 수 있었다. 장검 쥔 손에 땀이 밴 것만 보아도 짐작 가능한 일이다.

"나는 추마항, 멀리 북경에서 왔으며 무림 각 파의 고전들을 섭렵했소이다. 자신있는 절기에는 공동파의 복마검법(伏魔劍法), 점창파의 회풍무류사십팔검(廻風舞流四十八劍), 무당파의 현허칠성검법(玄虛七

星劍法), 남궁세가의 대연검법(大衍劍法), 종남파의 천하삼십육검(天河三十六劍), 곤륜파의 태허도룡검(太虛屠龍劍), 청성파의 칠십이파검(七十二波劍). 그리고 소림사의 나한십팔장(羅漢十八掌), 화산파의 구궁검법(九宮劍法), 아미파의 멸절검법(滅絕劍法), 개방의……."

"음회회회! 음푸회회회."

추마항의 이야기를 듣고 있던 성검이 갑자기 배를 움켜쥐고 웃었다.

성검 역시 추마항이 열거한 대부분의 검법들을 섭렵했으니 남이라고 해서 그러지 말란 보장은 없다. 하지만 단연코 추마항의 말은 거짓이었다. 다리가 바들바들 떨리는 것만 봐도 그가 얼마나 긴장한 상태인지 한눈에 알 수 있었다.

어쨌거나 성검의 웃음 때문에 추마항은 얼굴이 벌겋게 달아올랐다.

"이쒸! 삼 번 대협. 지금 비웃는 거요?"

"음회회회! 아니올시다. 그저 발바닥이 좀 가려워서… 음푸회회회!"

"변명할 필요 없소. 나 추마항, 추씨 가문의 명예를 걸고 나를 비웃은 삼 번 대협과 생사를 건 일전을 벌이겠소. 어서 명호를 대시오."

추마항이 빠드득, 이를 갈며 늘씬하게 뻗은 백검(白劍)을 겨누었다.

"아, 글쎄, 비웃은 게 아니라니까. 어쨌거나 세 분 대협들의 고명한 명호를 들었으니 나 역시 명호를 밝히겠소이다. 나는 골초검(骨艸劍) 류성검! 일찍이 불가에 귀의해 덕망 높은 스님을 모셨으나, 사바 세계에서 신음하는 중생들을 구하고자 친히 한 자루 검을 들고 이 혼탁한 속세로 돌아오게 되었소이다. 아미타불."

'음회회, 골초검이라. 부드럽게 휘어지는 검로(劍路)의 중심을 상징하기도 하고, 나 성검의 지고지순한 무학을 상징하기도 하지. 음회회, 뭔가 느낌이 팍팍 오는군. 쩝, 급조한 티가 나긴 하지만 외호가 없는

것보단 낫잖아? 가만, 그런데 골초검이라니까 왠지 엽초 생각이 간절해지는군. 쩝!'

성검은 명호를 밝힌 후 뿌듯한 표정을 지었다.

사실 골초검이란 외호는 순간적으로 떠올린 것이었다. 외호 때문에 기가 죽기 싫어 염두를 굴리던 중 초자영의 도가 무공 비급 '세취골초(世取骨艸)'가 머리에 스쳤다. 그래서 결국 거기에서 '골초(骨艸)' 두 자를 발췌해 낸 것이다.

본래 초자영은 엽심(葉心), 즉 한줄기 난 잎의 뼈대로 세상을 취할 수 있다는 의미에서 자신의 무학을 그 책 한 권에 집대성해 놓았다.

여기에서 성검이 취한 '골초'란 엽심, 곧 난 잎의 정중앙에 자리 잡은 뼈대를 의미하는 말이다. 그것은 난 잎의 처음과 끝을 관통하는 것으로, 초자영에게 있어선 인간의 지고지순한 마음을 상징하는 단어였다.

'그러고 보니, 도사님이 그리워지는군.'

이런저런 생각을 이어가는데 추마항의 앙칼진 음성이 들려왔다.

"흥! 중생을 구할 검치고는 너무 초라하다는 생각이 안 드시오?"

추마항은 자신의 늘씬한 백검을 어루만지며 비웃는 듯한 표정을 지었다. 계집애가 따로 없었다.

"내, 내 검이 뭐가 어때서……."

성검은 자신의 철검을 빤히 쳐다보며 고개를 갸우뚱했다.

솔직히 성검이 들고 있는 연검은 검이라고 불러주기도 낯 뜨거운 싸구려였다. 녹슨 것은 그렇다 쳐도 군데군데 이까지 빠져나갔다. 당근을 내려치면 당근 대신 칼날이 부러져 나갈 것 같았다.

잠시 분위기가 냉랭해지고 있는데 아수라가 갑자기 성검 앞으로 다가왔다.

"대협, 존성대명을 다시 들려줄 수 있겠소?"

"예? 그건 왜……."

'존성대명? 하하, 기분은 좋군. 그러고 보니 인상은 더럽지만 나름대로 쓸 만한 사람인 것 같아. 이자와 한패를 먹을까? 어차피 추마항이라는 저 밴댕이와 한편이 되긴 글렀으니…….'

성검은 은근히 아수라에게 마음이 기울기 시작했다.

"아, 어디선가 들어본 성명인 듯해서 그렇소."

"그렇습니까? 하긴, 제가 강호에 나온 이후 여러 고수들과 상대하는 바람에 이름이 좀 나긴 했지요. 음회회회! 성은 류, 명은 성검."

"음, 멋진 이름이구려. 누가 지어준 이름인지 여쭈어도 되겠소?"

"하하, 좀 멋지긴 하지요? 내 이름은 저 멀리 열하 경추봉 무불사의 큰스님이 지어주신 이름입니다. 심공 스님이라고, 제 스승이자 불교계의 거목이시지요. 음회회회!"

성검은 점점 기분이 좋아져서 큰 소리로 웃었다.

하지만 그 순간 아수라의 두 눈이 부릅떠졌다. 마치 벼락이라도 맞은 것처럼…….

"어라, 왜 그렇게 놀라십니까?"

"아, 아니올시다. 그러고 보니 심공이란 스님의 위명도 일찍이 들어본 바가 있는 듯하군요. 과연 그 스승에 그 제자올시다. 제대로 커준 것… 하하, 아니, 제대로 가르침을 받은 듯합니다. 이 늠름한 기상이나 몸 안에 갈무리된 기도로 보니 말입니다."

이해할 수 없는 일이었다. 아수라는 성검이 자신의 성명을 밝히는 순간부터 얼마간 얼이 빠진 모습이었다. 허락도 없이 성검의 손까지

매만지고 있었다.

'젠장, 이 느낌은 뭐지? 이자가 왜 내 손을 어루만지고 있는 거야? 저 느끼한 표정은 또 뭐람? 어쭈, 눈빛이 몽롱하게 풀렸군. 가만, 심공 스님의 위명을 익히 들었다면 이자도 혹시 색마? 아니, 아무리 색마라고 해도 왜 같은 사내놈들끼리… 으헉! 서, 설마 남색(男色)을 즐기는 변태 색마?'

성검의 이마로 삐질 땀방울이 흘러내렸다.

"음회회, 아수라 대협, 이 손은 놓고……."

잽싸게 손을 뺀 성검은 서너 걸음 거리를 넓히며 힐끔힐끔 아수라를 쳐다보았다.

'가만, 아무리 생각해도 이자는 변태 색마야. 그러니까 저렇게 늙을 때까지 정처없이 떠돌다가 여기에 온 거겠지. 그래, 어쩌면 천검궁 무사들이 대부분 남자니까 물 만난 고기처럼 허겁지겁 달려온 걸지도 몰라. 으으, 더럽게 걸렸군.'

한참 깊은 생각에 잠겨 있는데 등 뒤에서 염라검황 이우공의 노성이 들려왔다.

"대체 지금 뭣들 하고 있는 게냐? 사사로운 이야기는 비무가 끝난 후 해도 충분할 터! 냉큼 시작하지 못할까?"

"알겠습니다."

추마항과 장탁, 성검, 아수라가 동시에 대답하며 다시 대치 상태에 들어갔다.

[류 공, 어차피 두 사람을 추리는 비무요. 저들을 상대로 협공을 펼치는 게 어떻겠소?]

[그, 글쎄요.]

느닷없이 날아온 아수라의 전음에 성검은 떨떠름한 표정을 지었다.

'물론 내 얼굴이 제일 반반하긴 하지만 영 부담스러운걸? 가만, 어떻게 해야 하나? 냉정하게 거절해 버려? 아니지. 이왕 이렇게 된 거 같은 편 먹는 게 안전하지. 괜히 적이 되었다가 이자가 내게 앙심이라도 품는다면 큰일 아닌가. 어휴, 으슥한 골목에서 느닷없이 뒤를 덮쳐 색공을 쓰기라도 하면… 상상만 해도 정말 끔찍하군.'

[음, 하긴, 저런 하수들을 상대로 우리 두 사람이 나서는 것도 쪽팔린 일이지요. 류 공은 그저 가만히 서 계시오. 내가 간단히 비무를 종결하리다.]

[그, 그럴까요, 그럼…….]

'우, 우리라고? 왜 그 단어가 이렇게 나를 닭살 돋게 하는 거지? 이거 영 찜찜하군.'

성검이 길게 한숨을 내쉬는데 아수라가 쏜살같이 추마항과 장탁을 향해 직격해 들어갔다.

스팟—

섬전 같은 움직임이었다. 아수라는 검집으로 추마항의 복부를 가격했다.

"헉!"

공동파의 복마검법, 점창파의 회풍무류사십팔검, 무당파의 현허칠성검법, 남궁세가의 대연검법… 그 외 무림 각 파의 고전들을 섭렵한 추마항은 변변히 검 한 번 휘둘러 보지 못한 채 외마디 신음을 흘리며 그대로 바닥에 고꾸라졌다.

그것으로 성검과의 생사를 건 일전도 불가능하게 된 셈이다.

"마, 맙소사!"

이제껏 단 한 번도 패해본 적이 없다던 장탁이 서너 걸음 뒤로 물러서며 당혹성을 내질렀다. 아수라의 검이 천천히 그를 향하고 있었기 때문이다.

"아수라 대협, 나보다는 저, 저쪽에 있는 골초검 류 공이 대협의 상대로 적합하지 않을까요? 저는 아직 별호도 얻지 못한 무명소졸로, 집에는 늙으신 홀어머님과 온종일 나 오기만을 꼬리 빠지게 기다리는 강아지, 아, 아니, 불쌍한 여동생이 있습니다. 그, 그러니……."

이미 자신의 상대가 아님을 깨달은 것인지, 장탁은 계속해서 뒷걸음질만 쳤다.

하지만 아수라의 반응은 냉담했다.

"미안하오, 장 대협. 나는 이제껏 한번 점찍은 상대를 놓친 적이 없소이다. 내 검이 이미 장 대협을 향한 이상 다른 선택은 있을 수 없소."

"이, 이런 우라질! 하지만 내가 가만히 당하고만 있을 것 같소?"

"나 역시 그러지 않길 바라오."

"이야압!"

결연한 표정으로 대갈성을 내지른 장탁이 갑자기 꿀딱꿀딱 뒤로 재주를 넘더니 한순간 멋들어진 자세로 착지했다.

"완벽한 공중제비돌기였소. 자, 이제 공격해도 되겠소?"

애매한 표정으로 장탁을 쳐다보던 아수라가 담담한 음성으로 물었다. 하지만 주위를 둘러보던 장탁은 잠시 난감한 표정을 지었다.

"아, 아직 아니올시다."

"……?"

"무슨 비무장이 이렇게 넓은 거지? 에이, 어쩔 수 없군. 이야아압!"

장탁은 다시 한 번 꿀딱꿀딱 연속 공중제비돌기를 펼쳤다. 그리고 처음과는 달리 엉성하게 착지하다가 엉덩방아를 찧고 말았다.

"많이 아프겠군."

무심코 한마디 던지던 성검의 표정에 이채가 어렸다. 장탁의 위치 선정이 그야말로 절묘했기 때문이다. 아니나 다를까.

"파하하! 미안하오, 아수라 대협. 하지만 우리 두 사람의 비무는 결국 다음으로 미루어지게 되었구려. 내가 실수로 금을 밟지 않았겠소이까. 우하하하!"

비무장의 금을 밟은 장탁이 검을 검집에 꽂으며 미련없이 뒤돌아섰다.

그랬다. 결코 패하지 않는 사나이 장탁. 그는 아수라의 검에 쓰러지는 대신 명예롭게 금을 밟아 실격하는 쪽을 선택한 것이다.

"정말 어이가 없군."

심판관 염라검황 이우공이 멍한 표정으로 내뱉은 말이다. 하지만 그런 어수선한 분위기도 잠시,

"삼 번과 사 번, 승!"

이우공의 우레 같은 음성이 연무장에 울려 퍼졌다.

제3장
아수라의 검

　성검은 다른 응시자들에 비해 제법 여유있는 시간을 보낼 수 있었
다. 제삼관문의 첫 번째 비무에 나가 검 한 번 휘두르지 않은 채 무사
히 통과한 덕분이다.

　천검궁에선 응시자들에게 최대한 자율을 부여하고 있어 시험이 없
는 동안에는 언제든 외출이 가능했다. 상황이 그러니 가뜩이나 역마살
에 시달리는 성검이 얌전히 궁 내에 틀어박혀 있을 리 만무했다. 그는
삼차 관문을 통과하자마자 밖으로 나가 염자방, 고지기와 어울렸다.
마침 성검을 응원하기 위해 매란과 화접몽까지 온 터라 그들은 며칠
동안 주루에 처박혀 맘껏 술을 퍼마셨다.

　그런데 그게 그렇게 즐겁지만은 않았다. 삼차 관문에서 마주친 아수
라가 늘 성검 주위를 배회하고 있었기 때문이다.

　"형님, 저 작자가 형님이 말한 변탭니까?"

거나하게 취한 염자방이 아수라를 가리키며 말했다.

아수라는 주루 한편에 홀로 앉아 술을 마시고 있었다. 그는 닷새 내내 성검의 뒤를 졸졸 따라다녔다. 성검은 늘 그의 시선을 의식해야 했고, 그러는 사이 피가 바짝바짝 타 들어갔다. 지금도 마찬가지다.

"그렇다네. 허헉, 저 인간이 아직도 이쪽을 보고 있네? 정말 느물거리는 얼굴이지 않은가. 술이 저절로 깨는군."

"헤헤, 비쩍 마른 게 제대로 힘도 쓸 수 없겠는걸요. 정 거슬리면 제가 파암묘로 박살을 내놓을 수도 있습니다."

"그렇게 쉬운 상대가 아니야. 겉으론 저래도 상당한 쾌검수라네. 비록 검집으로 승부를 냈지만 너무 빨라서 검로조차 파악하기 힘들더군."

성검이 고개를 설레설레 저으며 힘없는 음성으로 말했다.

아수라가 자기를 좋아하는 것은 고마운 일이지만, 계속 느끼한 시선을 받다 보니 소화조차 되지 않았다. 어쩌다가 여자 아닌 남자에게 찍히게 된 것인지, 기분이 참 묘했다.

"끄응, 확실히 수상합니다. 여기 매란이와 화접몽이 있는데 왜 유독 형님에게만 눈독을 들이는 걸까요?"

"케헤헤. 이놈아, 그러니까 변태라지 않느냐."

콜록콜록 잔기침을 해가며 화접몽이 떠주는 국수를 받아먹던 고지기가 배시시 웃으며 끼어들었다.

두 눈이 먼 이후, 고지기는 급격하게 건강이 쇠진해 갔다. 이도 다 빠져서 기껏 먹을 수 있는 음식이 국수나 죽 따위였고, 말도 많이 줄었다. 금개록의 비결을 익힌 후 꾸준히 시달려 온 부작용이 한 시대를 웅크려 살아온 잠룡을 서서히 무너뜨리고 있는 것이다.

"스님, 비록 저자가 변태라고는 하지만 제게도 얼마간 책임은 있지요."

성검이 가볍게 한숨을 내쉬며 말했다.

"예? 형님이 무슨……."

"니가 저놈에게 꼬리라도 흔든 게냐?"

염자방과 고지기가 동시에 물었다.

"저한테 무슨 꼬리가 있다고 그러세요. 그저 이 빼어난 용모가 죄지요. 솔직히 과거에도 저 때문에 밤잠 설치는 여시주들이 숱했습니다. 오죽했으면 제가 대낮에 저잣거리에 나가는 걸 꺼려했겠습니까. 어휴, 전생에 무슨 죄를 져서 이렇게 잘난 얼굴로 태어난 건지 모르겠어요. 내생에선 부디 자방이나 스님처럼 이 푼가량 부족한 외모로 태어나야 할 텐데……."

"어머. 호호호호!"

"……."

기녀들이 요염하게 허리를 뒤틀며 웃음을 터뜨렸다. 하지만 염자방과 고지기는 애매한 표정으로 고개를 갸우뚱할 수밖에 없었다. 은근히 잘난 척하고 있는 것 같긴 한데, 상황이 묘하다 보니 위로를 해줘야 할 것도 같고…….

그런데 마침 그때 아수라가 천천히 일행을 향해 다가왔다.

"하하, 류 공, 이곳에서 또 만나게 되는구려. 인연이 깊은 듯한데 잠시 동석을 해도 되겠소? 물론, 함께 계신 분들만 괜찮다면."

아수라는 일행에게 일일이 포권지례한 후 담담하게 말했다.

마치 우연히 성검을 발견했다는 듯 시치미를 떼고 있었으나, 생선을 노리는 고양이처럼 눈을 반짝였다.

'젠장, 이 인간이 정말 왜 이러지?'

성검은 식은땀이 등줄기를 타고 내려가는 것을 느꼈다.

"형님, 싫다고 딱 잘라서 말씀하시지요. 변태들에겐 매몰차게 대할 필요가 있습니다."

"그래, 나도 변태는 싫어."

염자방과 고지기가 즉각적인 반응을 보였다.

"서방님, 무서워요."

"매란이도 변태가 무서워요."

잠시 눈치를 살피던 화접몽과 매란 역시 성검의 양쪽 옆구리를 파고들며 간드러진 목소리로 말했다.

하지만 아수라는 느글느글한 미소를 내비치고 있을 뿐이다.

"하하, 뭔가 사소한 오해가 있는 것 같구려. 내가 간혹 취향이 독특하다는 소리를 듣긴 하지만 변태는 아니올시다."

"흥! 그럼 왜 자꾸 우리 형님 뒤를 졸졸 쫓아다니는 거냐. 그리고 취향이 독특하다는 건 또 뭐야?"

"케헤헤, 여자보다는 남자를 볼 때 가슴이 더 설렌다는 의미겠지."

"어쩌면 양성애자일지도 몰라요. 아까부터 이 매란이를 바라보는 눈빛도 심상치 않았답니다. 호호호!"

일행은 중구난방으로 떠들며 아수라를 몰아붙였다. 그도 그럴 것이 아수라는 정말 첫인상이 더러웠으니까.

하지만 이번에도 아수라는 담담했다.

"허허, 이것 참. 나, 아수라는 검수(劍手)요. 내가 만약 류 공에게 흥미를 느꼈다면 그건 검수 대 검수로서 느끼는 투지겠지."

"……?"

술잔을 휘휘 돌리던 성검이 애매한 표정으로 아수라를 쳐다보았다.

성검 역시 강한 상대에겐 본능적으로 투지를 느낀다. 아수라의 말이 한편으론 이해가 갔다. 하지만 묘하게도 성검이 아수라에게서 받는 느낌은 분명 승부욕과는 거리가 멀었다.

"헤헤, 그럼 뭐야. 네가 지금 우리 형님께 결투라도 신청하겠다는 게냐? 흥! 우리 형님을 상대하고 싶다면 우선 나와 겨루어야 할걸?"

거나하게 취한 염자방이 바닥에 늘어뜨렸던 쇠사슬을 꼬나 쥐며 벌떡 일어섰다.

"음, 아무래도 자네는 내 상대가 아닌 것 같군. 싸움이란 게 힘만 가지고 되는 건 아니거든? 무기를 보면 사람을 알 수 있지. 그 무식한 닻을 무기로 삼는 것 자체가 자네의 아둔함을 입증하는 게야. 괜한 망신 당하지 말고 술이나 마시게."

"뭐야? 이, 이런 건방진……."

성질 급한 염자방이 발끈했다. 하지만…….

"헉!"

염자방은 곧 외마디 신음을 흘리며 자리에 털썩 주저앉고 말았다. 아수라가 검의 손잡이로 그의 복부를 가볍게 가격한 것이다. 미처 눈치 채지 못할 정도로 빠른 움직임이었다.

"어머!"

매란과 화접몽이 화들짝 놀라 성검의 옆구리를 더욱 거세게 파고들었다. 하지만 성검은 그녀들을 뿌리치며 벌떡 자리에서 일어섰다.

"아수라, 이게 도대체 무슨 짓이오!"

"하하, 용서하시오. 하지만 만약 이 친구가 내 검을 뽑게 했다면 피를 볼 수도 있는 상황이었소. 검수의 검은 검집을 벗어나는 순간 스스로 살심을 품게 되거든. 물론 그것을 다스리면 활검(活劍)이 되겠지만……."

"……?"

"음, 이왕 이렇게 되었으니 잠시 밖으로 나가 나와 비무를 겨루어보지 않겠소? 원래는 술이나 한잔하면서 무학을 논하고 싶었지만 어차피 검수들은 검으로 이야기할 때 보다 완전하게 교감할 수 있거든."

갑작스런 소란으로 인해 주위의 시선을 모으게 된 것이 부담스러웠는지, 아수라는 잠시 눈치를 살피다가 나직한 음성으로 말했다.

"솔직히 이유를 알 수 없구려. 강호엔 고수들이 숱하게 많을 텐데 왜 나 같은 무명소졸에게 그렇게 집착하는 것인지."

"이미 말하지 않았소? 난 취향이 좀 독특하다고……."

"만약 내가 거절한다면?"

"하하. 그거야 자유지만, 나는 이제껏 한번 점찍은 상대를 놓친 적이 없소이다."

아수라가 씨익, 웃으며 말했다. 삼차 관문의 비무에서 장탁에게 했던 말을 그대로 내뱉고 있는 것이다.

"우라질! 정 그렇다면 어쩔 수 없지. 밖으로 나가는 수밖에."

성검이 탁자 위의 철검을 집어 들며 싸늘하게 말했다.

달빛이 교교하게 쌓이는 강변.

강을 따라 길게 늘어진 은사시나무와 버드나무의 그림자들이 바람의 방향을 좇아 눕고 있었다. 간혹 수면을 따라 박쥐가 날았고, 밤새의 울음소리가 끊겼다 이어지곤 했다.

야심한 시각이지만 망월(望月)을 향해가고 있는 무렵이라 달빛은 밝

있다. 수면에 반사되고 있는 그 달빛이 왠지 차갑게 느껴졌다.

"우선 그동안 무엇을 배웠는지 점검해 볼까?"

고목처럼 묵묵히 서 있던 아수라가 느릿하게 입을 열었다.

치르릉―

검이 검집을 벗어나며 예광을 발한 것도 그 순간이다. 맑게 공명하던 검의 진동음이 강물 흐르는 소리에 묻혀갔다.

'그동안 무엇을 배웠는지?'

성검은 신중하게 보법을 펼치며 잠시 아수라의 말을 되뇌었다. 왠지 친근한 이에게나 쓰일 법한 어투다.

"어서 검을 뽑거라."

지그시 검을 늘어뜨린 채 성검의 움직임을 주시하던 아수라가 짧게 말했다.

아수라는 주루를 벗어난 후 줄곧 하대를 해왔으나 그것 역시 거부감보다는 친근감을 안겨주었다.

'도대체 저자의 정체가 뭘까?'

비무장에서부터 느낀 것이지만 아수라는 그 수준을 가늠하기 힘든 고수다. 어쩌면 이제까지 그에게서 느껴지던 묘한 감정은 일종의 위압감인지도 모른다. 도저히 어찌할 수 없는 견고한 벽……

'하긴, 저자의 말처럼 검수들은 검으로 이야기하는 수밖에 없겠지.'

성검은 천천히 검의 손잡이를 당겼다.

스르르륵―

군데군데 녹슨 철검이 거북한 마찰음을 내며 검집을 벗어났다. 만약 이 싸움에서 패한다면 성검은 한동안 싸구려 철검을 탓하게 될 것이다.

'공산토월(空山吐月)!'

성검은 살짝 허리를 비튼 채 검을 쥔 두 손을 오른쪽으로 기울이며 활처럼 휘어 머리 위로 치켜 올렸다. 두 팔과 검이 오른쪽으로부터 원을 이루며 머리를 감싼 형상. 공격적인 수비식이다.

"결국 내 공격을 기다리겠다는 것인가?"

"나는 아직도 싸울 마음이 없으니까……."

"하하, 어쩔 수 없군. 투지 먼저 불러일으키는 수밖에……."

아수라가 늘어뜨렸던 검을 사선으로 끌어 올리며 가볍게 미소 지었다. 수면에 비친 달빛처럼 은은한 미소다.

"일심검화(一心劍花)!"

답설무흔의 신법이다.

아수라가 가로질러 온 모래톱에는 발자국 하나 남아 있지 않았다. 하지만 보다 당혹스러운 것은 그의 움직임이 수십 개로 분절되고 있다는 점이었다. 마치 한 동작 한 동작이 서로 다른 초식에 뿌리를 두고 있는 것처럼…….

"헛—"

황홀한 검식에 넋을 놓고 있던 성검이 당혹성을 내지르며 검을 뻗었다. 아수라의 검이 어느새 목전으로 다가온 것이다.

채챙—

아수라의 검에 녹슨 철검이 닿는 순간 성검은 짜르르 전신에 전해지는 전율을 느꼈다. 마치 무형의 칼날이 심줄 하나하나를 훑고 내려간 것처럼 고통스러웠다.

하지만 그게 다가 아니다. 옆구리에 가벼운 검상이 남았다.

"……!"

축축이 젖어든 상처 부위를 뒤늦게 발견한 성검은 망연한 표정을 지었다.

"너무 느리다."

한차례 검초를 흩뿌리며 스쳐 지나간 아수라가 성검의 뒤편에서 나지막하게 말했다.

'분명히 막았다고 생각했는데……'

성검은 검을 늘어뜨린 채 천천히 뒤돌아섰다. 어둠에 반쯤 묻힌 아수라가 팔 장여 앞에 처음의 자세 그대로 서 있었다.

"방금 전 내가 펼친 검법은 이십여 년 전에 실전되었다. 나와 내 아들을 위해 목숨을 불사른 검수의 검법이었지."

"……?"

"혹시 네게는 사연이 담긴 검법이 있지 않은가? 있다면 지금 그 검법을 펼쳐 보거라. 만에 하나, 내가 살심을 품고 있다면 이번이 네가 그 검법을 펼칠 수 있는 마지막 기회가 될 테니까."

"당신은 누구요?"

"말하지 않았는가, 아수라라고……."

아수라의 음성이 냉막하게 어둠을 가로질러 왔다.

성검으로선 좀체 그의 의도를 짐작하기 어려웠다. 도대체 왜 자신이 이 자리에 서 있어야 하는지도……

'저자가 과연 내게 살심을 품고 있을까?'

성검은 늘어뜨렸던 검을 천천히 끌어 올려 방금 전과 똑같은 자세를 취했다.

공산토월. 부모의 얼굴도 모른 채 늙은 스님에 의지해 자라야 했던 성검은 슬픔을 드러내는 일조차 쉽지 않았다. 마음속의 봉우리에서 둥근 달덩이처럼 토해지는 그리움을 매일같이 느끼면서도 눈물 한 방울 내비칠 수 없었다. 어쩌면 그가 미친 듯이 무공에 심취했던 이유도 그 때문이었는지 모른다. 자기 자신이 품고 있는 슬픔과 그리움을 베어내기 위해서…….

"이번에도 수비식이란 말인가?"

"어디 한번 들어와 보시오."

처음과는 달리 성검의 눈에 불길이 자리 잡았다. 상대가 무엇이든 일 도에 베어내겠다는 투지가 불타오르고 있는 것이다.

"좋아, 똑같은 검법으로 공격하겠다. 이번엔 부디 내 검을 막아낼 수 있길 바란다."

"후회할 수도 있소. 난 눈썰미가 좋은 편이거든."

"하하, 좋아. 간닷!"

짧은 기합성과 함께 아수라의 신형이 빠르게 다가오기 시작했다.

마치 봉오리를 틀었던 꽃송이가 한 잎 한 잎 꽃잎을 열 듯 황홀한 동작들이다. 분명 일심검화와 같은 초식이었지만 그 변화가 너무 화려하고 복잡해서 도저히 어떻게 대처해야 할지 감을 잡을 수 없었다.

팔 장여의 거리가 삼 장 거리까지 좁혀진 것은 그야말로 순식간이었다. 기기묘묘한 초식의 변화에도 불구하고 아수라의 신법은 조금도 늦춰지지 않았다. 하지만…….

쇄애액—

미동도 없이 굳어 있던 성검이 허공에 녹슨 철검을 휘둘렀다. 그 순간 두 사람 사이에 존재했던 삼 장의 공간 안에서 묘한 현상이 일어났다.

츠츠츠츠춧.

섬전처럼 빠르게 달려오던 아수라가 마치 흐르지 않는 수면 위의 꽃

잎처럼 느리게 부유했고, 고요하게 잠들어 있던 모래톱의 모래들이 한 알 한 알 허공으로 빨려 올라갔다. 강물이 흐르듯 쉬지 않고 흐르던 시간의 운행이 한순간에 꼬이고 뒤틀린 듯한 느낌!

하지만 그것은 어디까지나 성검과 아수라 두 사람 사이의 공간에서 펼쳐진 기현상이다. 그것도 아주 잠시 동안…….

콰콰콰콰쾅—

거대한 굉음과 함께 곳곳에서 폭사가 일어났다.

깨알처럼 작은 모래가 수백 수천 조각나 미세한 가루가 되었다. 공기조차 깨지고 공간 자체가 쩌억쩍 갈라지며 폭사했다.

"허억—"

성검은 철검을 모래톱에 박은 채 그 자리에 주저앉아 힘겹게 날숨을 토해냈다.

전신공력을 실은 일검이었다. 말 그대로 기의 폭사였다. 초자영을 만난 이후 꾸준히 축적하고 익혀온 기(氣)의 운용 능력이 한 단계 비약하는 순간이기도 했다. 수비식에서 순식간에 극강의 공격을 펼쳐 낸 셈이다.

하지만 그로 인한 충격도 만만치 않았다. 마치 기혈이 뒤틀린 것처럼 극심한 고통이 뒤따르고 있었다.

'젠장.'

얼마간 숨결을 고르던 성검이 퍼뜩 정신을 차리며 고개를 들었다.

결코 의도적인 공격이 아니었다. 그저 아수라의 검법이 주는 황홀함에 넋이 나가 자신도 모르게 펼친 일격이다. 그런데 그만 실수가 펼쳐지고 만 것이다.

하지만 걱정스런 눈길로 전방을 주시하던 성검의 표정이 묘하게 일그러졌다. 기 폭풍에 휘말려 처절하게 찢겨졌으리라 여겼던 아수라가 삼 장여 밖에서 부드럽게 웃고 있었다.

"멋진 한 수였네. 방금 전 그 초식의 이름이 무엇이지?"

"……!"

"심공이 가르쳤다고는 도저히 믿어지지 않는 검법이었어. 하하, 아니지. 검법이라기보다는 기공(氣功)이라는 표현이 옳겠군. 어쨌든 정말 훌륭했네."

말을 마친 아수라는 늘어뜨렸던 검을 다시 검집에 꽂아 넣었다.

"어떻게 내 공격을 막아낼 수 있었던 겁니까?"

성검이 믿어지지 않는다는 듯한 표정으로 물었다. 비로소 아수라에 대한 순수한 궁금증이 생겨나기 시작한 것이다.

"이유는 간단하지. 나는 천하제일이니까."

"천하제일?"

"파하하! 그래. 며칠 후면 내 말이 사실이란 걸 알게 될 게야. 자, 난 그만 돌아가겠네. 자네 실력은 충분히 입증되었어."

아수라는 만족스럽다는 듯 웃음을 내비치며 뒤돌아섰다. 그리고 묵묵히 어둠 속으로 걸음을 옮겼다.

2

이틀 후 비로소 사차 시험이 시작되었다.

천검궁의 연무장 중앙에는 삼차 관문을 통과한 사천 명의 후보와 그들의 자질을 검증할 천검궁 고수 사백 명이 도열해 있었다. 후보들은 이제 사십 개 조로 나뉜 후, 각각의 소형 비무장에서 닷새에 걸쳐 마지막 시험을 치르게 된다.

연무장 주위에는 만약의 불상사를 대비하기 위해 별동대와 의료진이 대기하고 있었다. 그 외 천검궁 산하에 소속된 무림 각 파의 수장들이 비무를 관람하기 위해 참석했으며, 단상에는 역천휘를 비롯한 수뇌부 전원이 자리했다.

사차 관문의 비무는 향후 천검궁을 이끌어갈 신인들의 자질을 한눈에 파악할 수 있는 기회다. 자연히 관심이 쏠릴 수밖에 없었다.

성검은 이번에도 염라검황 이우공의 조에 속하게 되었다. 그 조에는 이우공 외에 아홉 명의 천검궁 고수들이 더 속해 있었으며, 신비검객 아수라도 포함되었다.

원래 성검은 사차 관문에서 화향검을 상대로 비무를 펼치고 싶었으나 그럴 가능성은 없었다. 이우공에게 확인해 본 바로, 화향검은 아직 휴가 중이고 오늘까지도 복귀하지 않았으므로.

'어쩌면 이변이 일어날 수도 있겠군. 천검궁 고수들의 실력이 아무리 뛰어나다 해도 결코 아수라를 꺾지는 못할 테니 말이야.'

멀지 않은 곳에 있는 아수라를 힐끗 쳐다보던 성검이 가볍게 한숨을 내쉬었다.

이틀 전, 비무를 겨룬 후 아수라는 더 이상 성검을 귀찮게 하지 않았다. 어쩌다 마주쳐도 가벼운 미소만 건넨 채 지나치거나 의도적으로 외면했다. 당최 종잡을 수 없는 위인이었다.

둥, 둥둥, 둥둥둥.

연무장 한편에서 비무의 시작을 알리는 북이 울렸다.

이제 각각의 비무장에서 백여 회에 걸쳐 비무가 벌어진다. 그리고 결국 최종 합격자가 결정될 것이다.

"일 번 백주동!"

심사관이 호명하자 긴장된 표정의 후보가 비무장으로 들어갔다.

잠시 후, 비무장 좌측 의자에 대기하고 있던 천검궁의 대련무사가 천천히 걸음을 옮겨 그의 맞은편에 섰다.

"예(禮)!"

심사관의 지시에 의해 두 사람은 포권을 취한 후 한 걸음씩 뒤로 물러섰다.

"결(決)!"

역시 짤막한 외침.

차르릉—

백주동이라 불린 응시자는 기수식이나 탐색도 없이 검을 뽑는 것과 동시에 빠르게 대련무사를 향해 직격해 들어갔다.

얼마간 야인(野人)의 냄새가 풍기는 자로 일정한 초식에 얽매이지 않고 자유롭게 검법을 구사했다.

하지만 그의 검이 목전에 닿는 순간 대련무사는 절묘한 신법을 펼쳐 순식간에 좌측으로 일 장여를 옮겨갔다. 아직 검도 뽑지 않은 상태다.

"……!"

백주동의 표정이 차갑게 굳어졌다. 왠지 불길한 느낌을 떨칠 수 없다는 듯.

"검만 휘두른다고 모든 것이 베어지는 것은 아니다. 너는 상체와 하체가 균형을 이루지 못하고 있어. 비록 검을 든 것은 손이지만 검법의 기초는 다리다. 이번에도 날 실망시킨다면 곧장 짐을 싸서 돌아가야 할 것이다."

"······!"

"쯧쯧, 검객의 표정은 계집처럼 그렇게 헤프면 안 돼. 아무래도 넌 아직 배울 게 많은 듯하다. 굳이 겨룰 필요도 없을 듯하군."

비무라기보다는 교육에 가까운 승부였다.

대련무사는 눈에 보이는 단점들을 쉬지 않고 지적했다. 그도 그럴 것이 천검궁은 강호지존이다. 모든 무사들은 천검궁의 무사가 되고 싶어한다. 올해 떨어진다 해도 사 년 후 이 자리에 다시 설 것이다. 그러니 깨우침 하나라도 더 주고자 노력하는 것이다.

하지만 백주동은 현재만을 생각하고 있었다. 아직 젊기 때문이다. 그는 빠드득 이를 갈며 두 손으로 힘껏 검을 거머쥐었다.

"천만에! 싸움은 끝나봐야 아는 것 아니겠소?"

"아니! 검을 뽑는 순간 끝나는 게 싸움이다. 너는 이미 패했어."

"내 생각은 다르오. 자, 갑니다!"

백주동이 검을 늘어뜨린 채 곧장 쏘아져 들어갔다. 길게 풀어진 머리가 말갈기처럼 바람에 흩날릴 만큼 빠른 속도다.

"히야앗!"

대련무사와의 거리가 이 장 정도로 좁혀지는 순간, 허리 뒤로 늘어졌던 검이 사선을 그으며 뻗어 올라갔다. 그의 검은 이미 푸르스름한 강기에 휩싸였다. 회심의 일격을 준비하고 있었던 것이다.

"······!"

의외로 매서운 검풍이 휘몰아치자 천검궁의 무사 역시 표정이 흔들렸다. 하지만 그것도 잠시.

"타핫!"

무엇인가 빠른 빛줄기가 검풍을 가르며 쏟아져 나갔다. 그리고 그것으로 첫 번째 비무가 끝났다. 채 반 각의 시간도 흐르기 전에 벌어진 일이다.

챙그랑—

백주동의 검이 힘없이 바닥으로 떨어졌다. 두 사람의 거리는 반 장여. 대련무사의 검단은 정확히 백주동의 목울대에 닿아 있었다.

"졌소이다."

망연한 표정으로 서 있던 백주동이 털썩 주저앉으며 말했다.

"원래 네게 주어진 비무 시간은 일각가량이었다. 네가 보다 겸손했다면 몇 가지는 더 배울 수 있었을 것이다. 자, 결과가 나올 때까지 숙소에 가서 기다리거라."

"아직 희망이 있다는 말씀입니까?"

"그거야 나머지 응시자들의 수준이 어떤가에 달렸지."

대련무사는 무뚝뚝한 음성으로 말한 후 천천히 등을 돌려 비무장 밖으로 걸어나갔다.

비무는 한 시진에 여섯 차례씩 하루 네 시진에 걸쳐 펼쳐졌다.

대개는 한 응시자에게 일각가량의 시간이 주어졌다. 뚜렷한 실력 차에도 불구하고 대련무사들이 인내심을 가지고 지도 차원에서 상대해 주는 경우가 대부분이었다.

하지만 개중에는 백주동처럼 지나치게 도전적이고 공격적이어서 채 반 각도 버티지 못한 채 연무장 바닥을 구르거나 밀려나는 경우도 있었다.

물론 반대의 경우도 종종 벌어졌다. 어떻게 삼차 관문까지 통과했는지 의심스러울 정도로 무공의 기초를 익히지 못한 자들이 있었던 것이다.

그럴 경우, 대련무사들은 그들을 곱게 돌려보내지 않았다. 감히 천검궁을 얕보고 함부로 응시했다는 이유로 그 대가를 톡톡히 치르게 했다. 그 때문에 천검궁에선 매일 몇 명의 후보들이 어디 한두 군데가 부러진 채 쫓겨나다시피 귀가하는 풍경이 연출되었다.

천검궁 소속의 대련무사들은 충분히 자긍심을 가질 만했다. 사흘이 지나도록 응시자에게 패한 이는 한 명도 나오지 않았다. 가히 천검궁 고수들의 실력이 유감없이 발휘된 것이다. 하지만 나흘째 되는 날 결국 이변이 일어났다. 성검이 속한 조의 스무 번째 비무에 신비검객 아수라가 나서면서부터다.

"결(決)!"

비무를 알리는 심사관의 짤막한 외침이 터져 나올 때까지도 응시자들은 언제나처럼 심드렁한 표정이었다. 또다시 대련무사들의 일방적인 훈계가 이어질 것이 뻔했으므로.

하지만 그 비무는 처음부터 뭔가 심상치 않았다.

"왜 검을 뽑지 않는 것인가?"

중년의 대련무사가 고개를 갸우뚱하며 물었다.

얼마간의 시간이 흘렀음에도 아수라가 처음 그 자리에 붙박인 채 미동도 하지 않았기 때문이다.

"나는 신중하게 검을 뽑는 편이오."

살짝 고개를 숙인 채 대련무사를 노려보던 아수라가 담담하게 말했다. 그런데 그 말이 대련무사에게 얼마간의 흥미를 느끼게 한 듯했다.

"하지만 한 차례 공격이라도 펼쳐 보아야 가르침을 얻어 갈 것이 아닌가.”

“어쩌면 내가 당신이 감당할 수 없는 고수라는 생각은 해보지 않소이까?”

“푸훗, 재미있군. 너에게 주어진 시간이 일각이란 사실은 알고 있는가? 나를 더 기다리게 한다면 단 일 격으로 너를 쓰러뜨리는 수밖에 없어.”

“그렇다면 좀 더 고민해도 되겠군.”

“……?”

대련무사의 표정이 묘하게 변했다.

그 역시 아수라가 이제까지 상대한 검객들과 다르다는 사실을 얼마간 감지했다. 하지만 감히 천검궁의 서열 백구위인 자신을 상대로 시건방을 떨었으니 곱게 돌려보낼 수는 없는 일이었다.

“셋을 세겠다. 그 안에 검을 뽑아라. 만약 네 발검이 늦는다면 나는 자비를 거둔 채 너를 상대하게 될지도 모른다. 자, 하나, 둘…….”

“…….”

“셋!”

천천히 숫자를 세어가던 대련무사가 냉막한 시선으로 아수라를 노려보았다. 그리고 그 눈빛이 아수라에게 닿기도 전에 무사의 검이 검집을 벗어나 허공을 가르고 있었다.

스팟―

두 자루 검이 각각의 빛살을 이끌고 마주쳐 갔다. 아수라의 검 역시 허공을 가르기 시작한 것이다. 그리고 잠시 후,

“흡!”

두 개의 빛이 상충하며 섬광을 발할 무렵, 대련무사가 외마디 신음

을 흘리며 바닥을 굴렀다.

쾌검과 쾌검의 승부였으되 아수라의 검이 더 빠르고 견고했다.

"발검과 신법은 빠르지만 상대를 읽지 못한 것이 패인이오. 검객이 오래 살아남기 위해선 최소한 세 가지 중 한 가지는 지니고 있어야 하지. 자신보다 강한 상대를 피해가는 본능, 아니면 절대적인 검법, 그도 아니라면 상대의 자비심. 당신은 첫 번째도 두 번째도 지니지 못했으나 내가 지닌 자비심으로 인해 목숨을 건졌소."

아수라가 나직한 음성으로 또박또박 말했다.

깔끔한 승리다. 하지만 연무장의 분위기는 삽시간에 가라앉았다. 아수라가 선 비무장을 중심으로 조금씩조금씩 정적이 번져 갔다.

제사차 관문이 시작된 이후 처음으로 천검궁의 무사가 응시자의 검에 쓰러진 것이다. 비록 아수라가 손속에 사정을 두어 검등으로 가격하긴 했지만 쓰러진 대련무사는 아직도 바닥을 구르고 있다.

처음 한동안 정적의 진원지를 찾아 헤매던 단상 위의 천검궁 수뇌부 모두가 아수라 한 사람에게 시선을 고정시키고 있었다. 물론 그 일이 천지개벽할 만큼 놀라운 일은 아니다. 수십 년에 걸쳐 입관 시험을 치러오는 동안 지금과 같은 상황이 몇 차례 벌어지긴 했으니까.

하지만 역시 난감한 일이었다. 이제까지 일사천리로 진행되어 온 입관 시험이 갑자기 꼬이기 시작한 것이다.

"그를 합격자 명부에 올리고, 새로운 대련무사를 투입해 비무를 계속 진행하게."

얼마간의 침묵을 깨고 단상 위에서 담담한 음성이 들려왔다. 귓속말처럼 낮았으나 심오한 내공이 실린 음성이었다.

"구십이 번 아수라 승!"

심사관의 판결과 함께 비무장 주위에 잠시 소요가 일었다.

아수라의 실력에 대한 경외나 부러움이, 혹은 앞으로 그가 겪게 될 시련을 염려하는 마음이 나직한 탄성으로 쏟아져 나온 것이다.

하지만 잠시 후, 염라검황 이우공이 검을 들고 비무장에 들어서는 것으로 소요가 잦아들었다.

"구십삼 번 류성검!"

이우공의 의도를 알아챈 노련한 심사관이 곧장 류성검을 호명했다. 아무 일도 없었다는 듯 비무를 재개함으로써 분위기를 전환할 필요가 있었던 것이다.

"한 수 가르침 부탁드립니다."

비무장에 오른 성검이 정중하게 포권지례했다.

"그러세. 한 수 한 수 최선의 공격을 펼치게. 자네의 기량을 정확히 파악할 필요가 있으니 말이야."

"감사합니다. 그럼 먼저 검을 뽑겠습니다."

다시 한 차례 포권지례한 성검은 천천히 몇 걸음 뒤로 물러섰다. 그로써 두 사람의 거리는 이제 사 장여로 벌어졌다. 생각하기에 따라 가까울 수도, 멀 수도 있는 거리다.

'아수라… 꿩 사부 이후 만난 최고의 검객이다. 도대체 저자의 정체가 무엇일까?'

막상 이우공과 거리를 유지하고 나서도 성검의 마음은 온통 아수라에게 쏠려 있었다. 이미 며칠 전 강가에서 확인했듯 아수라는 자신을 한참 뛰어넘는 고수다. 그 사실이 성검을 설레게 했다.

"무얼 망설이고 있는 것인가?"

"아닙니다. 자, 그럼 시작해 보겠습니다."

녹슨 철검을 거머쥔 성검은 천천히 이우공 주위를 맴돌았다.

단순히 탐색전을 펼치기 위해서가 아니다. 그는 눈앞의 이우공을 어찌 처리해야 할지 고민할 수밖에 없는 입장이다. 쓰러뜨리자니 불필요하게 이목이 집중될 것 같고, 적당히 져주자니 그건 또 성격상 불가능한 일이다.

'어쩔 수 없군. 어떻게 해서든 일각의 시간을 끌어보는 수밖에……'

성검은 결국 시간을 끌어 무승부로 끝내는 쪽을 선택했다.

그런데 그런 성검의 계획은 어디까지나 이우공의 무위를 가늠하지 못한 상태에서 세워진 것에 불과했다.

채채채챙―

성검의 녹슨 철검과 이우공의 검은 서로의 빈틈을 노리며 매섭게 검광을 흩뿌렸다. 벌써 반 각째 두 사람은 우열을 점하지 못한 채 힘겨운 승부를 벌였다.

움직임이 워낙 빠르다 보니 사람과 검이 순간순간 사라졌다. 아무리 뛰어난 고수들이라 해도 쉬지 않고 그렇게 검초를 뿌려대는 게 쉬운 일은 아니다.

'젠장, 뜻밖이군. 화향검과도 평수를 유지했던 나 성검이 이렇게 곤욕을 치르다니 말이야. 분명히 화향검은 역천휘의 호위 무사라고 했는데… 그렇다면 최소한 이우공보다는 강해야 하지 않겠는가.'

'자칫하다간 나 이우공이 개망신을 당하겠군. 이런 풋내기에게 쩔쩔매다니 말이야. 어쨌거나 재목은 재목이다. 기필코 제자로 만들어 오른팔로 삼을 테다.'

검을 맞댄 채 힘 겨루기에 들어간 두 사람은 한동안 서로의 얼굴을 빤히 쳐다보았다. 두 사람 모두 웃는 표정이었다.

하지만 속사정은 달랐다. 절정에 달한 쾌검 대 쾌검의 승부다. 쉬지 않고 빛살보다 빠른 검초를 흩뿌리다 보니 내력 소모가 급격히 이루어졌다. 숨이 턱까지 차고 다리까지 바르르 떨렸지만 결코 지친 내색을 보이고 싶지 않았다. 쪽팔리니까.

어느새 단상에 도열한 수뇌부의 시선이 그들 두 사람에게 모아졌다. 사십 개 비무장에서 동시에 펼쳐지고 있는 비무 중 단연 백미였다.

"선배님, 정말 대단하십니다."

'혹시 아침에 개고기라도 드신 겁니까?'

"자네야말로 대단하군. 하지만 아직 어색한 부분이 많아. 공수 전환 시에 빈틈이 보이는군. 또한 변초를 짜내는 데 너무 오랜 시간이 걸려. 물론 나이에 비해 기초가 탄탄하지만 아직 한참을 배워야 할 수준이야. 이럴 때일수록 훌륭한 사부를 만나야 하지. 어차피 입관 시험은 무사히 통과할 것 같으니 앞으로 주의 깊게 지켜보겠네."

'이 정도 말해 줬으면 내 체면을 생각해서라도 이제 검을 접어야 하지 않겠니? 정말 힘들어 환장하겠다.'

두 사람은 여전히 부드러운 미소를 띤 채 속으로는 가쁜 호흡을 조절하느라 죽을 맛이었다. 하지만 자존심 때문에라도 결코 물러설 수 없는 한판이었다.

'젠장, 힘들어서 더는 못해먹겠다. 회심의 일격을 가하는 수밖에……'

'어라, 저 눈빛은 뭐지? 아무래도 불길해.'

이우공은 한순간 성검의 눈빛이 반짝이는 것을 느꼈다. 그리고 바로 그 순간.

"히얏!"

성검이 이우공의 검을 밀어내며 그 반동을 이용해 이 장여 뒤로 붕 떠올랐다.

그사이 검은 오른손으로 옮겨져 있었으며, 얼마간 자유로워진 좌수에서 일장이 격출되었다. 푸르스름한 장경(掌勁)이 맹렬한 기세로 이우공의 복부를 향해 날아들었다.

"헛!"

이우공은 다급하게 몸을 휘돌려 검으로 장경을 쳐냈다.

힘겹게 막아내긴 했지만, 마치 내장이 들려졌다 한꺼번에 떨어져 내리는 것처럼 싸한 통증이 전해졌다.

하지만 그게 다가 아니었다. 그가 충격으로 인해 검을 늘어뜨리는 사이, 한줄기 예기를 띤 빛살이 날아들었다.

스파파파팟―

"……!"

전혀 예상치 못한 공격이었다. 이우공은 미처 막을 생각도 하지 못했다.

"헉―"

성검이 내던진 검이 빠르게 회전하며 이마에 맞는 순간, 이우공은 외마디 신음을 토해내며 그대로 뒤로 넘어갔다.

쿵―

"……"

연무장은 또 한 번의 이변으로 인해 다시 정적에 사로잡혔다.

그나마 검의 손잡이에 맞아 피를 보지는 않았지만 이우공은 충격 때문에 정신을 잃었다. 이마엔 불룩한 혹이 튀어나왔으며, 놀란 두 눈은 부릅떠져 있었다.

"거참, 묘하군. 내 생전 눈을 뜨고 기절한 사람은 처음 보네. 얼마나 원통했으면 이런 기발한 방식으로 기절을 했을까? 쯧쯧, 우공이, 그나마 자네는 두 번째라서 덜 쪽팔리지 않은가. 너무 속상해하지 말게."

다급히 비무장으로 뛰어든 천검궁 무사 하나가 이우공의 상태를 살핀 후 한숨을 내쉬며 말했다.

3

사흘 후 아침, 사시(巳時)가 막 시작될 무렵의 천검궁.

연무장에는 입관 시험을 통과한 이천여 명의 신입 무사들과 이번 시험의 진행에 참여했던 천검궁 무사 오백여 명이 중앙에 도열해 있었다.

그들 외곽에는 다시 사천 명의 천검궁 정예 부대 네 개 의장단이 예복을 입은 채 행사가 시작되기를 기다렸다. 그들은 각각 검과 도, 창, 활을 들었으며, 무리의 맨 앞에는 천검궁의 깃발을 든 기수들이 미동도 없이 섰다.

그게 다가 아니었다. 단상 주위엔 오늘 행사를 위해 특별히 초대된 사백여 명의 무희(舞姬), 그 외 각양각색의 공연단이 대기했으며, 또 다른 한편엔 연회장이 마련되어 있었다.

얼마의 시간이 흘렀을까.

뿌우우우—

뿔나발 소리가 길게 울리면서 풍악이 연주되었고, 단상 주위에 대기하고 있던 무희들이 단상 아래로 모여들며 춤을 추기 시작했다. 비로소 천검궁의 입관식이 거행된 것이다.

얼마 후 연무장 맞은편 전각에서 수십 명의 천검궁 수뇌부와 호위무사들이 모습을 드러냈다. 그들의 정중앙에서는 천검궁주 역천휘가 위풍당당하게 걸음을 옮기고 있었다.

역천휘가 단상에 오르자 다시 뿔나발이 길게 울었고, 한동안 흥겹게 이어지던 풍악이 멎었다. 궁주의 환영사가 시작되는 것이다.

"축하한다."

잠시 연무장의 무사들을 둘러보던 역천휘가 낮으나 위엄있는 음성을 토해냈다.

"나 천검궁주는 오늘 이 자리에 선 무사들 가운데에서 천하제일인이 탄생하리라 믿는다. 그가 곧 천검궁의 주인이 될 것이며, 천하의 주인이 될 것이다."

"……."

연무장의 무사들은 경외와 흥분이 엇갈린 표정으로 말없이 역천휘를 바라보았다. 천하제일인! 바로 그들 앞에 선 역천휘의 모습이다.

"게을리 하지 마라. 그대들 모두가 천검궁의 후기지수다. 하지만 적어도 오늘 하루만은 모든 것을 잊고 즐겨라. 오늘은 축제의 날이니까."

그 말을 끝으로 역천휘는 천천히 뒤돌아서서 태사의를 향해 걸어갔다.

"와아아아―"

무사들은 비로소 환호성을 터뜨리며 천검궁의 무사가 된 자신들을 축하하기 시작했다.

멎었던 풍악이 다시 울렸다. 봉오리를 다물 듯 고즈넉하게 웅크려 있던 무희들의 춤이 재개되었고, 대기하고 있던 광대들이 꽃가루를 뿌리며 연무장의 무사들 사이를 바쁘게 뛰어다녔다. 재주를 넘고 구르고 펄쩍 뛰어오르기도 하며…….

연무장에 도열해 있던 의장단이 일제히 움직이기 시작한 것도 그 순간이다.

"현무검(玄武劍)!"

"청룡도(靑龍刀)!"

"백호창(白虎槍)!"

"주작궁(朱雀弓)!"

검과 도, 창과 활로 이루어진 각각의 의장단은 서서히 격간을 넓히며 군무(群舞)를 펼치기 시작했다.

연무장의 정중앙, 이천에 달하는 신입 무사들은 그 웅장하고 화려한 군무에 넋을 잃은 채 황홀한 표정을 짓고 있었다.

"류 공, 한 가지 궁금한 게 있소이다."

입을 헤벌린 채 단상 앞 무희들을 바라보는 성검에게 아수라가 다가왔다. 지난번 강변에서의 비무 이후 처음으로 말을 걸어온 것이다.

"헤, 말씀하시구려."

성검은 여전히 무희들에게만 눈길을 주었다.

"천검궁에 입관한 이유를 알고 싶소."

"음회회회, 나름대로 사정이 있지요. 어떤 인간하고의 약속 때문이오. 그런데 그건 갑자기 왜 물어보시오?"

"그냥 궁금해서……."

"그러는 아수라 대협은 그 나이에 뭐 얻어먹을 게 있다고 여길 들어

온 겁니까? 그 정도 실력이면 청부업을 해도 굶어 죽지는 않을 텐데."

"하하, 나 역시 비슷하오. 나를 남겨둔 채 죽어간 수만 명의 동지들과 한 약속이 있거든."

"......!"

성검의 표정이 묘하게 변했다. 하지만 그것도 잠시,

"저리 비켜!"

키 큰 무사가 앞을 가로막자 그를 밀어내며 버럭 소리를 내질렀다. 무희들의 춤을 가로막는 모든 존재가 적이라는 듯.

"류 공, 사실 난 심공과 아주 막역한 사이라오. 류 공에게 무례하게 대한 것 역시 심공의 제자라기에 그 무위를 살피기 위한 것이었소. 불쾌했다면 그 점 사과하리다."

"음, 그런 일이 있었군요. 음회회, 뭐 우리 사부님과 친하시다니 그 정도는 이해를 해야겠지요. 그나저나 나중에 얘기하면 안 되겠습니까? 음회회, 내가 워낙 춤에 조예가 깊다 보니 춤 구경을 놓칠 수가 없어서……."

성검은 무희들을 쳐다보는 데 여념이 없었다.

"류 공, 어쩌면 내겐 그럴 기회가 없을지도 모르오. 곧 죽을 수도 있으니까……."

"......?"

그제야 성검은 애매한 표정을 지으며 아수라를 빤히 쳐다보았다.

"한 가지 부탁을 드려도 되겠소?"

"무슨……."

"여기 한 장의 서찰이 있소. 만약 내가 죽게 되면 이 서찰을 심공에게 전해주시오."

말을 마친 아수라가 소매 안에서 봉투 하나를 꺼내 은밀히 건넸다. 작은 쪽빛 봉투로, 활(活)이라 적힌 인장에 봉인되어 있었다.

"심공 스님과 정말 아는 사이입니까?"

아수라의 말이 빈말이 아님을 깨달았는지 성검이 진지한 표정으로 물었다.

"그렇소. 내게 가장 소중한 이를 믿고 맡길 수 있을 만큼……."

"하지만 나는 언제 무불사로 돌아갈지 알 수 없는 상황인데……."

"그렇게 서두를 일은 아니오. 자, 그럼 부탁하오."

채 무슨 대답이 나오기도 전에 아수라는 등을 돌려 광대들 사이로 빠져나갔다.

"도대체 이 더러운 느낌은 뭐지? 끈적끈적하고 칙칙해."

성검은 아수라의 뒷모습을 보며 나직하게 중얼거렸다.

연무장의 분위기는 한창 달아올랐다.

풍악은 끊이지 않았고, 언제부턴가 자연스레 선배 무사들과 신입 무사들이 어우러졌다. 시종들이 연신 음식과 술을 내왔으며, 광대와 무희들의 공연도 절정에 달했다.

연회장도 마찬가지였다. 단상 위에 자리했던 수뇌들과 대륙 각지에서 올라온 천검궁 산하 각 파의 수장들, 각계의 귀빈이 그곳에 모여 회포를 푸는 중이다.

"부궁주, 내 술 한잔 받으시오."

잔잔한 미소로 귀빈들을 상대하던 역천휘가 풍뢰검 황보검웅에게 다가와 잔을 내밀었다.

"궁주, 제가 어찌 궁주의 잔을……."

뭔가 깊은 생각에 잠겨 있던 황보검웅이 당혹스런 표정을 지었다.

황보검웅. 쉰을 갓 넘긴 나이로, 사내다운 멋이 물씬 풍기는 얼굴이다. 짙은 눈썹 아래 호목(虎目)이 자리 잡고 있으며, 시원하게 뻗은 콧날과 큼직한 입은 꽤나 뚝심있어 보였다. 게다가 체구가 장대해서 한눈에도 역발산기개세의 장사임을 알 수 있다. 왠지 믿음이 가는 사내, 동시에 누구에게도 종속될 것 같지 않은 사내. 그가 바로 황보검웅이었다.

하지만 지금 역천휘를 바라보는 그의 눈엔 얼마간의 두려움이 담겨 있었다. 마치 생에 단 한 번 천적과 마주치게 된 백호의 눈빛처럼.

"하하, 이곳이 격식을 차리는 자리이더이까?"

"정 그러시다면 한잔 받겠습니다."

'역시 거인이다. 이미 오늘의 거사를 눈치 채고 있을지도 모른다. 아니, 분명히 사전에 알고 있었을 것이다. 어쩌면 역천휘는 이 거사를 자신에 대한 정당한 도전으로 받아들였을 터! 그렇다면 이 잔은 내게 베푸는 마지막 인정이란 말인가? 푸훗, 하지만 궁주의 여유도 오래가진 못할 것이다. 나 하나라면 모르겠으나 오늘 거사엔 또 한 명의 손님이 초대되었다. 천검궁주 역천휘, 당신의 천적이……'

정중하게 잔을 받은 황보검웅은 단숨에 화주를 들이켰다. 그리고 상에 놓인 주전자를 들어 잔을 채운 후 다시 역천휘에게 건넸다.

"궁주께 받은 잔을 돌려 드리겠습니다. 이 잔에는 천하제일인에 대한 경외가 담겨 있습니다. 받으시지요."

"하하, 고맙구려."

역천휘는 술잔을 받으며 묘한 시선으로 황보검웅을 바라보았다. 그리고 그 시선은 곧 황보검웅과 같은 상에 앉아 있는 왜인들에게 닿았다.

최근 바다를 건너온 천검궁 왜국 지부의 수뇌들이다. 그들 뒤편엔 열 명의 호위 무사가 미동도 없이 서 있었다. 원래대로라면 이곳 연회 장엔 역천휘를 호위하는 오십여 명의 호위 무사들만이 자리해야 한다.

하지만 왜국 무사들은 형식적으로 천검궁의 산하에 들어 있을 뿐이었다. 역천휘는 그들이 호위 무사를 대동하는 것을 허락할 수밖에 없었다. 왜국 최고의 낭인 집단으로 평가되는 흑천설야(黑天雪野)에 대한 예우로.

흑천설야!

원래는 정토종(淨土宗)에서 파생된 신흥 종파를 중심으로 결속된 종교 집단이었다. 그들은 한때 왜국의 황실에 거역하고 모반을 일으킨 타 무사 집단을 정벌하는 데 큰 역할을 했다. 자신들의 종파를 국교로 삼겠다는 황실의 약속을 믿고…….

하지만 일단 난이 평정되자 황실에선 약속을 저버렸다. 그리고 그에 불만을 토로하는 그들을 평정하기 위해 대규모 군사를 보내 토벌하기에까지 이르렀다.

이후, 천신만고 끝에 목숨을 건진 그들 세력은 은밀히 잠적해 낭인 집단을 결성했는데 그것이 바로 흑천설야다. 흑천설야는 불과 십 년 만에 거대한 집단으로 성장해 왜국의 낭인 집단과 인자 집단을 빠르게 흡수해 갔다. 지금에 이르러선 그 세력이 왜국 전체에 퍼져 있으며, 황실에까지 잠입해 있다. 결국 천검궁과는 달리 흑천설야는 황실을 상대로 전쟁을 준비하고 있는 셈이다.

흑천설야가 비록 천검궁에 종속될 것을 약속했으나 그것은 어디까지나 한시적이다. 단지 강호를 일통한 천검궁의 전략과 조직 체계를 배우기 위해 황보검웅의 제의를 받아들였을 뿐이다. 그러니 아직까지는 그저 협력 단체로 보는 것이 정확하다. 훗날의 일은 어찌 될지 알수 없지만…….

'하하, 흑천설야, 만약 경거망동한다면 이곳이 너희들의 무덤이 될수도 있다.'

역천휘는 희미한 웃음을 흘리며 황보검웅에게서 받은 술잔을 비웠다.

얼마의 시간이 흘렀을까. 역천휘로서도 미처 짐작하지 못한 일이 벌어졌다.

[궁주, 이제 연회를 파할 때가 되지 않았는가?]

역천휘의 귓전에 누군가의 전음이 들려왔다. 그는 술잔을 내려놓은채 신광이 뻗치는 눈길로 주위를 둘러보았다.

"……?"

한 사내가 검을 늘어뜨린 채 뚜벅뚜벅 연회장을 향해 걸어오고 있었다.

그것이 신호이기라도 한 듯 갑자기 풍악이 멎고 단상 아래에서 춤추던 무희들이 일제히 동작을 멈추었다.

그로 인해 연무장은 물론 연회장 내에서도 소란이 일기 시작했다.

"저자는?"

사내를 바라보던 역천휘는 흥미로운 표정을 지었다.

검을 든 사내, 제사차 관문에서 처음으로 천검궁의 대련무사를 쓰러뜨린 자다. 범상치 않은 자임은 알고 있었으나, 크게 신경 쓰지 않았다. 그런데 지금 그가 무모한 일을 저지르려 한다.

그랬다. 사내는 바로 아수라였다.

"막아랏!"

개세구로의 제일좌 여추가 노한 음성으로 외쳤다.

명령이 떨어지기 무섭게 오십여 명의 호위 무사들이 연회장 앞으로 튀어 나가 검진을 펼쳤다. 연무장의 무사들 역시 동요하기 시작했다.

"내 길을 막지 마라. 한평생 오늘을 위해 걸어왔다. 누가 되었든 나를 막아서는 자는 용납지 않을 것이다."

느릿하게 걸어오던 아수라가 걸음을 멈춘 채 입을 열었다.

상당한 내공이 실린 음성이다. 한마디 한마디가 토해져 나올 때마다 상 위의 음식들이 덜컹거릴 만큼…….

"시야가 가려졌구나. 잠시 비켜서거라."

역천휘가 호위 무사들을 향해 담담하게 말했다. 실제로 호위 무사들로 인해 그는 아수라를 볼 수 없는 상황이었다.

"궁주, 자객입니다."

여추가 걱정스런 음성으로 말했다.

개세구로와 그의 수제자인 구룡은 이미 역천휘를 빙 둘러 에워싼 채 검을 뽑아 들고 있었다.

하지만 역천휘는 그들에게도 같은 말을 되풀이했을 뿐이다.

"모두 비켜서시게."

그제야 호위 무사와 개세구로, 구룡이 양쪽으로 물러서며 길을 열었다. 하지만 언제라도 검을 날릴 수 있게 자세를 가다듬었다.

"나와 인연이 있는 자이더냐?"

시야가 열리자 역천휘가 부드러운 음성으로 물었다. 쉽게 이해할 수 없는 상황이었지만, 한편으론 흥미롭다는 표정이었다.

지금 역천휘는 이십여 년 전, 호위 무사들을 뚫고 자신의 군막에 침입했던 한 무사를 떠올리고 있었다. 무흔검귀 구수룡. 당시엔 승리감에 도취되어 이름조차 묻지 않은 채 일검에 목을 베어버렸다.

하지만 역천휘는 훗날 그 무사의 이름을 밝힌 후 예를 다해 장례를 치러주었다. 결코 잊을 수 없는 사내였기 때문이다.

"그대의 꿈을 어지럽히는 사람."

아수라가 역천휘를 응시한 채 낮게 대답했다.

"내 꿈을 어지럽히는 이는 너무나도 많다. 아마도 죽는 순간까지 그러하겠지."

"그런가? 그렇다면 그대의 어지러운 꿈을 마감해 줄 사람이라고 해두지."

"……!"

역천휘의 얼굴에 이채가 어렸다.

"내 얼굴을 보고 싶은가?"

역천휘의 두 눈을 직시하던 아수라가 담담한 음성으로 물었다.

"지금 보고 있지 않은가."

"글쎄."

아수라가 손을 뻗어 목덜미로부터 천천히 인피면구를 벗겨내기 시작했다. 그러자 이제까지의 차갑고 험상궂은 얼굴과는 달리, 수려한 중년인의 얼굴이 드러났다.

"마, 맙소사."

"어떻게 이런 일이……."

연회장을 메운 수뇌들의 입에서 일제히 당혹성이 새어 나왔다.

그야말로 완벽한 역용술이었다. 하지만 그들을 놀라게 한 것은 역용

술 자체가 아니라, 비로소 드러난 인피면구의 주인이었다.

꺼지지 않는 정파인의 혼. 아직껏 천검궁의 발목을 붙들고 늘어지는 지긋지긋한 유령. 바로 일검수 류추영이었다.

역천휘의 표정이 묘하게 일그러졌다. 맞는 말이다. 자신의 꿈을 어지럽히는 사람. 일검수 류추영은 분명 그런 존재였다.

놀란 것은 비단 역천휘를 비롯한 천검궁의 무사들만이 아니었다. 연회장에 모여 있던 각계의 인사들과 이미 천검궁의 개로 전락해 버린 무림정파의 수장들. 그들은 역천휘와는 다른 충격에 사로잡혀야 했다.

하지만 단 한 사람, 류추영의 등장에 의미심장한 미소를 짓고 있는 사람이 있었다. 바로 황보검웅이다.

'와줄 것이라 생각했다, 류추영! 아는가. 나 황보검웅이 오늘을 거사일로 잡은 것이 그대 때문이었다는 것을……'

황보검웅은 잔에 담긴 화주를 천천히 들이켰다.

이십여 년 전 정파연합을 무너뜨림으로써 천검궁은 진정한 강호의 주인이 되었다. 하지만 아직도 그 싸움이 완전히 끝나지 않았다고 믿는 몇몇 사람이 있었다. 일검수 류추영이 그랬고, 천검궁주 역천휘가 그랬으며, 황보검웅 자신이 그랬다.

역천휘와는 별도로 황보검웅 역시 지난 세월 동안 류추영의 자취를 찾기 위해 부단히 노력했다. 그런데 최근 뜻하지 않은 정보를 입수하게 되었다. 이번 입관식의 축하 공연에 초청된 놀이패에 관한 정보였다.

놀랍게도 놀이패에는 천검궁에서 수배령을 내린 인물들이 다수 포함되어 있었다. 그들은 대부분 과거 정파연합에 몸담고 있다가 자취를 감춘 자들이었다. 교묘하게 신분을 위장했으나 황보검웅의 정보망을 피해가지는 못했다.

　다행히 이번 입관식에 관한 모든 절차는 철저하게 부궁주인 황보검웅이 담당하고 있었다. 축하 공연도 예외는 아니었으므로 놀이패 등의 신분을 검열하는 일 또한 그의 몫이었다.

　물론 놀이패로 인해 이상한 조짐을 눈치 채긴 했지만 그때까지도 황보검웅은 그것이 일검수와 관계되었으리라는 확신을 가질 수 없었다. 일검수는 여전히 오리무중이었고, 과거 정파연합의 인사들 몇 명이 나타났다고 해서 천검궁과의 전쟁이 시작되리라 짐작한다면 지나친 비약일 수도 있으니까.

　그런데 마침 그 즈음에 일검수 류추영이 도화곡에 모습을 드러내 마하구웅을 도륙하는 일이 벌어졌다. 황보검웅은 수하들을 시켜 그의 자취를 쫓게 했고, 드디어 그의 행보가 이곳 천검궁으로 향하고 있음을 알게 되었다.

　그제야 일련의 모든 사건이 서로 연관되어 있음을 깨닫게 되었다. 그리고 결국 이번 거사에 일검수를 이용할 계획을 세웠다. 거사일을 오늘로 잡은 것도 그런 계산을 바탕으로 한 것이었다.

　'하하, 류추영, 만약 일각만 늦게 나타났어도 지금과 같은 소란의 주인공은 내가 되었을지도 모른다.'

　황보검웅은 안도의 한숨을 내쉬었다.

　시간이 지나도 류추영이 모습을 드러내지 않자 그는 내심 초조해했었다. 하지만 그가 오지 않는다고 해서 거사를 중지할 생각은 없었다.

　오늘 천검궁 외곽 경비의 담당자들은 모두 황보검웅의 충복들이었다. 예정대로라면 이미 천검궁은 왜국의 무사 오천여 명에 의해 포위되어 있을 것이다. 그뿐만이 아니다. 연무장에 모인 무사들 가운데 일급고수 삼천여 명과 입관 시험을 통과한 신입 무사 절반가량이 그의 휘하였다. 음식과 술을 나르던 시종들 역시 대부분 포섭해 두었다.

근 한 시진에 걸쳐 천검궁의 무사들이 마시고 먹은 음식에는 산공독이 들어 있다. 지금쯤이면 이미 얼마간 중독된 상태일 것이다. 신호만 내린다면 당장이라도 거사가 시작된다.

하지만 황보검웅은 그 어느 때보다 느긋했다.

'푸훗, 고마운 일이야. 나 황보검웅이 오늘 두 명의 거인을 쓰러뜨리게 되었어. 그래, 자네에게 얼마간의 시간을 줘보도록 하지.'

황보검웅은 빈 잔에 술을 따른 후 잠시 류추영에게 눈길을 주었다.

한편, 일검수의 등장으로 인해 성검은 큰 혼란에 사로잡혔다. 무불사의 색승 심공을 통해 귀가 닳도록 들었던 이름. 현 강호의 살아 있는 전설이 바로 아수라였다니.

성검은 조금 전 아수라에게서 받았던 서찰 봉투를 매만졌다. 문득 그가 했던 말이 떠올랐다.

'내게 가장 소중한 이를 믿고 맡길 수 있을 만큼……'

류추영이 심공에게 맡긴 가장 소중한 사람. 성검은 비로소 자신의 성이 일검수와 같은 류씨라는 점을 깨달았다. 어쩌면 그에게 가장 소중한 사람이 자신일지도 모른다는 생각, 아니, 희망을 품은 것도 그 순간이다. 그러는 동안 성검의 몸은 돌처럼 굳어갔다.

제4장

풍뢰검 황보검웅의 모반

"궁주, 명령을 내려주십시오."

호위 무사 한 명이 역천휘를 향해 부복하며 말했다.

"계류검(界流劍), 그대가 저자를 꺾을 수 있겠는가?"

"저 혼자의 힘으로는 어려울지 모르나 우리 만년송(萬年松)이 힘을 합한다면 어렵지 않게 꺾을 수 있을 것입니다."

계류검이라 불린 무사가 단호한 음성으로 답했다.

원래 역천휘에게는 오십 명의 정예 호위 무사가 있다. 그리고 그들 정예 무사들이 각각 십여 명의 무사를 별도로 거느린다. 모두를 합하면 오백오십 명의 호위 무사가 되는 셈이지만, 그들 모두가 가동되는 것은 궁을 벗어날 때의 일이다. 천검궁 내에선 정예 무사들만이 역천휘 주위에서 호위한다.

그 외 오백 명에 이르는 호위 무사들은 평소에 감찰 임무나 정보 수

집을 담당한다. 일종의 별동대인데, 하나같이 일급고수들이다.

계류검은 그들 천검궁 호위 무사 가운데 정예와 별동대를 통틀어 지존으로 알려진 인물이다. 역천휘조차도 계류검이 닿은 무학의 경지를 가늠할 수 없다고 말할 정도다. 실제로 그는 천검궁에 들어온 이래 이제껏 누구에게도 패한 적이 없다.

방금 전 계류검이 말한 만년송은 오십 명의 정예 무사 가운데서도 최고의 실력자들만을 가려 뽑은 열한 명의 절정고수들이다. 일전에 성검과 겨루었던 화향검 역시 만년송의 일원이다.

"좋아, 하지만 죽이지는 말게."

"예?"

"만년송이 한 사람을 상대로 살수를 펼쳤다는 이야기를 듣고 싶지는 않아. 게다가 일검수는 한때 나와 천하를 놓고 다툰 인물일세. 결국 죽이게 되더라도 술 한 잔 정도 나눌 기회는 주어야지."

"……."

계류검은 잠시 역천휘를 올려다보았다. 강자의 여유다.

"들어줄 수 있겠는가?"

"존명!"

계류검은 고개 숙여 답한 후 분연히 일어섰다.

[구궁진을 펼쳐라. 하지만 내 지시가 떨어지기 전까지는 나서지 마라. 나 계류검, 일검수와 일 대 일의 승부를 겨루고 싶다.]

만년송 무사들에게 전음을 보낸 계류검이 천천히 걸음을 옮겨 일검수와 마주 섰다.

화향검이 빠짐으로써 아홉 명만으로 이루어진 만년송의 검수들은 빠르게 진을 펼친 채 두 사람의 대치 상황을 지켜보고 있었다.

"일검수, 청해류가의 십육수활류검법에 대해 이야기 들은 바 있소. 과연 십육수활류검법이 허명이 아닌지 확인하고 싶소."

계류검은 류추영에게 포권지례한 후 무뚝뚝한 음성으로 말했다.

"하하, 어렵지 않지. 하지만 후회하지 않겠는가? 모든 이들이 죽는 순간에야 십육수활류검법의 진수를 깨닫게 되거든."

"그건 아직 당신이 진정한 적수를 만나지 못했기 때문일 수도 있소."

"물론이야. 하지만 아무래도 자네가 내 상대가 되리라곤 여겨지지 않는군. 아니, 설혹 나를 능가하는 고수라고 해도 나를 쓰러뜨리지는 못해. 나는 꼭 해야 할 일이 있거든. 할 일이 남은 사람들은 쉽게 쓰러지지 않지. 자, 시작해 볼까?"

류추영은 검을 늘어뜨린 그 자세 그대로 계류검을 향해 걸음을 옮겼다.

두 사람의 거리는 오 장여. 하지만 류추영은 이미 만년송의 검수들과 그 외 호위 무사들에게 완전히 둘러싸인 상태다.

"한 가지 궁금한 게 있소. 정녕 혼자서 천검궁을 상대하기 위해 온 것이오?"

"글쎄, 내가 그렇게 무모한 사람일까? 나를 살리기 위해 죽어간 많은 동지들을 기만할 만큼 무책임한 사람일까? 오늘을 위해 이십여 년을 숨죽여 살아왔어. 그리고 그 긴 시간 동안 나와 같은 이유로 살아가는 사람들을 만나게 되었지. 지금 천검궁에는 그들이 모여 있다네. 그대들이 움직이면 그들도 움직이겠지."

"……?"

계류검의 두 눈이 연무장을 빠르게 훑어갔다. 그리고 점차 낯빛이

어두워졌다. 이제껏 보지 못했던 것들이 보이기 시작한 것이다.

연무장 중간중간에 자리 잡은 광대패의 배치는 놀라울 만큼 절묘했다. 마치 바둑판 위에 잘 짜여진 포석처럼, 주요한 위치마다 광대패가 포진해 있다.

연회장 바로 옆에 위치한 악사들의 기도 또한 예사롭지 않다. 악기를 연주할 때만 해도 지극히 평범한 악사들로 보였지만 지금은 아니다. 절정의 수준에 오른 무사들이다. 만년송의 검수들만큼이나 견고하고 정순한 기도를 지녔다.

무희들 역시 의심스럽다. 류추영이 본색을 드러낸 것은 묘하게도 무희들의 검무(劍舞)가 끝나는 시점과 일치했다. 그녀들의 손에는 늘씬한 묵검이 들려 있다. 그리고 보니 흘깃 본 것에 불과했지만 그녀들의 검무는 하나의 수준 높은 검법처럼 느껴진 바 있다. 결코 춤이라고만은 생각할 수 없었던 완전무결한 검초들.

그게 다가 아니다. 사차 관문을 통과한 신입 무사들의 표정 또한 예사롭지 않다. 명령이 내려지면 곧장 천검궁의 무사들을 상대로 목숨을 건 일전을 벌일 태세다. 그들은 아마도 의심을 사지 않기 위해 자기 실력을 숨긴 채 적당히 사차 관문을 통과했을 것이다.

[전쟁이다. 광대와 악사, 신입 무사들을 경계하라. 궁주를 호위하고 자객들을 견제하되 섣불리 나서지 마라.]

다급히 전음을 날린 계류검이 신중하게 보법을 펼쳤다.

단순히 일 대 일의 싸움이 아니다. 자신이 류추영을 막지 못한다면 연무장은 삽시간에 피의 폭풍에 휘말리게 된다. 등줄기를 타고 내리는 식은땀. 정말이지 오랜만에 느끼게 되는 긴장감이다.

연회장과 연무장에 모인 이들의 시선이 류추영과 계류검 두 사람에게 모아졌다. 한 걸음 한 걸음을 옮길 때마다 시간이 무겁고 더디게 흘렀다. 불과 몇 촌의 시간이 마치 분절된 것처럼 뚝뚝 끊기고 있다. 피가 마를 것 같다.

하지만 그런 숨 막히는 대치 상황도 잠시, 검을 쥔 계류검의 우수가 반원을 그리며 뒤로 늘어졌다. 그리고…….

"간닷!"

그의 신형이 빠르게 튕겨지며 일검수 류추영을 향해 쏘아져 나갔다. 단 일 검의 승부, 계류검이 생각해 낸 유일한 파훼법이다.

츠츠츠츳—

막강한 검풍에 바닥의 자잘한 흙과 자갈들이 튀어 올랐다. 계류검이 휘두르는 검은 그 흙과 먼지에 파묻혀 검로조차 분간할 수 없는 상황이다.

하지만 한 자루 잘 벼리어진 검처럼 변한 계류검이 류추영을 덮쳐 가던 바로 그 순간, 한 자루 활류검이 회오리를 일으키며 허공으로 치솟았다.

"일풍도해(一風渡海)!"

콰콰콰콰콰쾅—

류추영을 중심으로 반경 일 장여의 공간에서 거대한 폭사가 일며 기폭풍이 형성되기 시작했다. 희뿌연 흙먼지가 허공 높은 곳까지 역류하며 빠르게 맴돌았고, 두 사람의 모습은 그 안에 갇혀 버렸다.

"……?"

그들의 일전을 지켜보던 많은 사람들의 눈에 경악과 의혹의 눈빛이 자리 잡았다.

과거의 영웅 일검수 류추영과 천검궁 최고 호위 무사의 일전. 누구도 그 결과를 예측할 수 없었다.

기다림은 오래가지 않았다. 기의 회오리가 가라앉으며 점차 먼지가 가시기 시작했고, 서서히 두 사람의 모습이 드러났다.

"……!"

폭사의 정중앙에 자리했던 두 사람은 반 장의 거리를 두고 서로 등진 채 서 있었다. 마치 아무 일도 없었다는 듯 담담한 표정이다. 하지만…….

파파파파파팟—

어디 한 군데 검상의 흔적이 없던 계류검의 혈관 곳곳이 폭사하며 피를 뿜어냈다.

계류검은 서너 걸음을 옮기다가 풀썩 자리에 주저앉더니 그대로 힘없이 고꾸라졌다. 결국 그는 검날이 아닌, 검기에 당한 것이다.

정적이 계류검의 주검을 뒤덮었다. 아주 잠시 동안.

"막아랏—"

당혹스러운 표정을 짓고 있던 개세구로의 제일좌 여추가 다급성을 내질렀고, 그때부터 연무장은 광란의 도가니로 변하기 시작했다.

"쳐랏—"

"지존을 엄호하라!"

연무장 곳곳에 포진해 있던 광대들이 숨겨둔 검을 꺼내 무작위로 무사들을 베어 나갔다.

연회장 근처의 악사들 역시 악기 속에 숨겨두었던 무기를 꺼내 역천휘의 호위 무사들을 기습 공격했다.

그게 다가 아니었다. 천검궁의 신입 무사들은 이제껏 함께 어울려 술을 마시던 선배 무사들을 베기 시작했다.

"궁주를 호위하라—"

"적과 아군을 구별할 수 없다, 신입 무사들을 모두 도륙하라!"

"타종으로 비상 사태를 알려라!"

천검궁의 무사들 역시 발빠르게 움직였으나 워낙 다급히 전개된 상황이라 여기저기서 혼란이 가중되고 있었다.

챙, 채채채챙—

계류검이 허무하게 죽음을 맞고 말았지만 만년송의 검수들은 하나같이 고수였다. 그들은 철저하게 합격진을 펼쳐 일검수 류추영의 진로를 막았다.

게다가 연회장에 있던 천검궁의 수뇌 일부가 가세함으로써 류추영은 점점 수세에 몰리게 되었다. 그가 비록 절세고수로 평가받고 있긴 하지만, 수십 명의 고수들을 상대로 오랜 시간을 버텨내긴 힘들었다.

'시간이 없다.'

류추영은 점점 초조해졌다.

빠른 시간 내에 역천휘를 베지 못한다면 일을 그르치게 된다. 비록 그가 지난 이십여 년 동안 길러온 비밀 결사 조직의 무사들이 뛰어난 고수들이긴 하지만 상대는 너무 강하고 수적으로도 비교가 되지 않는다. 시간이 지나면 지날수록 불리해질 것은 자명한 일이었다.

모든 것이 쉽지 않았다. 역천휘와 일 대 일의 승부를 겨룬다고 해도 승리를 장담할 수 없는 상황이다. 역천휘는 천하제일검이기 때문이다.

계획대로라면 악사로 잠입한 비령단(秘靈團)의 검수들이 지금쯤 길을 열었어야 했다. 하지만 그들은 지금 사방에서 몰려든 천검궁의 무사들과 연회장에 있던 수뇌들에게 몰리고 있다. 상대가 생각처럼 호락

호락하지 않았던 것이다.

한편, 역천휘는 느긋하게 연회장의 한가운데에 앉아 술잔을 기울였다. 그로서도 일검수 류추영의 출현은 뜻밖이었다.

하지만 이런 식의 암습은 무모하기 이를 데 없다. 천검궁은 철옹성이고, 강호제일이다. 결코 지금과 같은 공격으로 어찌할 수 없는 강자들의 집단이다.

역천휘는 오히려 오랜 악몽을 떨쳐 낼 수 있는 기회가 저절로 찾아와 준 것이라고 생각했다. 일검수 류추영의 무모한 도전으로 인해…….

한편, 풍뢰검 황보검웅 역시 결단을 내려야 할 때가 왔다. 이미 상황이 무르익을 대로 무르익었다.

'더 이상 기다릴 필요가 없다. 자칫 이대로 싸움이 종료된다면 어려워질 수도 있다. 신입 무사들 가운데 섞인 수하들이 자기 의지와는 관계없이 싸움에 휘말리지 않았는가. 그래, 바로 지금이다.'

물끄러미 술잔을 내려다보던 황보검웅이 단호한 표정으로 술을 들이켰다. 어쩌면 그것이 마지막 잔이 될지 모른다는 생각과 함께…….

"궁주, 미처 말씀드리지 못한 일이 있습니다."

황보검웅이 자리에서 벌떡 일어서서 역천휘에게 포권하며 말했다.

"무슨 일이오?"

싸움에 눈길을 주던 역천휘가 담담한 눈길로 황보검웅을 바라보았다.

"궁주를 위해 특별한 손님들을 모셨습니다."

"푸훗, 일검수 외에 또 다른 손님이 있었다는 말이군?"

역천휘는 짐작이 간다는 듯 담담하게 물었다.

그 역시 황보검웅이 언젠가 모반을 일으키리라는 것을 알고 있었다. 그날이 어쩌면 오늘이 되리란 것도······.

"도대체 무슨 속셈이오?"

역천휘의 우측에 서 있던 여추가 노성을 터뜨렸다. 염려하던 일이 벌어지고 있음을 직감으로 알아챈 것이다.

"그대들이 기다렸던 일 아니오?"

"그래, 결국 모반이란 말인가?"

여추의 한마디에 개세구로와 구룡이 일제히 검을 뽑았다. 그리고 다음 순간,

차르르릉—

황보검웅 주위에 있던 왜국의 검수들 역시 일제히 검을 뽑았다. 그 순간 어디선가 호각 소리가 길게 울려 퍼졌고, 그것을 신호로 전각의 지붕 위에서 수십 명의 인자들이 새처럼 날아 연회장 주위로 내려섰다.

호각 소리는 단지 그들을 부르기 위한 게 아니었다. 천검궁 외곽에서 함성 소리와 함께 병장기 부딪치는 소리가 아득하게 들려왔다. 왜국 무사들이 드디어 천검궁으로 진입하기 시작한 것이다.

일군의 신입 무사와 천검궁 무사들이 본색을 드러내며 동료들을 베기 시작한 것도 그 즈음이다. 그야말로 일사천리로 모반이 이루어지고 있었다.

더욱 끔찍한 것은 시간이 지날수록 모반에 가담하지 않은 천검궁의 무사들이 무력하게 변해가고 있다는 점이었다. 그것은 입관 시험을 통해 천검궁에 위장 잠입한 일검수 휘하의 무사들 역시 마찬가지였다. 그들 모두가 산공독에 중독되어 있었던 것이다.

묘한 상황이었다. 적과 적, 그리고 또 다른 적.

류추영과 만년송 검수들의 싸움은 황보검웅이 본색을 드러내는 순간부터 이미 멎은 상태였다. 다른 호위 무사들도 마찬가지였다. 그들은 류추영과 황보검웅 가운데 누구를 먼저 견제해야 할지 혼란스러워했다. 일검수는 절세고수고, 황보검웅과 외국의 자객들은 궁주에게 칼을 겨누고 있었다.

"일검수에게 길을 열어라!"

역천휘가 자리에서 일어서며 담담하게 말했다.

"……?"

만년송의 검수들은 잠시 망설이다가 양쪽으로 갈라졌다. 끊임없는 무력감을 느꼈지만 여전히 궁주 역천휘에 대한 믿음만은 견고했다.

전혀 뜻하지 않았고, 도대체 어떻게 감당해야 할지 알 수 없는 상황임에도 그들은 모든 일이 잘 풀리리라 믿고 있을 뿐이다.

"세상은 참 재미있지 않은가. 한시도 멈춰 있는 것을 참지 못하지."

역천휘가 나직한 음성으로 말하며 류추영과 황보검웅 두 사람을 번갈아 쳐다보았다.

"세상은 경외로울 뿐이오. 늘 순리대로 굴러가고자 하니까. 역천휘, 그대는 그 순리를 거슬렀고, 나는 그것을 바로잡아야 하지."

"푸훗! 두 사람 모두 너무 거창하군. 세상은 그대들과는 상관없이 돌게 마련이지. 강호의 주인이 누가 되든 봄과 여름, 가을, 겨울이 돌고 도는 것처럼… 나는 그것을 알기에 모반을 꾀한 것이고. 하하, 주인이 정해지지 않은 자리니 나 황보검웅이라고 해서 못 앉으란 법은 없지 않느냐는 얘기지. 그렇지 않소, 궁주? 그렇지 않은가, 일검수."

한 순간 세 사람의 눈빛이 허공에서 맞부딪쳤다.

누구의 말이 옳은지는 아무도 모른다. 아니, 결국 살아남는 자의 말이 옳다. 세상은 존재하는 자들의 것이니까.

누구보다 그것을 잘 아는 이가 역천휘였다. 그는 살아남기 위해, 존재하기 위해 모든 것을 무너뜨리며 살아온 사람이다.

"내 검을 다오."

역천휘가 멀지않은 곳에 서 있는 소동(小童)에게 말했다. 갓 열 살을 넘겼음 직한 꼬마로, 자신의 키만한 장검을 들고 있었다.

"여기 있습니다, 궁주님."

태연스런 표정으로 다가온 소동이 무릎을 꿇은 채 두 손으로 정중하게 검을 내밀었다.

"정방(淨房)에 따끈한 목욕물을 받아놓으라 이르거라. 난꽃과 창포를 우려서 말이다. 쉽지 않은 싸움이 될 것 같구나."

"알겠습니다, 궁주님."

소동은 이번에도 해맑은 표정으로 말한 후 쪼르륵 전각을 향해 달려갔다. 잠시 그 아이의 뒷모습을 지켜보던 역천휘가 류추영에게 눈길을 돌렸다.

"일검수, 우리 두 사람의 싸움은 이십여 년 전에 치러졌어야 했네. 하지만 하늘은 그대를 구했지. 그로 인해 자네 말대로 나는 편안한 잠에 들지 못했고… 그런데 문득 이런 생각이 들더군. 자네 같은 숙적이 있었기에 내가 아직 이 자리에 건재하고 있는 것은 아닌가 하는… 이미 미루어진 싸움이니 또다시 미뤄진다고 해서 크게 섭섭할 것도 없지. 어쩌면 이번에도 자네에겐 달아날 길이 열릴지 몰라. 주위를 둘러보게. 자네가 데리고 온 광대와 악사와 무희들이 죽어가고 있네. 이번에도 저들을 죽음으로 몰고 갈 것인가?"

"……?"

역천휘의 말은 빈말이 아니었다.

무희와 악사, 광대들의 움직임이 현저히 느려지고 있었다. 황보검웅의 계략대로 이미 산공독에 중독된 것이다. 새로이 가세하기 시작한 왜국 무사들의 검이 빠르게 그들을 유린해 가고 있었다.

류추영은 입술을 질끈 깨물었다. 이번에도 패배를 인정해야 했다.

"결정은 자네가 하게. 단, 내가 천검궁을 청소하는 동안 결정해야 할 게야."

말을 마친 역천휘가 지그시 고개를 돌려 황보검웅을 바라보았다.

"자, 이제 시작해 볼까?"

"이미 대세가 기울었소. 천검궁은 그동안 너무 고여 있었소. 이제 주인이 바뀔 때가 된 게지. 그렇지 않은가, 구룡?"

"……!"

황보검웅의 말에 역천휘와 개세구로의 표정이 일변했다.

설마 하는 의혹이 떠오르기도 전에 개세구로는 본능적으로 뒤편에 늘어선 구룡을 향해 검신을 뻗었다. 하지만 이미 늦었다.

쇄애액―

구룡의 검이 순식간에 바람을 가르며 개세구로의 등을 파고들었다. 그리고 잠시 후, 그 각각의 검은 단전을 뚫고 복부로 삐죽 튀어나왔다.

"크헙―"

"……!"

여덟 명의 개세구로는 짧은 비명성을 토해냈다. 그들은 불신의 눈빛을 빛내며 그 자리에서 그대로 허물어져 내렸다.

"이놈들! 이게 대체 무슨 짓이냐?"

개세구로의 제일좌 여추가 역천휘와 등을 맞댄 채 구룡과 대치하며 노호성을 터뜨렸다. 꿈에도 생각지 못한 일이었다. 아니, 구룡에게는 이렇듯 자신들을 배신할 이유가 없다. 그들은 천검궁의 그 누구보다 많은 혜택을 입어온 자들이다.

그런 놀라움도 잠시, 한 무리의 인자들이 연회장을 빙 둘러싸기 시작했다. 상황이 그쯤 되자 연회장 내에서 우왕좌왕하던 천검궁의 수석무사들이 일제히 검을 뽑아 들고 인자들과 대치하며 역천휘를 중심으로 모여들었다.

하지만 그 순간 여추가 다급히 좌수를 뻗어 그들을 제지했다.

"멈추시오! 누구도 궁주에게 다가설 수 없소."

"……?"

"미안하외다. 하지만 아무도 믿을 수 없는 상황이오. 궁주의 옆은 내가 지킬 것이니 그대들은 황보검웅을 쓰러뜨리시오."

여추는 비장한 표정으로 한 자 한 자 힘주어 말한 후 고개를 돌려 구룡을 바라보았다. 그들을 바라보는 두 눈에서 신광이 줄기줄기 뻗어나고 있었다.

"하하하! 여추, 그대 또한 내게 매수되지 않았다고 어떻게 장담할 수 있지? 천검궁의 후기지수인 구룡이 사부들을 베었어. 하지만 왜 그대만 멀쩡한 걸까? 혹시 이 일의 주모자 가운데 한 사람이 그대가 아닐까? 궁주의 뒤를 노리기 위해 지금 그 자리에 서 있는 것은 아닐까? 파

하하, 나야 그렇지 않을 것이라 믿지만, 여기 있는 수뇌들은 당신을 어떻게 믿지?'

잠시 천검궁 수뇌들을 바라보던 황보검웅이 야릇한 미소를 내비쳤다. 누가 적인지 아군인지는 그만이 알고 있었다.

"황보검웅의 말이 맞소. 우리가 어떻게 당신을 믿을 수 있겠소?"

"여추, 그대 또한 궁주에게서 물러서시오. 지금은 아무도 믿을 수 없는 상황이올시다. 그대야말로 황보검웅을 쓰러뜨려 무죄를 입증해야 할 것이오."

"난감한 일이 아닐 수 없군."

천검궁의 수뇌들은 의심의 눈초리를 빛내며 서로에게서 조금씩 물러섰다. 오리무중이다. 도대체 누가 누구의 편인지 알 수 없었다.

하지만 그런 소란을 잠재우는 낮고 다감한 음성이 있었다.

"여추, 나는 그대를 믿네. 내 뒤를 받쳐 주시게."

사르르릉―

역천휘의 손에 들린 장검이 검집을 벗어나며 눈부시게 빛났다. 상아처럼 흰 검신 주위로 빛이 뭉개지며 번져 갔다.

개세불검(開世佛劍)!

현존하는 강호의 보검 가운데 첫째의 자리를 차지하는 신검이다. 그 예기만으로도 사람을 상하게 할 수 있다고 알려진 검.

하지만 그것은 어디까지나 호사가들의 입과 귀를 즐겁게 하는 이야기에 불과하다. 개세불검이 진정 강한 이유는, 이제껏 그 검의 주인이 되었던 인물들이 하나같이 불세출의 영웅들이었다는 점 때문이다.

"부궁주, 지존이 되기 위해 두 번째로 중요한 것이 무엇인지 아는가?"

"……?"

"기회를 놓치지 않는 것이야."

"흥미롭구려. 지금 나는 기회를 잡고 있거든. 그것을 아는 궁주가 왜 이런 이야기를 하고 있는 것일까? 그리고 두 번째라니, 그렇다면 가장 중요한 것은 무엇일까?"

황보검웅이 고개를 갸우뚱하며 물었다.

모든 것은 한 시진 안에 끝난다. 천하제일인이 되느냐, 아니면 허망한 최후를 맞느냐. 물론 그 자신, 이번 거사를 위해 모든 것을 걸었고 이길 자신이 있었다.

하지만 역천휘는 지나치게 담담하다. 그것이 두려웠다.

"인내지. 때를 기다리는 것… 기회라고 여겨질 때 한 번 더 생각하는 것, 그리고 자신이 상대할 대상을 제대로 아는 것."

"하지만 궁주, 궁주의 자만심이 결국 궁주를 자멸케 할 것이오."

짧게 말한 황보검웅이 뒤로 두세 걸음 물러섰다. 그리고 뒤편에 대기하고 있던 날카로운 눈매의 왜국 무사에게 눈짓했다.

"타케호라, 흑천설야가 자랑하는 왜국 검법의 진수를 보여줄 수 있겠소?"

타케호라. 흑천설야에서 대륙에 파견된 검수들의 수장으로 왜인답지 않게 육 척의 장신이다. 그는 오른 소매에 매화 가지가 새겨져 있는 검은 무복을 입고 있었다. 윤기가 감도는 왜검을 허리에 빗겨 찼으며 소매에는 몇 개의 암기를 감추었다. 검의 달인인 동시에 인자술 또한 뛰어난, 다재다능한 검수로 알려져 있다.

하지만 타케호라는 직접 움직일 생각이 없는 듯했다.

"게이스케, 일각의 시간을 주겠다. 어떤 방법으로든 쓰러뜨려라."

"존명!"

늘 타케호라의 우측 한 걸음 뒤에서 그림자처럼 자리 잡고 있던 또 다른 검수가 가볍게 고개 숙여 답한 후 두 손을 활짝 펼쳤다. 그러자 흑천설야의 무사들이 일제히 역천휘를 포위하기 시작했다.

"예의가 없는 자들이군. 나 천검궁주 역천휘에게 이런 피라미들을 상대하게 하다니……."

이제껏 담담한 표정을 짓고 있던 역천휘의 얼굴에 비로소 노기가 자리 잡았다. 적어도 역천휘는 오랜만에 맞수를 만나게 되지 않을까 기대했던 것이다.

"궁주, 우리 흑천설야의 힘은 합격진에 있소이다. 한 개인의 힘보다는 단체의 힘을 중요하게 생각하오. 결코 궁주를 얕보는 것이 아니오. 다만 대륙 무사들과 우리 흑천설야의 방식 차이일 뿐이지. 잠시 후면 깨닫게 될 것이오."

타케호라가 정중하게 말했다.

한어를 거리낌없이 구사하고 있는 데다 강호에 대해서도 많은 것을 알고 있는 듯했다.

"그래, 하지만 그 말에 책임을 져야 할 게다."

"시작해라!"

타케호라가 고개를 끄덕여 보인 후 짧게 명령을 내렸다.

스팟—

경쾌하고 거리낌없는 검초. 명령이 떨어지기 무섭게 네 명의 왜국 무사들이 일제히 검을 날렸다. 일체의 수비식도 없이 최대한의 속도로 쏘아져 들어간 것이다.

하지만 상대도 상대 나름이다.

"어림없는 수작!"

역천휘의 개세불검이 빛살을 흩뿌리며 한차례 원을 그렸다.

"……!"

이해할 수 없는 일이었다.

마치 시간이 정지된 것처럼, 아니, 아주 길게 늘어난 것처럼 공간의 성질이 변했다. 왜국 무사들의 신형이 알 수 없는 힘에 이끌려 느리게 허공으로 떠올랐다. 역천휘의 호신강기 자체가 내뿜는 힘이다.

"무위폭참(無爲爆斬)!

굳은 표정의 역천휘가 나직하게 중얼거렸다. 그 순간,

콰콰콰콰쾅—

허공 중에서 굉음이 이는가 싶더니 왜국 무사들의 몸뚱이가 폭사하기 시작했다. 무사들은 비명을 내지르지도 못한 채 형체도 없이 흩어져 갔다.

하지만 역천휘의 그런 초인적인 힘에도 불구하고 왜국 무사들의 표정엔 아무런 놀라움이나 당혹감이 없었다. 이미 짐작하고 있었다는 듯.

다만, 그들은 쌍수를 교묘히 교차한 후 일제히 합장하는 자세를 취했다. 일사불란한 동작으로 보아 그것 역시 하나의 합격진인 듯했다.

하지만 정작 그것은 일종의 주술을 이용한 공격이었다.

"훔 난바니휼—"

잠시 후 그들의 입에서 진언으로 들리는 나직한 중얼거림이 새어 나왔다.

역천휘는 묘한 표정으로 왜검수들을 지켜보았다. 낯설고 신비로웠다. 그것이 역천휘의 공격을 멈추게 한 이유였다.

하지만 그런 대치 상황도 오래가지 않았다.

"헛—"

역천휘의 입에서 당혹성이 새어 나왔다.

갑자기 왜국 무사들의 검이 주인의 손을 떠나 빠르게 허공을 맴돌기 시작했기 때문이다. 각각의 검은 마치 급류에 휘말린 것처럼 알 수 없는 힘의 조종을 받고 있었다.

어검술? 결코 아니다. 사이한 힘의 지배를 받고 있는 것이 분명했다. 일종의 영환술이나 강신 현상이다.

"허허, 묘한 일이군."

비록 천하제일검 역천휘지만, 얼마간 당혹스러워하지 않을 수 없었다. 난생처음 경험해 보는 현상이니 당연했다.

기(氣)의 흐름도 느껴지지 않고 떠돌고 있는 검들의 검로를 짐작할 수도 없었다. 사방에서 옥죄여 들어오는 예리한 검광의 살기만이 감지될 뿐이었다. 뭔가 섬뜩한 느낌에 몸을 떨어야 할 만큼 왜국 무사들의 공격은 신비했다.

하지만 오래 망설일 여유가 없었다. 허공을 떠돌던 검들이 일제히 요혈을 노리며 날아든 것이다.

"무한검류(無限劍流)!"

역천휘의 입에서 일갈이 터져 나왔다.

스스스스슷.

또 하나의 기현상이 벌어지기 시작했다. 왜국 무사들이 만들어낸 기의 소용돌이와는 정반대로 역천휘를 중심으로 거대한 불기둥이 치솟았다. 그리고 개세불검이 황금빛으로 물들며 역류하기 시작했다.

치지지직—

마치 뇌전이 일 듯 무수한 번갯불이 기의 공간을 쪼개 나갔다. 연회장을 뒤덮었던 천막이 불길에 휘말렸고, 주위의 나무들이 쩌어억 갈라지며 쓰러졌다.

역천휘를 덮쳐 오던 왜검들이 산산이 부서지며 왜국 무사들의 몸통에 박힌 것도 그 순간이다.

"크헉―"

"흡!"

"으아아악―"

왜국 무사들의 입에서 일제히 비명이 울려 퍼졌다. 미세한 피보라가 기의 회오리를 타고 오르며 허공으로 비산했다.

"……!"

기의 무풍지대에서 싸움을 지켜보던 황보검웅과 타케호라의 얼굴이 납빛으로 굳어졌다. 천검궁주 역천휘, 그의 무위에 경악할 수밖에 없었던 것이다.

3

연무장은 한마디로 아수라장이었다.

입관 시험을 통과한 신입 무사들, 일검수와 함께 위장 잠입한 광대패, 느닷없이 나타난 왜국의 무사.

적과 아군조차 구분할 수 없는 혼전이 이어졌다. 신입 무사만 해도 성검처럼 아무것도 모른 채 이리저리 휩쓸려야 했던 이들과 일검수 측의 정파 소속 무사들, 황보검웅에게 매수된 무사들로 뒤죽박죽이었다.

천검궁의 무사들 또한 마찬가지였다. 모반에 가담한 자들과 그들에게 저항해 천검궁을 지켜내려는 이들로 이분되었으나 그들 역시 누구를 베어야 할지 혼란스러워하고 있었다.

하지만 시간이 지나며 점차 적과 아군이 구별되기 시작했다. 모반에 가담한 무사들은 해독약 덕택에 건재했고, 그렇지 않은 천검궁 무사들은 산공독에 중독되어 제대로 내공을 운용할 수 없는 처지였다.

성검이라고 해서 다를 바 없었다. 물론 처음엔 느끼지 못했지만, 자신을 공격하는 천검궁 무사들을 상대로 검을 휘두르다 보니 급격히 내력이 흩어지고 있음을 깨닫게 된 것이다.

'젠장.'

기의 운용이 뜻대로 이루어지지 않자 성검은 아예 바닥에 누워 꼼짝도 하지 않았다. 얼마간 쑥스러운 일이긴 하지만 곱게 죽은 척하는 수밖에⋯⋯.

이제 싸움의 형세는 완전히 한쪽으로 기울었다. 황보검웅 휘하 무사들의 일방적인 도륙이 진행되고 있는 것이다.

그럼에도 연무장의 싸움은 여전히 혼전을 거듭했다. 그나마도 지금은 잠시 소강상태로 접어들었다. 모든 무사들의 시선이 역천휘라는 한 명의 거인에게 모아지고 있었으므로.

'역천휘. 두렵다. 그리고 아름답다. 항산 초자영 사부조차도 저 정도의 경지에 다다르지는 못했다. 그야말로 신의 경지다.'

죽음을 가장한 성검도 살짝 눈을 치며 역천휘를 바라보았다.

성검은 생전 처음 경외감을 느끼며 바르르 몸을 떨었다. 하지만 잠시 후 그의 시선은 또 다른 한 사내에게 옮겨졌다.

'내게 가장 소중한 이를 믿고 맡길 수 있을 만큼? 일검수 류추영. 이상하다. 낯설지 않다. 처음 마주친 순간부터 나를 뒤흔들었다.'

일검수 류추영.

어린 시절부터 귀가 닳도록 들어온 이름이다.

열하 경추봉 깊은 숲 속에 자리 잡은 무불사의 늙은 색승 심공은 왜 어린 사미승에게 끊임없이 그 이름을 들려주었던 것일까?

'아버지? 아니, 아니다. 내가 지금 무슨 생각을 하고 있는 것이지?'

한숨을 토해내며 성검이 가볍게 머리를 저었다. 만약 그랬다면 심공이 굳이 그 사실을 숨길 이유가 없다.

'하지만……'

성검은 흔들리는 눈빛으로 다시 류추영을 바라보았다.

일검수 류추영은 활류검을 세우고 바닥에 정좌한 채 조용히 두 눈을 감고 있었다. 천검궁 내의 싸움이 끝나기를 기다리는 것이다.

한편, 역천휘와 황보검웅, 타케호라는 미동도 없이 서서 서로를 노려보고 있었다. 연회장 외곽에선 천검궁의 수뇌와 왜국 무사들이 첨예하게 대립했다. 서로를 공격하기 위해서라기보다는 역천휘와 타케호라의 싸움을 방해하지 않기 위해서였다.

"궁주, 역시 거인이외다."

황보검웅이 씁쓸한 음성으로 말했다.

그 자신 왜국의 무사들에게 많은 것을 기대하고 있었다. 타케호라가 이끌고 온 무사들은 흑천설야의 조직 가운데서도 손가락에 꼽히는 정예 부대였다. 암기에 능하며, 주술에 의지한 신비한 힘까지 지녔다. 아무리 역천휘라 해도 그런 낯선 무공엔 얼마간 당혹스러워할 것이라 믿었다.

그런데 결과는 참담했다. 만류귀종이라 했던가? 초인의 경지에 다다른 역천휘에게는 흑천설야의 생경한 무공조차 먹혀들지 않았다.

"부궁주, 아직 밑천을 다 드러내지는 않았겠지? 이번엔 또 무엇이 나를 자극할까. 푸훗. 이왕 시작했으니 나를 실망시키지는 마시게."

신광을 폭사시키던 역천휘가 호신강기를 거두며 차분하게 말했다.

때로는 지금과 같은 모반이 조직을 정리하는 데 도움이 된다는 것을 그는 알고 있었다. 썩은 가지는 일찌감치 도려내야 하는 것이다.

"타케호라, 보았소?"

"……?"

'감히 함부로 어찌할 수 없는 강력한 힘. 천검궁주에겐 그런 힘이 있소. 당신들 흑천설야는 이런 상대를 만났을 때 어찌하오?'

'둘 중 하나요. 그에게 충성을 맹세하거나 목숨을 건 일전을 치르는 수밖에… 지금 우리 흑천설야에게 남은 선택은 후자 하나뿐이오."

타케호라가 쓸쓸한 음성으로 말했다.

"부디 승리하길 빌겠소."

황보검웅이 타케호라에게 묘한 눈길을 보내며 말했다. 어차피 황보검웅 역시 타케호라와 같은 운명이다. 목숨을 건 일전을 치러야 하니까.

'부궁주, 잠시 물러서시오."

타케호라가 검을 뽑은 채 서서히 역천휘 주위를 맴돌며 말했다.

비록 역천휘가 초인적인 힘을 증명했지만 달라진 것은 없다. 왜국의 무사들에게 있어 싸움은 어느 한쪽, 혹은 둘 모두가 죽는 것을 의미한다. 즉, 언제든 자신보다 더 강한 상대를 만나게 되면 죽는 것이다. 그것이 운명이다.

"천검궁주, 한 수 가르침을 부탁하는 바요."

"이곳은 강호야. 검을 드는 동시에 싸움이 시작되지. 굳이 예의를 차릴 필요는 없네. 나를 꺾고 싶다면 그렇게 하게."

"……."

타케호라는 가볍게 고개를 끄덕인 후 천천히 검을 겨누었다.

사르릉―

검은 빛이 감도는 두 자 길이의 검신이 기울어지는 순간, 이제껏 무심히 흐르던 바람이 바닥으로 끌리며 자잘한 흙먼지를 피워냈다. 마치 예리하게 날 선 한 자루 검을 피해 흐르겠다는 듯.

타케호라가 비록 인자술에 능하며 무리를 이끌고 다니고 있으나, 한편으론 오로지 검만을 벗으로 아는 고독한 검객이다. 일단 검을 뽑은 이상 한 치의 흔들림도 없으며, 쓰러지는 한이 있더라도 물러서지 않는다.

"도도하군. 비로소 마음이 편해져. 검을 아는 자와 검식을 교환하게 되었으니 말이야. 자, 그럼 이제 왜국의 검법을 보여주겠는가? 내가 듣기로 왜검은 가장 공격적이고, 왜국의 무사들은 모두 쾌검수라더군. 자네 역시 크게 다르지 않겠지?"

"쾌검이란 상대적인 것이오. 내 검이 아무리 빠르다 해도 궁주보다 느리다면 쾌검이라 할 수 없지 않겠소?"

신중한 보법을 펼치며 천천히 좌측으로 옮겨가는 타케호라.

그는 마치 망망대해를 등진 채 벼랑 끝에 서 있는 인물처럼 보였다. 뒤로 물러서는 순간 벼랑 아래로 떨어져 죽음을 맞게 되는 절박함이 묻어났다.

'스스로 배수진을 치겠다는 의미인가? 퇴법은 없고 오로지 진법만 있다? 검을 쥔 자세 역시 흥미롭군. 단 일 검에 승부를 겨루고자 하고 있다. 직선의 미학이라고 해야 할까? 내게 닿을 수 있는 가장 빠른 검로를 선택할 것이다.'

역천휘는 검을 사선으로 흘려 잡은 채 눈앞의 타케호라를 뚫어져라 쳐다보았다.

하지만 강렬한 눈빛과는 달리 일체의 내력을 단전 안에 가두고 있었다. 그저 능공섭물(綾空攝物)을 쓰는 것만으로도 타케호라의 검을 회수하고, 그의 단전에 좌수를 깊게 박아 넣을 수 있다. 그러나 흥미를 느낀 이상 오랜만에 검객으로서의 승리감을 맛보고 싶었다. 그것이 목숨을 걸고 검을 뽑은 한 검객에 대한 예의라고 생각했으므로.

타케호라는 마치 바람 같았다. 그의 검은 역천휘를 노리며 정지한 상태였지만 타케호라 자신은 끊임없이 움직였다. 정(靜)과 동(動)이 절묘하게 어우러져 있는 것이다.

그에 비해 역천휘는 정(靜)하지도 않고 동(動)하지도 않았다. 몸은 가만히 멈춰 서 있으나 툭 불거진 심줄은 거세게 꿈틀거렸다. 사선으로 내려진 검은 미동도 없지만 그 주위론 자잘한 햇볕들이 부서지고 있었다.

정적 속의 작은 소란이다. 분명 무엇인가가 요동하고 있다. 그것을 느낀 것일까? 타케호라가 그 정적과 소란을 견디지 못한 채 검을 날렸다.

"히야앗!"

지극히 크고 단순한 동작이었다. 머리 위로 치켜졌던 검이 역천휘를 덮치며 수직으로 뻗어 내려왔다.

역천휘의 신형이 살짝 꺾이며 타케호라를 스쳐 간 것도 그 순간이다. 잘게 햇볕을 부숴대던 개세불검이 사선을 그리며 치켜 올려진 것도, 순식간에 검붉은 선혈에 젖어든 것도.

타케호라의 검법은 왜국 정통 검법인 신음류에 뿌리를 둔 것이었고, 역천휘의 검법은 천검궁의 입문 단계에서 제일 먼저 배우게 되는 청하검법(淸河劍法)이었다.

하지만 이 싸움을 결정지은 것은 두 검법의 우열이라기보다는 검객의 우열이었다.

타케호라가 철저하게 신음류의 검법에 의지한 반면, 역천휘는 검객의 본능에 충실했다. 즉, 타케호라는 검법에, 역천휘는 검에 의지했다는 얘기다. 그리고 그것은 결국 승자와 패자의 명암을 엇갈리게 했다.

"크흡!"

타케호라가 허리를 풀썩 꺾으며 무너져 내렸다.

그는 지그시 고개를 돌려 역천휘의 뒷모습을 바라보았다. 만약 타케호라 자신이 빨랐다면 역천휘에겐 이렇게 죽어가는 자신을 느낄 기회조차 없었을 것이다. 검에 베이는 순간 숨이 끊어졌을 테니까.

하지만 그의 생각을 읽기라도 한 것일까?

"패인에 대해 얘기해 주고 싶었네."

역천휘가 천천히 뒤돌아서며 말했다.

개세불검의 검단에 한 방울 피가 매달려 있었다. 검신에 묻었던 피는 이미 흔적도 없이 흘러내린 상태다.

"자네의 검법은 너무 강했어. 그래서 끝내 자네는 그 검법을 자신의 것으로 만들지 못했지. 그런 검법이라면 차라리 버리는 것이 좋았으련만……."

"……!"

"잘 가시게."

역천휘의 몸이 화려하게 한 바퀴 휘돌았다.

그의 손끝에 걸려 있던 개세불검이 다시 한차례 빛살을 흩뿌렸고, 그것으로 끝이 났다.

"허."

타케호라의 입에서 단말마가 새어 나오다가 그대로 끊겨 버렸다.

그의 수급은 땅바닥에 떨어졌고, 일그러졌던 표정은 서서히 펴지며 평온하게 변해갔다. 그리고 잠시 후, 주인을 잃은 몸뚱이가 수급과는 반대 방향으로 기울다가 툭 소리 내며 미세한 먼지를 일으켰다.

"……!"

황보검웅의 눈이 미세하게 떨렸다.

물론 타케호라만을 믿고 거사를 일으킨 것은 아니다. 이미 천검궁의 연무장은 왜국 무사들과 모반에 가담한 천검궁의 무사들이 점령하고 있다. 역천휘 역시 대세를 거스르지는 못할 것이다.

하지만 뭔가 불안했다. 막상 마주 서자 역천휘의 모습은 결코 쓰러지지 않을 거목처럼 보였다.

"부궁주, 무엇을 망설이시는가?"

역천휘가 한 걸음 다가서며 냉막한 눈길을 던졌다.

"꼭 한 번 겨루어보고 싶었소."

황보검웅이 담담하게 말했다. 하지만 자신도 모르게 한 걸음 물러서고 말았다. 감당할 수 없는 위압감 때문이었다.

"한 발만 더 물러선다면 네게는 검을 휘두를 기회조차 주어지지 않을 것이다."

"궁주, 그대는 너무 강하오. 어쩌면 그것이 오늘처럼 궁주에게 검을 겨누게 만들었는지도 모르지. 그런 두려움은 이곳에 자리한 모든 이들이 가진 생각이오. 그러니 결국 궁주가 키운 공포감이 궁주를 상하게 하는 것이지."

"……?"

"쳐랏!"

가볍게 한숨을 내쉰 황보검웅이 일갈을 토해냈다. 그 순간.

검은 그림자 두 개가 역천휘를 덮치며 빠르게 검을 내리그었다. 왜국의 인자들이 펼친 귀신같은 은형술이었다.

쇄앳—

동시에 연회장을 포위하고 있던 왜국 무사들이 일제히 암기를 흩뿌리기 시작했다. 하지만 무모한 공격이었다.

"어리석은 것들!"

역천휘의 눈빛에서 신광이 폭사했다.

카카캉—

마치 쇠를 긁어대는 듯한 굉음과 함께 왜국 무사들의 검과 암기가 튕겨져 나갔다.

뒤이어 역천휘를 중심으로 거대한 불길이 일더니 그를 덮쳤던 두 명의 왜인들이 그 불길에 휘말렸다. 미처 바닥에 착지하지도 못한 채.

"으아아악—"

인자들의 참혹한 비명성이 연회장에 길게 울려 퍼졌다.

'바로 지금이다!'

역천휘의 호신강기가 가라앉길 기다리던 황보검웅이 재빨리 쌍수를 뻗었다. 은밀히 전신공력을 끌어올리고 있었던 것이다.

하지만 이상한 일이었다. 그의 쌍장이 출수되었음에도 정작 아무런 변화가 없었다. 무형(無形), 무흔(無痕)의 강기였다.

츠츠츠츳.

하지만 한순간 뭔가 미세한 변화가 일어나기 시작했다.

공기층이 잔뜩 일그러지며 파형을 그리고 있었다. 그것은 결코 눈에 보이지 않았으나 역천휘가 본능적으로 감지해 낸 이물감이었다.

'격공장(隔空掌)?'

자신에게 다가오고 있는 힘의 정체를 간파한 역천휘가 재빨리 쌍수를 교차시키며 삼태극의 문양을 만들어냈다.

파파파파팟―

두 개의 서로 다른 힘이 상충하며 불꽃이 일었고, 그것은 곧 거미줄처럼 허공으로 뻗어갔다. 그리고 잠시 후.

퍼퍼퍼펑!

거대한 굉음과 함께 공기층이 한차례 크게 일렁이는 것이 느껴졌다. 그 여파로 연회장 주변의 땅이 짜르르 울리며 들썩였다.

"……!"

황보검웅의 얼굴이 이번에도 납빛으로 굳어졌다.

그는 일 장가량 뒤로 밀려난 채 쌍수를 뻗은 자세 그대로 힘겹게 충격을 견뎌내고 있었다. 회심의 일격이 무위로 끝난 셈이다.

"내게 보여줄 것이 아직 남아 있는가?"

폭사로 인한 먼지가 가시며 역천휘가 모습을 드러냈다. 아무 일도 없었다는 듯 편안한 얼굴이었다.

"역시 천하제일의 무위를 지니셨구려, 궁주. 하지만 천검궁은 궁주를 등졌소. 저기 연무장을 돌아보시오. 이미 나 황보검웅을 따르는 수하들에게 완전히 점령되었소. 그리고 천검궁의 일급고수들 역시 내 편에 서 있소. 궁주가 끝까지 싸우고자 한다면 우리도 마다할 수 없소이다."

황보검웅이 연회장에 모여 있던 천검궁의 수뇌부를 바라보며 말했다.

그곳에는 방금 전 개세구로에게 암습을 펼쳤던 구룡을 비롯해 서열 삼십위 안에 드는 고수들이 씁쓸한 표정으로 서 있었다.

제5장

사라진 일검수

"미안하외다, 궁주."

중키의 무사 하나가 황보검웅 쪽으로 천천히 걸음을 옮기며 말했다.

유난히 얼굴색이 검으며 깡마른 사내로, 과거 사천당문의 후기지수였던 당문휘다. 천검궁 서열 십이위.

"우리는 강호인이오. 비록 천검궁의 그늘 아래로 모여들기는 했으나 하루도 과거를 잊은 적은 없소. 오랫동안 생각한 것이니, 오늘 싸움에서 죽는다고 해도 후회하지 않을 것이오."

또 한 명의 무사가 황보검웅 쪽으로 걸음을 옮겼다.

그는 과거 마교에 몸담았던 십팔마륜(十八魔輪) 막우초다. 천검궁과의 싸움에서 마교주가 죽은 이후 잔당들을 이끌고 투항한 인물로, 천검궁 서열 칠위다. 열여덟 개의 륜을 무기로 하는데, 달리는 탈혼륜(奪魂輪)이라고도 불릴 만큼 현란한 무위를 자랑한다.

"우리는 천검궁을 스물네 개의 조직으로 나눈 후, 각각의 수장을 중심으로 연합체를 형성하기로 했소. 그런 과도기를 보낸 후 다시 예전처럼 군웅이 할거하는 강호로 되돌릴 생각이었지. 궁주, 이것이 바로 궁주를 제외한 모든 사람들이 바라던 바요."

세 번째 사내가 걸음을 옮겼다.

모용우인. 백삼을 입은 준수한 외모의 청년으로, 좌수에 섭선을 들고 있었다. 천검궁 내의 서열은 십구위이며, 서열 삼십위 이내의 고수들 중 가장 어린 스물여섯의 나이다.

모용우인의 무공을 확인한 이는 소수에 불과한데, 특이한 것은 이제껏 그가 한 번도 패하지 않았다는 점이다. 그렇다고 늘 이긴 것은 아니고, 세 번에 걸쳐 무승부로 싸움을 끝낸 바 있다.

그런 그가 지금처럼 서열 십구위의 자리에 오를 수 있었던 것은 무공의 수위 때문이라기보다는 책사로서의 뛰어난 두뇌 때문이었다. 몇 차례에 걸쳐 천검궁 내의 골치 아픈 일을 해결하는 데 큰 역할을 함으로써 역천휘의 눈에 든 것이다.

하지만 어찌 알았으랴, 황보검웅과 더불어 이번 거사의 틀을 짠 이가 바로 모용우인이었다. 역천휘는 결국 자기 발등을 도끼로 내려친 셈이다.

어쨌거나 모용우인의 뒤를 이어 스무 명의 천검궁 수뇌들이 모두 황보검웅 주위로 자리를 옮겼다. 스물네 개 연합체의 수장들이 모두 모인 셈이다.

"보았소, 궁주? 당신 주위엔 아무도 남지 않았소."

비로소 본색을 드러낸 동지들과 함께 황보검웅이 야릇한 미소를 내비쳤다.

"아니야. 내겐 개세구로의 제일좌 여추가 남지 않았는가? 여추 한 사람만으로도 천검궁을 재정비하기엔 충분하지."

"푸홋! 아시오, 궁주? 여추를 남긴 것은 궁주에 대한 마지막 배려요. 저승길이 외롭지 않게 하기 위한……."

"과연 생각처럼 쉽게 될까?"

역천휘의 표정은 참담했다.

어느 정도 예상은 하고 있었지만 모반에 가담한 자들이 너무 많다. 그것도 하나같이 호락호락하지 않은 자들이다. 하지만 그런 표정도 잠시,

"일검수, 잘 봐두시게. 내게 거역한 자들의 말로를……."

고개를 돌려 등 뒤에 정좌해 있는 일검수에게 눈길을 주었다.

"헛소리!"

십팔마륜 막우초가 금빛 륜을 던지며 외쳤다. 더 이상 시간을 끌 필요가 없다고 여긴 것이다.

피류류륭—

열여덟 개의 륜이 곡선을 그리며 날아가 역천휘를 중심으로 원을 그리다가 일시에 좁혀졌다. 순식간에 열여덟 방위를 점해 쏟아져 들어간 것이다.

륜은 마치 어검술처럼 막우초의 의지에 의해 미세한 파동을 일으키며 움직였다.

하지만 그게 다가 아니다. 황보검웅의 격공장이 다시 쏟아졌고, 모용우인의 섭선에선 수십 개의 부챗살이 쏟아졌다.

"만천화우(滿天花雨)!"

당문휘가 신형을 솟구치며 백팔 개의 암기를 흩뿌렸다.

"대뢰타룡(大雷打龍)!"

나머지 이십 인의 고수들이 일제히 검기와 장력을 격출한 것도 그 순간이다. 마치 오랫동안 연습해 오기라도 한 것처럼 빈틈이 없는, 완벽한 협공이었다.

콰콰콰콰쾅!

연회장은 순식간에 희뿌연 연무에 뒤덮였다. 무수한 암기와 강기들이 역천휘를 감싸며 무진(霧陣)을 만들어낸 것이다.

천라지망(天羅地網)! 어느 한곳 빠져나갈 곳이 없었다. 구름 속에 갇힌 천룡 한 마리가 살아나고자 요동 칠 것이나, 그것은 단지 희망일 뿐이다.

얼마의 시간이 흘렀을까. 무진이 흩어지며 조금씩 사물이 분간되었다. 연기가 걷히는 곳마다 움푹움푹 파인 땅이 흉물스럽게 모습을 드러냈다. 하지만······.

"······!"

무진의 정중앙을 응시하던 고수들 표정에 당혹스러움이 자리 잡기 시작했다. 참담하게 찢겨졌어야 할 역천휘의 모습이 보이지 않았다.

"흩어지시오!"

불길한 예감에 사로잡힌 황보검웅이 다급히 외치며 퇴법을 펼쳤다. 그의 눈길이 향한 곳은 허공.

"······!"

본능적으로 거리를 넓히며 흩어졌던 고수들의 표정이 다시 한 번 경악으로 굳어졌다. 허공의 한 지점에 역천휘가 떠 있었다.

"젠장!"

황보검웅이 인상을 찌푸리며 당문휘를 쳐다보았다.

"당 공자, 역천휘의 공력을 흩어놓을 수 있다고 하지 않았소이까?"

"그렇소. 분명 궁주의 술에는 천지유혼산(天地流魂散)이 들어 있었소. 무색 무취 무향의 독으로, 신선폐(神仙廢)처럼 내공을 운용하고서야 그 약효가 듣기 시작하오. 우리는 이미 해독약을 먹어서 상관없으나 지금쯤 궁주는 현격하게 내공이 흩어졌어야 정상이오."

"황보 부궁주, 궁주가 만독불침지체일 수도 있다는 점은 이미 생각했던 바가 아니오? 물론 최악의 상황이긴 하지만……."

모용우인이 씁쓸한 음성으로 말했다.

"아니올시다. 우리 당가는 확신이 서지 않는 한 움직이지 않소. 말씀드리지 않았으나 천지유혼산은 신선폐에 비해 그 효능이 더딥니다. 하지만 만독불침지체라 해도 피해갈 수는 없소. 어떠한 방법으로도 배출할 수 없기 때문이오."

"그렇다면 아직 약효가 제대로 퍼지지 않은 겁니까, 희망을 가져도 되는 거요?"

"아니, 그 반대올시다. 최악의 상황입니다. 만독해(萬毒解)의 신체요. 천하의 모든 독을 중화시키는 피를 가지고 있다는 얘기올시다. 궁주는 독문의 무공을 익힌 것이 분명하오. 만약 그게 사실이라면 우리가 먹인 독은 오히려 궁주의 내공을 증진시켜 줄 뿐이오. 물론, 아주 미세한 차이겠지만……."

"맙소사!"

"결국 이런 상황으로까지 몰리게 되었군."

모용우인과 황보검웅의 입에서 긴 한숨이 새어 나왔다. 그리고 그것은 당문휘와 나머지 스물한 명의 고수들 역시 마찬가지였다.

"하늘이 높은 이유를 이제는 알 것 같은가?"

능공허도(凌空虛渡)의 신법을 펼친 것처럼 허공에 정지해 있던 역천 휘가 내력 실린 음성으로 말했다. 이제 싸움은 끝난 것이나 진배없다.

강호일통 이후 모든 것이 끝났다고 생각했을 때, 역천휘는 다시 오늘 같은 날이 올 것을 염려해야 했다. 그동안 모습을 자주 드러내지 않은 채 짧게는 보름, 길게는 몇 달에 걸쳐 폐관 수련을 해온 것도 그 때문이었다.

"여추, 시작하시게."

역천휘가 서서히 바닥으로 내려서며 말했다.

"존명!"

이제껏 무풍지대에 서 있던 여추가 짧게 답한 후, 곧장 소매 안에서 피리 하나를 꺼내 들었다. 그리고 짧게 불었다.

"……?"

황보검웅을 비롯한 모반자들은 서로를 바라보며 뭔가 불길한 예감에 사로잡혔다. 자신들이 철저하게 덫에 걸렸다는 것을 비로소 깨달은 것이다.

과연 잠시 후 연무장으로 통하는 각각의 소문에서 천검궁의 그림자 부대로 불리는 검영단(劍影團)이 들이닥치기 시작했다.

검영단! 오백여 명의 정예 부대로 이루어져 있으며, 비상시에는 총 오천 명의 수하들을 거느리게 된다. 지금 연무장으로 들이닥치는 검영단의 수가 그랬다.

그런데 한 가지 놀라운 것은 검영단에 화향검이 섞여 있다는 점이었다. 아니, 섞여 있는 것이 아니라 검영단을 지휘하고 있었다. 그것이 화향검의 진짜 정체였다.

"으아악!"

"크헙—"

이제까지와는 전혀 다른 양상이 전개되었다.

거침없이 천검궁의 무사들을 베어가던 왜국 무사들이 역으로 공격당하며 처절한 비명을 내질렀다. 이미 역천휘의 무위에 넋이 나간 그들은 무기력하게 검영단의 검에 죽임을 당해야 했다.

"지금이라도 검을 버리겠는가?"

역천휘가 스물네 명의 고수들을 응시하며 담담하게 물었다.

그의 뒤편에선 여추가 자신들 개세구로를 야비하게 죽인 구룡을 노려보며 신광을 폭사하고 있었다.

"어차피 죽음을 각오한 일이었소. 죽을 때까지 싸워봅시다."

황보검웅은 역천휘에게 검을 겨누며 비장하게 말했다.

이미 엎질러진 물이다. 검을 버리고 투항한다고 해도 비참한 말로를 맞게 되리란 것은 불을 보듯 훤한 일이었다. 그런데 그때 뜻하지 않은 일이 벌어졌다.

"천검궁주! 나와의 일전이 남아 있소."

"……?"

역천휘가 천천히 뒤돌아섰다. 일검수 류추영. 그랬다. 그가 남아 있었다.

"일검수, 우리와 힘을 합하겠소?"

황보검웅이 반색을 하며 물었다.

일검수, 그가 가세한다면 이야기가 달라질 수 있다. 누가 뭐래도 일검수 류추영은 전설이다. 황보검웅 자신 역시 천검궁에 투항하면서 가장 두려워한 인물이 바로 류추영이었다. 그것은 이 자리에 있는 모든 이가 마찬가지일 것이다.

하지만 류추영은 지극히 냉소적인 미소를 머금었다.

"나는 나의 싸움을 하는 것뿐이오. 그대들이 가세하든 말든 나와는 상관없소이다. 난 그저 먼저 죽어간 동지들을 위해 싸울 것이오."

류추영이 천천히 몸을 일으키며 말했다.

"일검수, 그대가 아무리 뛰어난 고수라 해도 궁주의 상대는 아니오. 역천휘는 괴물이외다. 혼자서는 도저히 상대할 수 없는……."

"역천휘가 괴물이라면 나는 귀신이오. 살아 있어도 살아 있는 게 아닌……."

"어쨌든 상관없소. 우리가 살기 위해서라도 일검수 그대와 협공을 펼칠 것이오."

"나와는 상관없는 일이라 하였소."

류추영은 황보검웅을 외면한 채 역천휘 한 사람에게 시선을 집중했다.

"궁주, 제가 일검수를 상대하겠습니다."

이제껏 역천휘의 그늘에 묻혀 있던 여추가 날카로운 눈매를 빛내며 말했다.

하지만 역천휘는 가볍게 고개를 저었다.

"여추, 내 즐거움을 빼앗으려 하지 말게. 나는 지난 이십 년간 이 순간을 기다려 왔어. 일검수를 직접 베어내는 순간을……."

역천휘가 개세불검을 지그시 들어 일검수를 겨누었다.

천검궁이 흔들리고 있었다.

연무장에선 연신 비명이 울려 퍼졌고, 연회장에선 절세고수들이 대치한 채 팽팽한 긴장감을 이어갔다.

하지만 이제 모든 것이 종결될 것이다. 그리고 아주 오랜 평화가 찾아올 것이다.

'푸훗, 떨리는군. 성검아, 최소한 너는 아비의 임종을 지켜볼 수는 있게 되었다. 큰 불효는 면한 셈이다.'

주인의 마음을 안 것일까, 예기를 빛내던 활류검이 사르릉 낮게 울었다.

"간닷!"

얼마간의 탐색을 마친 일검수가 검을 흘려 잡은 채 빠르게 쏘아져 나갔다.

표홀신보(飄忽神步)!

일검수는 빙판 위로 미끄러지듯 대지 위를 부드럽게 흘렀다. 그리고 어느 순간, 빠르게 몸을 회전시키며 허공으로 솟구쳐 올랐다.

"태극양검(太極陽劍)!"

활류검법의 제구식으로, 극양의 검식이다.

불그스름한 검광이 활류검을 타고 흐르다가 예닐곱 가닥의 검기로 변하며 역천휘를 향해 뻗어 나갔다.

콰르르릉—

마치 낙뢰가 쏟아지기라도 하는 것처럼 거대한 굉음이 일었다. 하지만 그 순간 역천휘도 개세불검을 휘둘러 막강한 검기를 발출했다.

츠츠츠츠츳—

묘한 일이다. 두 개의 강기가 마주쳤음에도 허공엔 그저 미세한 포말이 일었을 뿐이다. 마치 아지랑이가 끓어오르듯.

흑천혜검(黑天慧劍)!

원래 과거 흑교의 검식으로, 모든 공격을 무력화한다는 수비형 초식이다. 역천휘는 본능적으로 그 검법을 이용해 일검수의 태극양검을 흩어놓았다.

그런데 전혀 뜻하지 않은 일이 벌어졌다.

"무극혼검(無極混劍)!"

역천휘의 흑천혜검에 의해 파쇄되는 듯하던 검식이 검로를 바꾸며 빈틈을 파고들었다. 청해류가 십육수활류검법만이 가지는 무궁한 변초들의 진수다.

하지만 상대는 강호지존 역천휘! 무수한 검기의 빛살에 휩싸이는 찰나,

"크하하하하!"

고막을 찢어놓을 듯한 굉소가 울려 퍼졌다.

주위가 온통 흰 빛으로 뒤덮인 것도 그 순간이었다. 일검수의 검에서 줄기줄기 뻗어 나오던 강기들이 쩌저정 소리를 내며 허공에서 폭사한 것이다.

역천휘가 자랑하는 음공 태룡소(太龍笑)였다. 일체의 공간을 일그러뜨리고 그 안의 모든 것들을 깨뜨린다는 절대음공.

"헙!"

허공 중에 떠 있던 류추영은 다급히 내력을 끌어올렸다.

결코 쉬운 싸움이 아니었다. 아니, 역천휘는 막연히 짐작했던 것 이상의 고수였다. 하지만 아직 희망은 남았다.

'이번엔 말로만 듣던 개벽신검(開闢神劍)을 보게 되겠군. 그러나 쉽지는 않을 게야. 활류검법엔 결코 천적이 있을 수 없지.'

류추영은 역천휘의 음공에 저항하기보다는 무위(無爲)의 상태에 몸을 맡긴 채 본능적으로 십육수활류검법의 최종식을 준비해 갔다.

내장이 부풀어 오르고 뼈마디에 금이 갈 것 같은 참을 수 없는 고통이 엄습했지만, 곧 모든 게 끝나리란 생각이 그를 위로했다.

"용봉부활(龍鳳復活)!"

한쪽 고막이 찢겨져 나가는 것을 느끼면서도 류추영은 그대로 역천휘를 향해 직격해 들어갔다. 공간이 뒤틀리며 심하게 요동했다. 역천휘 일 인이 내뿜는 막강한 호신강기와 태룡소의 여파 때문이다.

피류류룽—

활류검이 부드러운 곡선을 그리며 일그러지는 공간 저편의 역천휘를 향해 쏟아져 들어갔다. 마치 급류를 거슬러 오르는 물고기처럼 매끄러운 움직임이었다.

잠시 후, 용봉부활이 용봉뢰전의 초식으로 바뀌며 활류검에 섬전이 일었다. 비황검과 비룡검, 두 개의 검으로 나뉘기 직전에 나타나는 현상.

"화류일검(火流一劍)! 수류양검(水流陽劍)!"

비황검과 비룡검의 날렵한 검신이 각각 청색과 적색의 화류검기, 수류검기로 물들며 검신을 타고 꿈틀거렸다. 지난번 마하구웅을 제압할 때 처음으로 시전했던 청해류가의 최고 절기.

"기다리던 바!"

미동도 없이 서 있던 역천휘가 가느다란 미소를 흘리며 두 손으로 개세불검을 거머쥐었다.

두 사람 사이의 공간이 숱한 뇌전과 함께 요동하고 있었다. 무림사 최고의 일전이 벌어지는 순간이다. 그런데 그때였다.

[바로 지금이올시다!]

전신공력을 끌어올린 채 때를 기다리던 황보검웅이 모반에 가담한 동지들에게 전음을 보냈다. 그들 모두 기다리던 순간이다.

"활류검법 제십육식 용봉파천(龍鳳破天)!"

"개벽신검 최종식 구천멸검(九天滅劍)!"

뇌전에 휩싸인 두 명의 절세고수가 빠르게 맞부딪쳐 갔다.

캬오오오—

크아아아아—

천지를 가를 듯한 사자후와 사자후의 만남. 그야말로 경천동지의 일전이었다.

공간을 일그러뜨리며 휘돌던 뇌전들이 거미줄처럼 그물을 짜며 두 사람을 휘어감기 시작했다. 하지만 그 순간,

"이야아아압!"

"모두 사라져랏!"

스물네 명의 모반자들이 일제히 장력과 검기를 격출했다. 전신공력을 실어 빈틈을 노린 만큼 이번만은 어떤 식으로든 결말을 지을 수 있으리라 믿었다.

콰콰콰콰콰쾅—

지축을 울릴 만큼 커다란 폭사가 일었다.

마치 천검궁 자체를 박살 낼 듯한 어마어마한 충격이었다. 폭사의 여파로 바닥에 쩌어억 금이 가며 빠르게 사방으로 뻗어갔다. 지진이다. 모든 것을 땅속으로 함몰시킬 만큼 거대한 지진.

하지만 곧 묘한 일이 벌어졌다.

일검수와 역천휘를 중심으로 연신 치지직거리며 팽창해 가던 뇌전의 공간이 굉음과 함께 쩌억 갈라지더니 마치 거울처럼 산산이 깨져 버렸다.

그것도 잠시, 끊임없이 팽창해 갈 것 같던 뇌전의 공간 속에서 하나의 검은 소용돌이가 생겨났다. 그리고 바로 그 순간 역천휘와 일검수는 물론, 폭사의 여파에 밀려났던 스물네 명의 모반자와 연회장을 에워싸고 있던 왜국 인자들이 일제히 그 검은 소용돌이 안으로 빨려 들어가기 시작했다. 공간이 빠른 속도로 수축하며 무한대의 힘으로 사물을 끌어들인 것이다.

'맙소사.'

황보검웅은 다급히 천근추의 수법을 써서 바닥에 한 자가량 깊게 족흔을 새기며 인력에 저항했다.

이미 대부분의 무사들이 검은 소용돌이의 아가리에 빨려 들어갔다. 황보검웅은 어떻게든 버티려 했지만 감히 저항할 수 없는 힘이었다. 그의 눈빛엔 이제 당혹감과 두려움이 감돌았다. 도저히 버틸 힘이 없었다.

그런데 그때 그의 눈에 기이한 장면이 들어왔다.

펑—

검은 안개에 뒤덮인 채 뒤틀릴 대로 뒤틀리며 수축해 가던 공간 안에서 굉음이 일었다. 그리고 하나의 신형이 어기충소의 신법을 펼치며 까마득한 허공으로 솟구쳐 올랐다.

"역천휘!"

황보검웅의 표정이 씁쓸하게 일그러졌다.

하지만 그것도 잠시, 그는 처절한 비명성을 내지르며 결국 검은 소용돌이 안으로 빨려 들어갔다. 이십여 년을 준비해 온 모반이 좌절되는 순간이었다.

"……"

얼마 후, 검은 소용돌이는 흔적도 없이 사라졌고 폐허가 되다시피
한 연회장에는 깊은 정적만이 내려앉기 시작했다.

2

"……!"

성검의 눈이 부릅떠졌다.

많은 생각으로 머리를 어지럽히면서도 성검은 류추영과 역천휘 등
의 싸움을 놓치지 않고 지켜보고 있었다. 그런데 갑자기 모든 것이 끝
나 버렸다. 채 생각을 정리할 시간도 없이.

연무장의 무사들 역시 당혹스러운 눈길로 연회장 주변을 둘러보았
다. 검은 연무와 소용돌이가 사라진 지금 그곳에는 역천휘 한 사람만
이 거인처럼 서 있었다. 연회를 위해 준비되었던 상이며 식기, 음식 따
위 모든 것이 소용돌이 안으로 빨려 들어갔다. 그나마 남아 있는 것들
도 자잘하게 부서진 채 여기저기 너저분하게 흩어져 나뒹굴 뿐이다.

"궁주!"

화향검을 위시한 몇 명의 무사들이 역천휘 앞으로 달려가 부복했다.

"여추의 모습이 보이지 않는군. 그 역시 사라진 것인가?"

"아마도… 저희 역시 확인할 수 없었습니다. 도대체 무슨 일이 벌어
진 것이고, 모두 어디로 사라진 것입니까?"

"나도 모른다. 언젠가 문헌을 통해 비슷한 현상에 대해 읽은 적이
있지. 우주엔 움직이는 수렁이 있다고… 우주란 것이 무엇이더냐. 고

금왕래(古今往來) 천지사방(天地四方)을 담은 거대한 공간과 시간의 주머니다. 우주는 순리에 따라 순환하게 되어 있는데, 오늘 그 규칙이 깨졌다. 그것을 수습하기 위해 움직이는 수렁이 모습을 드러냈고, 일그러진 공간과 시간을 빨아들인 것이다. 그 이상의 설명은 불가능하다."

역천휘는 자신의 두 손을 바라보며 담담하게 말했다.

방금 전 그 역시 소용돌이의 인력에 빨려 들어갈 뻔했다. 도저히 감당할 수 없는 힘이었다. 역천휘는 그 검은 소용돌이 안에서 무엇인가 거대한 혼돈의 틀을 본 듯했다. 한번 빨려 들어가면 결코 벗어날 수 없는 혼돈의 장.

그 순간 역천휘는 소용돌이를 벗어나기 위해 전신공력을 실은 일장을 날렸다. 하지만 일장은 소용돌이 안으로 빨려들며 폭사했을 뿐 아무런 반탄력도 느껴지지 않았다. 만약 어기충소의 신법을 펼쳐 허공으로 솟구치지 않았다면 그 역시 움직이는 수렁 안으로 빨려 들어가고 말았을 것이다.

"하하, 아직 내 공부가 먼 것인가?"

씁쓸한 표정으로 뇌까린 역천휘가 잠시 연무장을 둘러보았다.

연무장에선 여전히 혼전이 거듭되고 있었다. 다만 검영단의 무사들이 빠르게 왜국 무사들을 제압하며 상황을 정리해 갔고, 그 외 천검궁의 무사들은 무기력하게 멈춰 서 있었다.

한 가지 특이한 것은 일검수와 함께 일을 도모하기 위해 잠입했던 광대와 무희, 악사들이 모두 자취를 감추었다는 점이다. 물론 그들이 수렁 속으로 사라졌을 리는 없다. 아마도 검영단이 등장하는 시점에 일제히 천검궁을 빠져나간 듯했다.

"화향검, 최대한 빨리 상황을 정리하라. 오늘 내로 모반에 가담한 자를 철저히 색출해라. 내일 정오, 그들을 단죄하고 천검궁의 틀을 새롭게 짜게 될 것이다."

역천휘는 단호하게 말한 후 천천히 몸을 돌렸다.

"존명!"

전각을 향해 사라져 가는 역천휘에게 화향검이 짧게 대답했다.

"뭐 하냐?"

귀에 익은 음성. 그 음성의 주인이 햇빛을 가리고 있었다.

'누구였더라?'

성검은 여전히 두 눈을 감은 채 목소리의 주인이 누구였는지 기억을 되새겼다.

역천휘가 사라진 후 연무장에선 다시 검영단과 왜국 무사들의 치열한 접전이 벌어졌다. 산공독으로 인해 기의 운용이 어려워진 성검은 죽은 척하며 상황이 종료되길 기다렸다. 그런데 느닷없이 나타난 사내가 길게 그림자를 드리우고 있는 것이다.

"죽었냐?"

사내가 성검의 옆구리를 톡톡 걸어차며 다시 물었다.

'젠장, 들켰나?'

참았던 숨을 길게 내쉬며 성검은 살짝 눈을 치떴다. 햇빛을 등진 인영 하나가 빤히 자신을 내려다보고 있었다.

"화향검?"

"그래, 나다. 역시 와주었군. 그리고 당당하게 천검궁의 무사가 되었어. 일단 축하해야겠지? 하지만 지금 여기에 누워서 뭘 하고 있는 거냐?"

"염병! 보면 몰라? 독에 당해서 쓰러져 있잖아. 이거 조직 관리가 영 개판이군. 강호에 천검궁의 이름이 높다더니 다 헛말이었어. 완전 오합지졸이잖아."

"하하, 그래. 손님 대접이 영 부실했군. 하지만 이제 어느 정도 수습되었으니 그만 일어나도 된다. 오늘은 어렵겠지만 며칠 내로 술이라도 한잔 대접하지. 어차피 너 역시 산공독에 중독되었으니 당장 나와 겨루자고 하지는 않겠지?"

"당연하지. 너 정말 운 좋았는 줄 알아."

천천히 몸을 일으키던 성검이 잠시 주위를 둘러보며 대답했다.

죽은 척하며 바닥에 누운 지 근 반 시진가량이 지났다. 너무 긴 시간이어서 하마터면 곯아떨어질 뻔했다. 그런데 그사이에 상황은 대충 수습되어 있었다. 왜국의 무사들은 시체가 되어 연무장 한편에 쌓였고, 검영단을 제외한 천검궁 무사들은 무장이 해제된 채 다섯 무리로 분류된 상태였다.

"검을 놓고 저쪽으로 가서 대기하고 있거라."

화향검이 여전히 미소 띤 얼굴로 부드럽게 말했다.

하지만 성검의 대답은 냉랭했다.

"뭐? 젠장, 난 더 볼일 없으니 그만 돌아가겠어. 천검궁의 입관 시험을 통과했고 너를 만났으니 약속을 지킨 셈이지. 이젠 네 차례야. 닷새 후 화룡방의 총타로 나를 찾아와. 그때 비무를 겨루도록 하지."

"꼭 그래야 하겠나? 난 자네가 천검궁의 무사가 되길 바랐는데 말이야. 천검궁은 자네 같은 인재를 필요로 하지. 지금의 상황에선 더욱더 그렇고… 자네만 허락한다면 자네의 앞날은 내가 보장해 주겠다. 천검궁 무사가 된다면 지난번처럼 소림사의 하찮은 중놈들에게 무시당한다거나 하는 일도 생기지 않을 거야."

"염병, 일없어. 그리고 난 갑자기 바쁜 일이 생겼단 말이지. 그러니 잊지 말고 약속이나 지키라고. 닷새 후 화룡방 총타야."

성검은 단호하게 말한 후 미련없이 뒤돌아섰다.

너무 충격적인 일들을 겪는 바람에 머리가 뒤숭숭했다. 이럴 땐 아무래도 염자방과 술을 마시며 회포를 풀어야 할 것 같았다. 물론, 매란이도 빼놓을 수 없다.

성검이 매란이를 생각하며 헤벌쭉이 웃고 있는데 등 뒤에서 화향검의 음성이 들려왔다.

"아쉽군. 그래도 아직 포기한 것은 아니야. 실력으로 자네를 제압한 후 거두어들이면 될 테니 말이야."

"꼴값!"

이번에도 성검은 짧고 단호하게 말했다.

한 오 장여를 걸어갔을까? 두 명의 검영단 무사들이 성검의 길을 가로막았다. 수상하게 여긴 것이 분명하다.

하지만 다행히 그때 화향검이 다가와 그들을 제지했다.

"내 손님이다. 부궁주의 잔당들이 있을지 모르니 너희 두 사람이 직접 화룡방 총타까지 안내하거라."

"알겠습니다."

무사들은 정중하게 대답한 후 길을 열며 앞장서 갔다.

'이 작자, 제법 마음에 드는군. 좀 봐줘가면서 싸워야겠어.'

성검이 처음으로 화향검에게 미소를 내비쳤다.

마침 천검궁 대문 앞에선 염자방과 고지기, 매란이 기다리고 있었다.

성검이 천검궁의 무사들을 돌려보낸 후 세 사람은 도대체 무슨 변고가 생긴 것인지에 대해 앞 다투어 물었다. 워낙 소란스러웠기에 밖에서도 안의 변고를 눈치 채고 있었던 것이다.

배를 타고 남진관에 닿을 때까지 성검은 안에서의 일을 과장되게 부풀리며 신나게 떠들어댔다. 그 무용담은 송죽루에 닿아서는 절정에 달했다.

사실 그로서도 이날 이때까지 천검궁에서 벌어진 사건처럼 제대로 된 이야깃거리를 경험해 보지 못했으니 신이 나는 것은 당연한 일이다. 더욱이 두 눈을 초롱초롱 빛내며 이야기를 듣고 있는 매란이 때문에 성검은 더욱 신이 났다.

"그래서요, 서방님?"

"그래서라니. 황보검웅이 일장을 날리는 순간 내가 전신공력을 끌어올려 검기를 격출했지. 아무리 천검궁주가 두려워도 뒤에서 공격하는 것은 치사한 일이거든. 나는 결코 그런 일을 용납할 수 없어."

"어머, 멋있어라. 그래서 황보검웅을 쓰러뜨리셨나요?"

술에 취한 매란이 해롱거리며 성검에게 안겨들었다.

"이야, 너도 그 자리에 있었어야 하는 건데… 내 검기와 황보검웅의 일장이 마주치는 순간 믿을 수 없는 일이 벌어졌지. 갑자기 기 폭풍이 일고 공간이 일그러지더니 허공 한중간에 검은 소용돌이가 생겨나는 거야. 그리고⋯⋯."

성검은 차마 자기가 산공독 때문에 죽은 척 쓰러져 있었다는 이야기를 할 수 없었다. 매란이처럼 예쁜 아이를 옆에 두고 그렇게 솔직해진다는 건 사내가 할 짓이 못 된다. 그녀를 실망시키지 않기 위해 성검은 최대한 자신을 미화시켰다.

"하하하! 역시 형님이십니다, 어쨌거나 천검궁을 나온 것은 정말 잘하신 일입니다. 이제 우리 화룡방에서 형님의 웅대한 꿈을 펼치시면 되는 겁니다. 헤헤, 아마 우리 채주도 무척 기뻐하실 겁니다. 내일 당장 채주를 찾아뵙도록 하지요."

연신 기분 좋게 술을 마셔대던 염자방이 큰 소리로 웃으며 말했다.

하지만 한쪽에서 한 가닥씩 국수를 빨아 먹던 고지기가 심드렁한 말로 염자방의 염장을 질렀다.

"쩝! 그래 봐야 수적질 해먹고 사는 놈들인걸?"

"뭐요? 영감, 수적질이라니! 우리 화룡방을 뭘로 보고……."

"수적 놈들로 본다. 왜, 아니냐?"

고지기는 백태 낀 두 눈을 멀뚱히 뜬 채 실실거렸다.

"이런 우라질! 수적? 형님만 아니었으면 영감은 벌써 붕어밥이 되었을 게야. 감히 화룡방을 음해하다니. 우린 장강 일대의 치안을 담당하는……."

"헤헤, 그 수적 놈, 입은 살아서… 하지만 왜 관부에서 담당할 치안을 너희 잡놈들이 하고 있느냐?"

"흥! 관부 놈들이야말로 도적놈들이지. 그놈들은 세금하고 뇌물만 받아먹을 줄 알지 치안에는 아예 두 눈을 감고 있어. 모르는 소리는 작작하라구, 영감."

"그래? 그놈들 받아먹는 뇌물을 네놈들이 주고 있지는 않느냐?"

"그, 그거야……."

염자방은 말끝을 흐리며 매서운 눈길로 고지기를 쏘아보았다. 하지만 고지기는 이미 시력을 잃었으므로 그 사실을 알 리가 없다.

"자방이, 그만 하시게. 원래 늙으면 잔소리가 많아지는 법이지. 어쨌거나 조만간 화룡방의 채주를 만나보기는 해야겠군. 화룡방도 참 재미있을 것 같아."

"예? 하하, 당연하지요, 형님. 사실 남들은 화룡방을 두고 수적이니 뭐니 하지만 우리는 합법적인 사업만을 하고 있습니다. 장강에서 화물을 나르거나 사람을 나르는 모든 일을 저희가 관장합니다. 게다가 노인들에겐 뱃삯을 절반만 받습니다요. 물론, 여기 늙은 스님 말씀대로 과거에 수적질을 좀 하긴 했지만 지금은 아닙니다."

"헤헤, 뭘 그렇게 변명을 하냐, 이놈. 개꼬리 삼 년 묵혀도 황모 안 된다고, 수적 놈이 수적님이 되겠느냐? 그리고 뭐 그렇게 열을 낼 필요는 없다. 네놈이 정 원하니 나와 성검이도 잠시 몸담아보마. 헤헤, 원래 좀 나쁜 짓이 재미있긴 하지."

"우라질! 영감은 그냥 국수나 드시지."

화룡방에 대한 애정이 각별한지, 염자방은 얼굴까지 벌겋게 달아올랐다. 아마 성검이 아니었다면 벌써 주먹이 날아다녔을 것이다.

하지만 두 사람의 설전에도 불구하고 성검은 잠시 다른 생각에 잠겼다.

꾸준히 마음 한편이 편치 않았다. 일검수 류추영이 했던 말이 머리를 어지럽히고 있었던 것이다.

'내게 가장 소중한 이를 믿고 맡길 수 있을 만큼……'

'내게 가장 소중한 이를……'

'가장 소중한 이를……'

손에 들린 술잔이 바르르 떨렸다. 류추영의 일이 마음에 걸렸다. 사실, 그를 처음 만난 순간부터 뭔가 알 수 없는 느낌이 전신을 타고 흘렀다.

'아무래도 무불사로 돌아가야 할 것 같군. 심공 스님은 류추영이 했던 말이 무슨 뜻인지 잘 알고 있을 테니까.'

취기 때문이었을까. 성검의 마음속에 한줄기 회오리가 일었다.

"형님, 무슨 생각을 그렇게 깊게 하십니까?"

고지기와 신경전을 벌이던 염자방이 체념했다는 듯 성검에게 말머리를 돌렸다.

"응? 아, 아닐세. 그나저나 화룡방의 채주에 대해 얘기 좀 해주게. 어차피 만날 사람이라면 좀 알아두는 게 좋을 것 같아."

"그러지요, 형님. 우리 화룡방은 사실 그 전신이 수적 놈들 무리였습니다."

"거봐, 수적 맞잖아."

"이쉬, 묵향아, 영감 입을 국수로 틀어막지 않고 뭐 하니. 내가 저런 늙은이 만날까 봐 절에 안 간다니까!"

염자방은 이번에도 도끼눈을 치뜨며 버럭 소리를 내질렀다.

"하하, 그만 하래도. 원래는 저런 분이 아니었는데 책을 너무 읽어서 좀 탁해지셨다네. 자네가 이해하게."

"예, 형님. 그럼 계속 말씀을 드리겠습니다. 수적 놈들 무리였던 화룡방이 지금처럼 건전한 사업체로 변모한 게, 그러니까 현 채주이신 장여륭 어른이 실권을 잡으면서부터였습니다. 장 채주는 원래 해동 사람입니다. 해동 아시지요? 인삼 잘 키우는 나라요."

"해동? 그래. 알고 있지. 여자들도 예쁘다며……."

성검은 심공에게 들은 이야기를 떠올리며 배시시 웃었다.

"헤헤, 제대로 알고 계시는군요. 그러니까 해동 사람인 장 채주가 화룡방에 들어오게 된 사연부터 들려 드리자면……."

"수적질 하러 왔겠지 뭐."

"묵향아?"

"호호, 알았어요, 염 책사님. 국수로 우리 영감님 입을 틀어막으면
되는 거죠?"

"그래. 영감이 한 번만 더 입을 열면 그땐 아주 꿰매 버려라."

으르렁거리며 고지기를 노려보던 염자방은 곧 표정을 바꾸어 웃는
얼굴로 이야기를 이어갔다. 그 이야기를 정리하자면 대충 이랬다.

화룡방 채주 장여룡!

그는 원래 대륙에 홍삼을 공급하는 해동국 상인이었는데 어쩌다가
화룡제일채, 즉 화룡방의 수적들을 만나고 말았다. 홍삼을 가득 싣고
장강을 따라 내려오다가 재수없게 화룡방의 표적이 된 것이다.

장여룡이 탄 배에는 십여 명의 상인단이 타고 있었다. 그들은 하나
같이 택견이라는 해동 무술에 조예가 깊은 인물들이었다. 그러니 거금
을 들여 사 온 홍삼을 수적 따위에게 곱게 내줄 리가 없었다. 결국 강
위에서 수적들과 대판 싸움을 벌였는데, 그야말로 개개인이 일당백의
무위였다.

정오를 넘어 시작한 싸움이 두 시진이 넘도록 끝날 줄 몰랐다. 처음
수십 명이 탄 배 한 척으로 버티던 수적들이 방에 연락을 취해 나중에
는 화룡방 전체가 장여룡 무리를 잡기 위해 투입되었다.

그 싸움은 저물 녘이 되어서야 끝났다. 해동의 상인단이 아무리 뛰어
난 무위를 지녔다 해도 수적질로 뼈가 굵어온 자들을, 그것도 몇 배나
되는 인원을 감당할 수는 없었다. 결국 상인단은 항복을 하고 말았다.

당시 화룡방의 채주는 공영걸이란 자였는데, 그는 해동의 상인들을
어떻게 처리할까 고민하다가 한 가지 기발한 생각을 해냈다. 수적질이

나 하던 자들이 홍삼을 빼앗아봐야 판로도 마땅치 않고, 그렇다고 다 먹어치우기도 뭣해서 해동 상인들에게 홍삼을 팔아오게 한 것이다. 그 때 인질로 잡힌 인물이 바로 장여룡이었다.

채주 공영걸이 해동 상인들에게 준 시간은 정확히 한 달. 그 안에 어떻게든 홍삼을 팔아 황금 오백 냥을 마련해 와야 장여룡이 살 수 있었다. 물론 살려준다는 보장이 딱히 있었던 것은 아니지만……

그런데 일이 참 묘하게 풀렸다. 장여룡은 인질로 잡혀 있던 그 한 달 사이에 화룡방의 재산을 거의 두 배로 불려놓았다. 그뿐만이 아니다. 채주 공영걸은 물론 잡일이나 하는 말단 부하들과도 형님 아우 할 정도로 친분을 쌓았다. 타고난 사교성과 화술을 바탕으로 삽시간에 그들 모두를 매료시킨 것이다.

그렇게 한 달이 지날 무렵, 고려 상인들이 화룡방을 찾았다. 그들이 마련해 온 돈은 정확히 황금 오백 냥. 막상 돈을 받았음에도 공영걸은 장여룡의 처리를 두고 고민할 수밖에 없었다. 황금 오백 냥이 결코 적은 돈이 아님을 알지만 왠지 장여룡을 놓아주고 싶지 않았다. 인간미에 반했기 때문이기도 하지만 한편으론 그의 뛰어난 두뇌가 필요하기도 했다. 화룡방은 힘은 있어도 머리는 없는 집단으로 유명했으니까.

결국 공영걸은 장여룡을 불러 자신의 심정을 솔직하게 털어놓았다. 제발 화룡방에 남아달라고.

"장여룡이 그 제안을 수락했단 말이지?"

이야기를 듣던 성검이 고개를 끄덕이며 물었다.

"예. 다만 한 가지 조건을 제시했지요."

"그게 뭔데?"

"앞으로 장강십팔채에서 해동 사람을 상대로 수적질을 하지 않겠다고 약조해 달라는 것이었지요."

성검이 자기 이야기에 귀기울이는 게 기분 좋았는지 염자방의 목청이 점점 커졌다.

"음, 제법 멋있는 사내군."

"그럼요. 장 채주는 사내 중의 사냅니다. 저와는 호형호제하며 지내고 있지요. 그 형님은 공영걸 전 채주가 죽은 후 만장일치로 채주에 추대되었습니다. 이후, 화룡방은 수적질을 중단하고 정당한 방법으로 사업을 벌여왔지요. 화룡방이 선박 운송을 장악하고 산하에 세 개나 되는 표국을 운영하게 된 것도 다 형님의 사업 수완 덕분입니다. 다만……."

장여룡의 인간 됨에 대해 침을 튀겨가며 찬사를 쏟아내던 염자방이 갑자기 묘한 표정을 지으며 말끝을 흐렸다.

"다만 뭐지?"

"헤헤, 아닙니다. 모르셔도 되는 문젭니다."

염자방은 잠시 께름칙한 표정을 짓다가 이내 활짝 얼굴을 폈다.

"형님, 어쨌거나 오늘은 코가 삐뚤어지도록 술이나 퍼마십시다."

"음, 그러지 뭐."

이때까지도 성검은 장여룡에 대해 크게 관심을 기울이지 않았다. 아직 제대로 아는 게 없었으니까.

제6장

화룡방 채주 장여룡

　다음날 정오를 갓 지난 시각, 염자방은 성검과 고지기를 화룡방 총
타로 안내했다.

　화룡방 총타는 남진관 중심가에 자리 잡은 이천 평가량의 장원으로,
크기에 비해 비교적 소박하게 꾸며져 있었다.

　사실 막연히 짐작했던 수적 집단과는 많이 달랐다. 대문에는 수문
무사들조차 없었다. 그저, 장사치로 보이는 이들이 수시로 드나들었을
뿐이다. 장원 안에도 그 흔한 연못 하나 보이지 않았다. 넓은 뜰에는
잡다한 물건이 쌓였고, 건물도 대부분 창고로 쓰이고 있는 듯했다.

　오전에 사람을 보내 기별을 해두었던 것인지, 염자방은 곧장 시종의
안내를 받으며 후원 한편에 자리 잡은 장여룡의 거처로 들어섰다.

　장여룡은 서탁 앞에 앉아 책을 읽는 중이었는데, 성검 일행이 들어
서는 것을 보고 천천히 몸을 일으켰다.

초로의 사내였다. 하지만 새치 하나 없이 자르르 윤기가 흐르는 흑발 때문에 실제로는 훨씬 젊어 보였다. 한 가지 흠이라면 무슨 병이라도 있는 것처럼 얼굴빛이 유난히 검다는 것과 눈의 초점이 얼마간 풀려 있다는 정도.

"하하, 형님, 여기 이 형님이 일전에 말씀드렸던 제 의형입니다. 그리고 이 영감은 뭐 소림사에서 파계를 한 전대 고수라는데 별로 신경 안 쓰셔도 됩니다."

염자방이 스스럼없는 태도로 성검과 고지기를 소개했다.

"장여룡이오. 두 대협의 말씀은 자방 아우를 통해 많이 들었소이다. 자, 저쪽에 조촐하나마 자리가 마련되어 있으니 앉으시지요."

장여룡은 정중하게 포권을 취하며 사람 좋은 웃음을 웃었다.

그리고 보니 비록 초점이 풀린 눈동자였으나 한편으론 총기가 감도는 것도 같았다.

"음회회, 채주님의 환대에 몸 둘 바를 모르겠습니다. 그나저나……."

성검은 매란이나 화접몽 같은 예쁜 기녀들은 어디에 숨겨두었느냐고 물으려다 그냥 말을 얼버무렸다. 처음부터 본색을 드러내는 것은 예의가 아니었으므로.

"예? 뭐 하실 말씀이라도……."

"음회회회, 아닙니다. 그저 저희들이 귀한 시간을 빼앗는 것은 아닌가 걱정이 되어서요. 워낙 재미없는 사람들이라 여흥도 잘 안 날 테고……."

'이왕 놀 거면 기녀라도 몇 명 부르는 게 화기애애하지 않겠냐는 뜻이기도 하지.'

"하하, 그 무슨… 류 대협은 천검궁의 입관 시험까지 통과한 인재라 들었소이다. 마침 어제 천검궁에서 일어난 일이 저자에 회자되고 있다 더군요. 그런데 오늘 운이 좋아 그 이야기를 직접 듣게 되었구려. 자, 식사부터 마친 후 천천히 차라도 나누며 이야기합시다. 그리고 자방이의 의형이면 나와도 한 식구나 다름없으니 편하게 행동하시구려."

"그렇게 말씀해 주시니 감사합니다."

'매란이만 있어봐, 저절로 편해지지. 난 아무래도 음양의 조화에 너무 집착하는 것 같단 말이지. 똑같은 밥이라도 여자랑 먹어야 편하고 맛있거든.'

내심 아쉬웠지만 성검은 웃는 낯빛으로 자리에 앉았다.

식탁에는 이미 여러 가지 야채와 해산물 요리가 차려져 있었다. 본격적으로 식사를 하기 전에 가볍게 입맛을 돋우기 위해 마련된 것들이다. 그것들을 바라보는 성검의 입에 벌써부터 침이 고이기 시작했다.

아침은 맛있게, 저녁은 간소하게, 점심은 배불리 먹으라는 말이 있다. 성검처럼 배고픈 유년 시절을 보낸 이에겐 사치스런 속담이지만, 어쨌거나 점심에 장여룡을 만나게 된 게 다행이라는 생각을 떨칠 수 없었다.

초반엔 광동 요리부터 시작되었다. 새끼돼지를 통째로 구운 피엔피루주, 살짝 튀긴 물방개, 굴기름에 구운 닭발 요리도 기가 막혔지만 무엇보다 감동적인 것은 연잎 위에 똬리를 튼 채 접시에 올려진 비암구이였다.

'흐흑, 백날 행공을 하는 것보다 요놈을 통째로 먹는 게 훨씬 효과적이겠는걸?'

성검은 눈치도 보지 않은 채 허겁지겁 비암 요리를 먹었고, 뼈는 고지기의 접시 위에 발라놓았다.

잠시 후, 네 명의 시비가 내온 것은 북방 요리를 대표하는 산동 요리였다. 시비들은 얼굴순으로 뽑은 것은 아닌지 영 성검의 눈에 차지 않았다. 아니, 솔직히 좀 불순하게 생겨먹었다. 그럼에도 그녀들이 쉽게 용서된 것은 쟁반 위에 올려진 음식들 때문이었다.

요리들은 하나같이 일품이었다. 상어 지느러미와 붉은 새우, 해삼 따위 담백한 맛을 내는 해산물이 요리의 깊은 맛을 느끼게 했으나 이번에도 감동적인 것은 따로 있었다.

물론 처음엔 몰랐다. 굴 껍질 위에 살짝 올려진 고기 몇 점이 눈길을 끌긴 했으나 거무튀튀한 것이 영 수상해 보였다. 성검은 잠시 젓가락을 깔짝거리며 고민했는데 염자방이 슬쩍 옆구리를 찌르며 귓속말을 건넸다.

"형님, 물개 별로 안 좋아하십니까?"

"……!"

순간 성검의 머리 속에서 번개가 내리쳤다.

'해구신? 이크, 하마터면 오리알로 착각할 뻔했군. 내공을 중시하는 무림인으로서 결코 빼앗길 수 없는 요리야.'

성검은 잽싸게 굴 껍질을 들어 한입에 톡톡 털어 넣었다. 그리고 이번에도 굴 껍질은 고지기의 접시 위에 올려놓았다.

요리가 다 비워질 무렵, 이번엔 북경 요리가 등장했다.

그런데 정말 이해할 수 없는 것은 술을 먹은 것도 아닌데 갑자기 시비들이 하나같이 절세가인으로 보이기 시작했다는 점이다.

사실 성검은 그동안 중요한 것들을 놓치고 있었는지도 모른다. 하늘거리는 옷자락 사이에 감춰진 풍만한 둔부와 요염한 자태, 난초 잎처럼 부드럽게 휘어진 허리의 곡선, 균형 잡힌 가슴, 한 손바닥 위에 올려놓을 수 있을 것처럼 아담한 발, 삼단 같은 머릿결.

'미쳤어, 미쳤어. 내가 왜 이러지? 원래 내가 이렇게 소탈하게 생긴 여자들에게 너그러운 사람이 아닌데? 하지만……'

성검은 온몸을 뜨겁게 휘돌고 있는 본능을 힘겹게 억눌렀다.

그랬다. 오로지 내공에 보탬이 될까 하고 먹은 비암 요리와 해구신이 성검의 관상 기준까지 두세 단계 낮춰 버린 것이다.

'끄응, 아무래도 빨리 끝내고 매란이나 보러 가야겠군.'

지그시 눈을 감고 호흡을 조절하던 성검은 시비들이 나간 후에야 두 눈을 떴다.

상 위에는 이번에도 감동의 물결이 넘실거리고 있었다. 화려한 궁중 요리는 물론, 새끼 양의 내장에 오리 간을 넣어 몸을 보하게 한 보양 요리, 아삭아삭한 튀김 요리, 신선한 채소와 죽순, 상어 지느러미로 국물 맛을 낸 탕 등 호화롭고 사치스러운 요리들이 한 상 가득 널려 있었다.

그런데 이번에도 성검의 눈길을 끄는 요리가 있었으니, 그게 바로 용봉탕이다.

물론 보양식 중에서도 널리 알려지고 흔하게 먹을 수 있는 게 용봉탕이긴 했다. 하지만 상 위에 올려진 용봉탕은 보통 용봉탕이 아니었다. 백 년에 한 번 볼까 말까 한다는 백자라와 산삼을 푹 고아낸 귀한 음식이었다.

"하하, 류 대협, 귀한 손님이 올 줄 안 모양이오. 해동의 오랜 벗이 가져온 산삼이라오. 그리고 백자라는 나도 처음 구경하는 것인데, 글쎄 이놈이 오늘 아침 우물의 두레박에 실려 나왔다는구려. 워낙 희귀한 동물인데다 내 집 우물에서 나왔으니 놓아줄까도 생각해 보았으나 이게 다 하늘의 뜻이란 생각이 들어 류 대협에게 접대키로 했소이다. 뭐, 평범한 자라보다 약효가 뛰어나다는 보장은 없으나 영물이니만큼 뭔가 다를 수도 있겠지요. 한번 드셔보시구려."

이제껏 담담하게 음식을 먹던 장여룡이 모처럼 생색을 냈다.

하긴, 워낙 귀한 음식이다 보니 그런 생색이 당연하게 느껴질 정도였다.

"음회회, 이거야 원, 이렇게 감당하기 힘든 대접을… 도대체 어떻게 답례를 해야 할지 모르겠습니다."

겸양의 말을 건네면서도 성검은 냉큼 수저를 들어 용봉탕을 한입 맛보았다. 산삼의 쌉싸름한 향과 자라의 담백함이 입 안에 가득 배어났다.

'정말 훌륭한 사람이야. 처음 본 사람에게 이렇게 새록새록 피어나는 애정을 느껴보기는 처음이야. 모든 해동인을 사랑할 수도 있을 것 같아.'

성검은 온몸으로 퍼지는 기분 좋은 온기를 느끼며 새삼 장여룡을 쳐다보았다.

화룡방 총타에서의 점심 식사는 그렇게 화기애애한 분위기 속에서 근 한 시진에 걸쳐 이루어졌다.

하지만 장여룡은 식사가 다 끝나고 나서도 성검 일행을 쉽게 돌려보내려 하지 않았다.

바둑 몇 판을 즐기는 데 한 시진이 흘렀고 차를 마시는 데 또 한 시진이 흘렀다. 그러다 보니 어스름이 자리 잡아 어느새 저녁 먹을 시간이 되었다.

고지기는 지루한지 찻잔을 앞에 둔 채 꾸벅꾸벅 졸았고, 염자방은 뭔가 초조하다는 듯 창밖만 바라보았다.

하지만 성검과 장여룡, 두 사람은 시간 가는 줄도 모르고 이런저런 많은 이야기를 나누었다. 그사이 성검은 장여룡의 사람 됨과 해박함에 새삼 놀랐다. 심공을 사부로 둔 덕택에 성검의 학문 역시 예사롭지 않았지만, 장여룡의 해박함 역시 뒤진다고는 볼 수 없었다. 특히 도가(道家) 사상에 있어 장여룡은 상당한 견문을 지니고 있었다. 다만,

"하하, 자랑은 아니오만 내 친구 중엔 실제로 우화등선한 이가 있소이다. 원래 해동인들은 천족(天族)의 후예거든."

어느 순간부터 장여룡은 말이 많아지기 시작했다.

"음회회, 백자라탕을 먹을 때부터 짐작하고 있었습니다."

"그렇소이까? 제법 말이 통하는구려. 맞소이다. 백자라도 괜히 내 집 우물에서 나온 게 아니지. 다 내가 천족의 후예라 가능한 일 아니겠소? 하하, 어쨌거나 해동이 그렇게 신성한 땅이다 보니 숱한 인재가 있고, 기이한 일들도 많이 벌어진다오."

"어허, 안 그러면 이상한 일이지요."

성검은 대수롭지 않다는 듯 장여룡의 말에 장단을 맞춰주었다. 얻어먹은 게 있으니 그 정도는 해주어야 한다는 생각이었다.

'음, 이제야 자방이가 어제 하려다 만 말이 무엇인지 알 수 있을 듯하군. 그렇게 안 봤는데 정말 말 많은 사람이야. 게다가 어쩐지 뻥이 셀 것 같단 말이지?'

속으로 구시렁거리면서도 성검은 웃는 낯빛을 바꾸지 않았다.

"사실, 대륙에서는 인정하지 않지만 도교의 뿌리 역시 해동에서 찾을 수 있소. 대륙에서 도교의 싹이 틔워진 것은 후한 시대 패국 풍읍 사람 장도릉에 의해서였다고 전해지고 있소. 그가 만년에 장생도(長生

道)를 익히고 금단법(金丹法)을 터득한 후 곡명산에 들어 제자들을 거두면서부터지. 하지만 장도룽이 나기 전에도 우리 해동엔 선도(仙道)가 있었소이다. 아니, 해동의 역사를 연 단군성검이 바로 선인(仙人)이었지. 해동의 선도가 무엇이냐 하면…….”

“케헴, 흠! 흠.”

뭔가 분위기가 이상하게 흘러간다고 느낀 염자방이 헛기침을 하며 장여룡에게 고개를 설레설레 흔들어 보였다.

하지만 장여룡은 염자방의 얼굴을 빤히 쳐다보다가 고개를 갸우뚱할 뿐이었다.

“염 책사, 목에 가시라도 걸렸는가?”

“예? 아, 아닙니다, 형님. 그나저나 식사도 하고 차도 마셨으니 류 형님도 그만 돌아가야 하지 않을까요? 해동에 관해선 다음에 이야기하시는 것이…….”

“그게 무슨 소린가. 이미 날이 저물었는데 손님들에게 저녁 접대도 하지 않고 보낸단 말인가? 우리 화룡방에 쌀이 없는 것도 아닌데 그렇게 야박하게 손님을 대할 순 없는 일이지. 허허, 내가 괜히 틈이 날 때마다 해동의 역사와 예절을 이야기하는 것이 아니야. 자네도 내게 그 정도 교육을 받았으면 이제 얼마간 감화가 되어야지.”

“누가 뭐랍니까, 형님. 하지만 처음 만난 자리에서 말을 너무 많이 하는 것도 대륙의 법도에 어긋나는 일이라…….”

“뭣이라? 식자(識者)들이 만나 학문을 논하는 것은 지극히 당연한 이치! 어찌 그것을 여인네들의 수다에 비교할 수 있단 말인가. 자네, 지금 나 무시하는 겐가?”

장여룡이 차갑게 낯빛을 굳힌 채 노여움이 담긴 음성으로 말했다.

'으음, 정도가 좀 심하군. 말만 많은 줄 알았더니 눈치도 없네? 하지만 뭐 저녁을 먹여 보내겠다는 게 예의에 어긋나는 일은 아니지.'

성검은 고개를 갸우뚱하면서도 저녁엔 또 무슨 요리가 나올까 머리에 떠올리기 시작했다. 그런데 그사이에도 장여룡과 염자방은 계속해서 옥신각신하고 있었다.

"죄송합니다, 형님. 그런 뜻이 아니라… 하지만 꼭 저녁만 드셔야 합니다."

"끄응, 술도 좀 마시면 안 될까?"

"형님, 이렇게 나오실 줄 알았습니다. 결국 술 드시려고 이야기를 질질 끌고 계신 거지요? 하지만 술은 절대 안 됩니다. 지난번에 약조하시지 않았습니까."

"하지만 류 대협 같은 귀빈이 오셨는데 산삼주라도 한 잔씩 돌려야 하지 않을까? 우리 해동국의 법도가 이런 게 아니거든."

술 이야기가 나오면서부터 대화의 주도권이 염자방에게 넘어갔다. 분위기로 보아 장여룡과 술은 상극임에 분명했다.

"자방이, 채주께서 술 생각이 간절하신 모양인데 한 잔쯤 반주로 마시는 건 괜찮지 않을까? 솔직히 아까 음식들을 보니 좀 아깝더군. 술안주로 하면 딱일 텐데 말이야."

성검은 궁지에 몰린 장여룡이 안쓰러워 한마디 거들어주었다.

하지만 그 순간, 염자방의 눈에서 치지직 불길이 타올랐다.

"불가합니다. 차라리 절 죽이십시오!"

"……?"

'젠장, 이거 너무 심하군. 뭐 술 한 잔에 목숨을 거나?

염자방이 워낙 크게 소리를 내지르는 바람에 성검은 깜짝 놀라며 잠시 몸을 움찔했다. 그런데 언제 깬 건지 고지기가 한마디 거들고 나섰다.

"치사한 놈. 제놈은 어제 밤새도록 술을 퍼마셔 놓고 왜 장 채주한테는 술을 먹지 말라는 거야? 산삼주 축나는 게 아까워서 그러나?"

"그래, 염 책사. 산삼주가 워낙 귀해서 귀빈들께 대접하려는 것뿐이야. 정말 다른 뜻은 없으니 오늘만 어떻게 눈감아줄 수 없을까?"

기회를 놓칠세라 장여룡이 부드러운 음성으로 말했다.

"형님, 저와 약조하지 않으셨습니까. 다시는 술을 입에 대지 않겠다구요!"

"쩝! 하지만 산삼주는 술이라기보다는 약에 가깝다고 생각지 않는가?"

장여룡이 애절한 눈빛을 빛내며 염자방의 두 손을 꼭 움켜쥐었다.

"자방이, 무슨 사연이 있는지는 모르겠지만 오늘만 자네가 양해를 하게. 사실, 나도 산삼주 좀 한번 마셔보고 싶군. 산삼이라면 정말 귀한 영물 아닌가."

뭐, 꼭 산삼주가 먹고 싶어서라기보다는 장여룡이 워낙 불쌍해 보여서 성검도 한마디 거들었다.

"후! 좋습니다. 하지만 이후의 일에 대해 저는 아무런 책임도 못 집니다?"

염자방이 머리를 쥐어뜯으며 지친 음성으로 말했다.

막상 허락이 떨어지자 장여룡이 바르르 몸을 떨었다. 그뿐만이 아니다. 검게 죽어 있던 얼굴에 화기가 돌았고, 초점이 없던 두 눈에 물기까지 감돌았다.

"고맙네, 염 책사! 흐흐흑, 사실 지난 세 달 동안 내가 얼마나 성실하게 살았는가. 그동안 반성 많이 했으니 오늘은 별일없을 걸세. 그저 반주로 몇 잔 마시는 것뿐이야. 아무 염려 하지 말게."

장여룡은 엉덩이까지 들썩이며 몹시 격앙된 음성으로 말했다.

'어라? 이거 왠지 불길한걸. 아무리 술이 좋아도 그렇지 울기까지하나? 게다가 염려하지 말라니까 더 염려가 되네. 괜히 마시자고 했나?'

가만히 장여룡을 지켜보던 성검이 고개를 갸우뚱하며 나직하게 한숨을 내쉬었다.

2

성검이 염자방을 이해하는 데는 그리 오랜 시간이 걸리지 않았다.

사실, 술을 한 동이쯤 마셨을 때만 해도 분위기는 화기애애했다. 다만, 염자방만은 술 한 방울 입에 대지 않은 채 상황을 주시했다. 눈치로 보아 적당한 시점에 술자리를 파할 생각인 듯했다.

하지만 확실히 장여룡은 고수였다. 두 동이째 바닥을 드러내자 염자방의 눈치를 슬쩍 한번 살핀 후 곧장 적절한 화제를 이끌어냈다.

"류 대협, 염 책사와 인연을 맺었으니 나와도 인연을 맺는 것이 당연하다는 생각이오. 우리 이 참에 의형제를 맺읍시다. 염 책사가 류 대협의 의제가 되었다면 나 또한 의제가 될 수 있지 않겠소?"

"음회회, 의형제를 맺는 것은 영광이지만 의제라니, 당치도 않습니다. 연륜과 성품, 학식에 있어서도 한참 뛰어나시니 당연히 형님이 되서야지요."

"하하, 그렇게 말해 주다니 정말 고맙구려. 그럼 이제부터 류 대협을 내 의제로 여기겠소. 가만있자, 이왕 말이 나왔으니 아예 이 자리에서 결의형제를 맺는 의식을 거행해야지. 어라? 그런데 술이 다 떨어졌군. 신랑 신부도 합혼주를 마신 후에야 진정한 부부가 되는 것인데 어찌 결의형제의 맹세를 하는 자리에 술이 빠질 수 있겠는가. 염 책사, 어서 술을 내오라 이르시게."

의젓한 음성으로 말한 장여룡이 곁눈질로 염자방의 눈치를 살폈다.

"젠장!"

염자방은 들릴 듯 말 듯한 음성으로 불만을 드러냈으나, 결의형제를 위해 어쩔 수 없이 시비들을 시켜 술을 더 내오게 했다. 그리고 잠시 후.

"화룡방 채주 장여룡과 책사 염자방, 부채주의 자리에 오를 류성검은 비록 한 배에서 나지는 않았으나 이 술 한 잔으로 의형제가 되었으니 한날한시에 죽을 것을 맹세하는 바입니다. 자, 이쯤에서 한 잔!"

"건배!"

"……."

장여룡과 성검은 죽이 잘 맞았지만, 염자방은 여전히 뽀로통한 표정이었다. 그러거나 말거나 장여룡은 다시 목소리를 길게 뺐다.

"비록 몸은 셋이나 마음은 하나고, 미천한 곳에 몸담고 있으나 그 뜻은 천하를 편안케 하는 데 둘 것을 약속합니다. 굶어 죽을지언정 수적질은 하지 않을 것이며, 뱃삯을 받되 노인과 아이에게는 반값만 받을 것 또한 맹세하는 바입니다. 자, 이쯤에서 또 한 잔!"

"훌륭한 말씀입니다, 형님. 자, 건배!"

"짧게 하시지요, 형님?"

염자방은 이번에도 뚱한 음성으로 딴지를 걸었다.

하지만 장여룡은 못 들은 체하며 계속해서 결의문을 읊었다.

"우리 세 형제가 설사 유비, 장비, 관우 같은 걸출한 영웅이 되지 못한다 해도 마음만은 늘 정의의 수호와 박애에 둘 것을 맹세하나니, 부디 천하만물에 깃든 신령께서는 우리의 뜻을 굽어 살피십시오. 자, 이쯤에서 다시 한 잔!"

"화룡방 만세! 얼쑤, 좋다. 건배!"

"이쯤에서 끝내시지요, 형님!"

세 사람의 건배는 커다란 사발로 하는 것이라 술동이의 술은 어느새 반쯤 비워져 있었다. 그리고 술동이가 비어갈수록 염자방의 표정도 싸늘하게 굳어갔다.

하지만 장여룡은 이제 아예 염자방을 염두에 두고 있지 않는 듯했다.

"천신님, 신령님. 오늘의 이 맹세는 어쩌면 전생의 인연을 새롭게 잇는 것이니 더욱 축복해 주시고 행여 형제들에게 어려움이 닥치더라도 결코 잊지 않게 해주십시오. 만약 우리 가운데 누구라도 오늘의 맹세를 저버리고 배신하는 자가 있거든 내생에선 부디 복날 매 맞아 죽을 팔자의 개로 태어나게 해주시고 다음다음 생엔 뱀밭의 개구리로 태어나게 해주실 것이며, 다음다음다음 생에선 사람으로 태어나게 하시되 백일도 지내기 전에 두 눈이 멀고, 돌 무렵엔 다리 한쪽이 잘려 나가고, 세 살 되기 전에 개에게 물려 고자가 되게 해주시고, 나이 다섯에 부모에게 버림받아 싸가지없고 손버릇 나쁜 도적놈의 부하가 되게 해주시고, 나이 열하나에 벼락을 때려 반쯤 죽여주십시오. 자, 환갑이 되려면 아직 멀었으니, 여기에서 또 한 잔!"

"존경합니다, 형님. 건배!"

"이번에 안 끝내면 결의형제고 뭐고 상 다 엎어버릴 겁니다, 형님!"

염자방의 두 눈이 가늘게 떠졌다.

뭔가 심상치 않은 분위기를 감지해 낸 것이 분명했다. 실제로 장여룡의 눈빛엔 이미 푸르스름한 광기가 맴돌고 있었다.

"늦었느니라!"

장여룡의 입에서 음산한 한마디가 새어 나왔다. 하지만 한참 흥에 겨워 장단을 맞추던 성검은 이번에도 사발을 높이 들었다.

"예, 좋습니다, 형님. 건배!"

"……."

건배 제의에도 불구하고 주위는 정적에 사로잡혔다. 그제야 성검은 천천히 고개를 돌려 장여룡과 염자방을 쳐다보았다.

묘한 일이었다. 이제껏 험상궂은 얼굴로 툴툴거리던 염자방이 갑자기 사시나무 떨 듯 떨기 시작했다. 반면, 술 한 잔이라도 더 마시기 위해 염자방의 눈치나 살피던 장여룡의 입꼬리가 사특하게 치켜 올려지고 있었다.

'이거, 분위기가 뭐 이래?'

치켜 올렸던 사발을 천천히 내리며 성검은 멀뚱한 표정을 지었다.

"류 형님, 큰일 났습니다."

"응? 뭐, 뭐가……."

"제가 술 먹이지 말라고 했지 않습니까. 이젠 저도 모릅니다!"

"뭘 몰라? 마시면 얼마나 마셨다고… 좋아, 내가 실수했다고 치지. 그럼 뭐 지금이라도 일어설게."

'음, 장여룡이 꼬장이 심한가 보군. 그럼 진작 얘기하지. 괜히 미안하게.'

성검은 엉거주춤 일어서며 기어들어 가는 소리로 말했다.

하지만 그 순간 염자방이 고개를 설레설레 저으며 손가락을 뻗어 장여룡을 가리켰다.

"늦었습니다, 형님. 저기 보십시오."

"……?"

성검의 시선이 자연스레 염자방의 손가락을 따라갔다. 그리고…….

"으아악!"

경악성을 토해내며 자리에 털썩 주저앉았다. 그러고 나서도 뭔가 의심스러워 두 눈을 비비고 다시 바라보았다.

"맙소사—"

믿지 못할 일이지만 장여룡이 서서히 개로 변해가고 있었다.

사특하게 말아 올려지던 입꼬리가 귀밑까지 찢어졌고, 앞니 부분이 느닷없이 돌출하더니 긴 주둥이로 변했다.

하지만 그건 단순히 일차 변환에 불과했다. 몸은 여전히 사람의 몸뚱이였으니까.

월월! 으르르릉—

장여룡이 식탁 위로 펄쩍 뛰어올라 가더니 으르렁거리기 시작했다. 그것도 잠시, 갑자기 통증이 찾아오는 것인지 몸을 뒤틀며 두 눈으로 신광을 폭사했다.

"젠장, 이단계 변환입니다, 형님."

염자방이 한숨을 토해내며 천천히 몸을 일으켰다. 그리고는 의자를 번쩍 들어 바닥에 힘껏 내려쳤다.

콰지직—

박달나무로 만들어진 튼튼한 의자였지만 염자방이 워낙 장사이다 보니 마치 나무 젓가락 부러지듯 힘없이 부서져 나갔다.

"형님도 하나 준비하시지요. 아무리 개 같아도 의형인데 칼을 들 순 없지 않습니까?"

염자방은 씁쓸한 표정으로 성검을 바라보며 말했다.

하지만 성검의 몸은 이미 통나무처럼 굳어져 있었다. 그저 넋을 잃은 채 장여룡이 이단계 변환에 돌입하는 모습을 쳐다보고 있을 뿐이었다.

쿵! 깨개개갱—

흑단 같던 머리카락이 온몸을 뒤덮는가 싶더니 옷가지와 함께 힘없이 바닥으로 투두둑 떨어졌고, 그사이 몸뚱이는 윤기 흐르는 검은 털로 뒤덮여 버렸다. 그로써 장여룡은 이제 사람보다는 개에 훨씬 가까운 상태가 되었다.

"자방이, 아직 더 남았는가?"

성검은 기가 막힌다는 듯 고개를 저었다.

"물론입니다. 삼단계에 돌입하면 이제 사람의 모습은 찾을 수 없습니다. 그때부터는 완전히 개가 되는 거죠."

"그럼 꼬리도 달리나?"

"꼬리 없는 개 본 적 있습니까? 직접 보지는 않았지만 아마 저대로 풀어두면 똥도 먹을걸요? 형님도 어서 몽둥이 하나 준비하십시오. 이게 다 큰형님을 위해서 이러는 겁니다."

염자방은 손바닥에 침을 퉤퉤 뱉은 후 두 손으로 몽둥이를 거머쥐었다.

'정말 살다살다 별일을 다 겪는군.'

염자방의 의연한 태도를 보며 얼마간 마음을 진정시킨 성검이 의자를 번쩍 들어 올렸다. 일단은 염자방이 시키는 대로 하는 게 최선이다.

그사이 장여룡의 꼬리뼈에서 마치 죽순이 솟아나듯 막 꼬리가 뻗어나오고 있었는데 아마도 그게 삼단계 변환인 듯했다. 이제 머리에서 뒷다리까지 개가 아니라고 의심될 만한 부분은 찾아볼 수 없을 정도다. 터럭 하나까지도 완전히 개였다.

"자방이, 큰형님이 사람도 무나?"

"생긴 걸 보십시오. 사람 안 물게 생겼나. 개, 돼지, 닭, 고양이 다 뭅니다. 저번에는 소도 물었습니다."

"정말 개 같은 경우군. 그런데 혹시 이게 도가(道家) 비전의 방술이 아닐까? 거, 왜 있잖은가. 둔갑술이니 뭐니 해서 호랑이로도 변하고 곰으로도 변하는……."

성검이 진지한 표정으로 물었다.

사실 그는 나름대로 설명 가능한 논리로 자신을 납득시키기 위해 머리를 짜내는 중이었다. 그러다가 문득 장여룡이 도가 사상에 심취한 인물임에 생각이 미쳤고, 드디어는 이게 자기를 위한 일종의 깜짝 공연이 아닐까 생각하게 된 것이다.

실제로, 금주(禁呪)나 부록(符籙) 등의 방술은 도교를 포교하는 데 지대한 공헌을 했다.

예를 들자면 첫날밤에 동쪽에 머리를 두고 어찌어찌 관계를 가져야 아들을 난다거나, 모날 모시에 목욕재계하면 이가 튼튼해진다거나, 무좀에는 무슨 주문이 특효라거나 하는 식의 전반적인 의료 방술로부터, 명경(明鏡)이나 부적을 차고 다니면 요괴를 피할 수 있다는 식의 호신

방술, 내단(內丹)과 외단(外丹)의 수련 혹은 방중술을 수련함으로써 장생불사할 수 있다는, 인간 생명 연장의 꿈을 담은 방술까지 다양한 방술로 사람들을 현혹시켰다.

그야말로 태어나고 성장하고 시집, 장가가서 죽을 때까지의 모든 인간사가 주문이나 부적 따위의 방술로 결정지어질 수 있다고 믿은 것이다. 그러니 장여룡이 개로 변한 것 역시 방술로 설명될 수 있었다. 아니, 그 외에는 달리 설명할 방법이 없었다.

하지만 염자방의 반응은 냉담했다.

"형님, 보면 모르시겠습니까? 이건 둔갑술이 아니라 저줍니다, 저주. 자세한 건 차차 알게 되실 테니 몽둥이나 꽉 붙잡고 계십시오. 저 개가 보통 사나운 개가 아닙니다. 방방 날아다닌다니까요? 게다가 뱀처럼 사특한 두뇌와 곰 같은 힘을 지녔습니다. 만만히 보셨다가는 엉덩이에 이빨 자국 남는 수가 있습니다."

"젠장, 겁 좀 그만 주게. 그러지 않아도 미치고 환장할 상황이잖은가."

성검은 식탁 한편에 모로 쓰러져 자고 있는 고지기를 보며 힘없이 말했다. 고지기가 그렇게 부러운 적이 없었다.

"죄송합니다, 형님. 어쨌거나 꼭 제가 시키는 대로 해야 합니다. 이제부터는 큰형님을 큰형님으로 보아서는 안 됩니다. 그냥 개라고 생각하고 무조건 패십시오."

"우라질! 별 걱정을 다 하는군. 그럼 저걸 개로 보지 사람으로 보나? 그나저나 어딜 어떻게 족쳐야 끝나는 거야."

"저도 모릅니다. 아직 급소를 못 찾았거든요. 하지만 한 시진 정도 두드리다 보면 끝날 겁니다. 늘 그랬으니까요. 그리고 긴급 상황이 발생했으니까 잠시 이 방을 폐쇄하겠습니다. 이제 죽느냐 사느냐는 운에 달렸습니다. 자, 놀라지 마십시오."

말을 마친 염자방은 뒤로 몇 걸음 물러서더니 벽 한편에 붙어 있던 밧줄을 힘껏 잡아당겼다. 그러자 카가강 소리와 함께 천장에서부터 사방의 벽면으로 쇠창살이 내려왔다. 이로써 성검 일행은 완전히 그 창살 안에 갇히게 된 것이다.

"이, 이게 도대체 무슨 짓인가, 아우님?"

"어쩔 수 없습니다. 큰형님의 비밀을 지키기 위해선 이 방법밖에 없습니다. 지난번 부채주도 이 창살 안에서 명예롭게 죽었습니다."

"뭐?"

성검은 두 눈을 동그랗게 뜬 채 염자방을 빤히 쳐다보았다.

방금 전까지만 해도 화기애애했던 술자리가 갑자기 공포의 현장으로 바뀌었으니 당연한 일이다.

가르르릉—

마침 그때 장여룡이, 아니, 얼마 전까지 장여룡이었던 검둥개가 탁자 위에서 성검을 내려다보며 씨익 웃었다. 한 자 길이의 꼬리가 바짝 치켜 올라간 것이 제법 족보를 갖춘 개인 듯했으나 아무리 봐도 호감을 드러내고 있는 것 같지는 않았다.

'젠장, 개가 웃고 있잖아.'

개가 웃는 모습은 난생처음 구경했다. 그런데 성검은 그게 전혀 신기하지 않았다. 그저 등줄기를 타고 식은땀이 흘러내릴 뿐이었다.

하지만 정작 놀랄 일은 그때부터 벌어졌다.

"삼차 변환까지 모두 끝났습니다. 이제 시작하시지요, 형님!"

염자방의 비장한 음성에 이어 묵직한 파공성이 일었다.

쇄애액—

때를 기다리던 염자방이 검둥개의 다리를 향해 힘껏 몽둥이를 휘두른 것이다. 하지만 검둥개는 예상하고 있었다는 듯 허공으로 솟구치며 뒷다리로 염자방의 뒤통수를 갈긴 후 사뿐히 바닥에 내려섰다. 그리고는 다시 씨익 사특한 웃음을 웃었다.

"이런, 염병할! 점점 빠르고 교활해지는군."

가볍지 않은 충격에 몸을 휘청이던 염자방이 바닥에 퉤 침을 뱉은 후 몽둥이를 다시 꼬나 쥐었다.

"자방이, 많이 아픈가?"

어정쩡하게 서 있던 성검이 나직한 음성으로 물었다.

"이건 아무것도 아닙니다. 머리에 들이받히면 정말 아프지요. 물론 그게 물리는 것보다는 낫지만요."

"음, 그나저나 아까 얘기했던 부채주 말이야. 명예롭게 죽었다던… 도대체 어떻게 죽은 거지? 물려서 죽었는가?"

"그건 아닙니다. 그러니까 그게, 좀 복잡합니다. 원래는 큰형님 꼬리를 피하다가 슬쩍 미끄러졌는데 마침 다리가 옷걸이에 걸려 넘어졌습니다."

"옷걸이에 맞아 죽은 게로군?"

성검이 쯧쯧 혀를 차며 말했다.

"아니요. 옷걸이를 피하기 위해 다급히 몸을 굴렸는데 그만 식탁 모서리에 머리를 부딪쳤습니다."

"음, 그 정도로 사람이 죽었단 말인가?"

"아닙니다. 글쎄 그게 좀 복잡하다니까요. 식탁이 흔들리면서 그 위에 놓여 있던 과도가 떨어졌습니다. 하지만 부채주도 얼마간 무공으로 단련된 몸이라 잽싸게 피했지요. 그런데 운이 없었죠. 몸을 굴린다고 굴린 곳이 하필이면 화로가 놓인 곳이었습니다. 그 바람에 화로에 담겨 있던 숯이 옷 사이로 들어갔지 뭡니까. 그래, 깜짝 놀란 부채주가 벌떡 일어나서 병에 담긴 물을 가슴에 확 뿌렸는데 그게 청어 기름이었다는 거 아닙니까. 등잔 기름을 갈려고 큰형님이 가져다 놓은 건데……."

"끔찍하군."

고개를 설레설레 젓던 성검은 자기 옆에 옷걸이가 세워진 것을 보고는 깜짝 놀라 한 걸음 뒤로 물러섰다.

가르르릉—

검둥개는 이번에도 겁에 질린 성검을 쳐다보며 씨익 사특하게 웃었다. 그리고는 천천히 걸음을 옮겨 성검에게 다가섰다. 아무래도 염자방보다는 만만해 보인다는 듯.

하지만 그게 성검의 자존심을 건드렸다. 이때까지 살아오면서 단 한 번도 개한테 업신여김을 당한 적이 없었기 때문이다.

"젠장, 정말 일진 사나운 날이긴 하지만 그건 저 검둥개도 마찬가지야. 다른 건 몰라도 내가 매질 하나는 일품이거든? 자방이, 자네 잠시 물러서 있게. 육질이 아주 야들야들해질 때까지 잘근잘근 저놈을 다져주지."

"자신있습니까, 형님? 저 개가 보기엔 저래도 보통 날쌘 게 아닌데……."

"걱정 붙들어 매시게. 무불사 시절부터 개 잡는 건 연례행사였지. 우리 체력이 다 보신탕으로 다져졌다는 거 아니겠는가."

말을 마친 성검이 소매를 거두며 씨익 웃었다. 개가 놀랄 만큼 사특한 웃음이었다.

　"간다!"

　잠시 검둥개와 눈싸움을 벌이던 성검이 일갈을 내지르며 신형을 날렸다. 귀신같은 빠르기였다.

　게다가 한 치의 오차도 없는 공격이었다. 두 손에 쥐여진 몽둥이가 휘익 바람 소리를 내며 정확히 목표 지점에 뿌려졌고, 뒤이어 딱 하는 격타음이 울렸다. 검둥개의 정수리에 정확히 꽂힌 것이다. 하지만……

　가르르릉—

　몽둥이가 정확히 두 동강이 난 반면 검둥개는 미동도 없이 멈춰 선 채 낮게 짖어댔다. 그리고 이번에도 놈의 입꼬리가 살짝 치켜 올려졌다.

　"이크, 형님, 빨리 물러서십시오. 제가 미처 말씀을 못 드렸는데 놈의 머리는 강철보다 단단합니다. 가히 금강불괴……."

　퍽—

　"끄아아아—"

　염자방이 채 말을 끝맺기도 전에 검둥개가 성검의 복부에 그 단단한 머리를 들이받았다.

　뜻하지 않은 상황에 잠시 방심하고 있던 성검은 그대로 뒤로 나가떨어졌고, 검둥개는 기회를 놓치지 않은 채 성검의 배 위에 올라 펄쩍펄쩍 뛰기 시작했다.

　하지만 그 개는 확실히 임자를 잘못 만났다.

　"우라질! 정말 더 이상은 못 참아."

　성검은 놈의 꼬리를 움켜쥔 후 힘껏 내동댕이친 후 벌떡 일어섰다.

그리고 곧장 염자방의 몽둥이를 낚아채더니 허공으로 몸을 날렸다.

"타단구퇴! 구구입동! 취구번신!"

천검궁의 강호일통 이후 세인의 기억에서 잊혀져 가던 개방의 타구봉 삼절초가 화려하게 부활하는 순간이었다.

파파파파팍!

몽둥이가 쉬지 않고 검둥개의 등허리에 작렬했다.

깨갱, 깨개개갱—

검둥개는 두 눈을 까뒤집은 채 이리저리 도망 다니며 신음을 내질렀고, 그 한편에선 성검의 무위에 넋이 빠진 염자방이 입을 헤벌린 채 멀뚱히 서 있었다.

"흥! 아직 멀었다, 이놈. 개 주제에 감히 날 깔아뭉개? 음회회회! 이번엔 타구십팔초다. 광구견미!"

파파파파팍!

깨갱, 깨개개갱—

충격과 분노!

성검과 장여룡, 염자방 세 사람이 결의형제를 맺은 바로 그날, 화룡방 채주 장여룡의 방에서 펼쳐진 진풍경이었다.

제7장

거타지의 저주

　장여룡은 근 한 시진에 걸쳐 매질을 당한 후에야 검둥개에서 다시
사람의 모습으로 돌아왔다.

　성검과 염자방은 그를 숙소에 뉘인 후 곧장 방을 나와 술 한 동이를
더 비우고 나서야 각자의 처소에 들었다.

　창문 가에 놓인 난초가 달빛에 길게 그림자를 드리우고 있는 침상.

　밤이 깊었지만 성검은 쉽게 잠에 들지 못했다. 어제오늘 너무 많은
일을 겪다 보니 당최 정신이 없었다. 천검궁에선 일검수 등의 무사들
이 이상한 소용돌이에 휘말려 사라지는 것을 보았고, 오늘은 또 사람이
개로 변하는 모습을 보았다. 비록 강호에 기이한 일들이 많다는 이야
기를 들어오긴 했으나 이건 상상을 초월하는 일투성이였다.

　침상에 누워 한참을 뒤척이던 성검은 문득 일검수가 맡긴 서찰을 떠
올렸다.

"여기 한 장의 서찰이 있소. 만약 내가 죽게 되면 이 서찰을 심공에게 전해주시오."

봉투 하나를 건네며 류추영이 했던 말이다.

성검은 벌떡 상체를 일으킨 후 상의를 뒤적였다. 워낙 피곤한 데다 술에 절어서 어제오늘 옷을 벗을 겨를도 없었다. 다행히 서찰은 품 안에 잘 갈무리되어 있었다.

희미한 달빛이 쪽빛 봉투를 비추었다.

"활(活)?"

봉투 입구에 봉인된 도장 글씨를 읽으며 성검은 잠시 망설였다. 심공에게 건네라 했으니 분명 성검이 뜯어서는 안 된다. 하지만 참을 수 없는 호기심이 그를 갈등하게 했다.

'그렇소. 내게 가장 소중한 이를 믿고 맡길 수 있을 만큼……'

류추영의 말이 다시 귓전을 맴돌았다.

성검이 그 서찰을 뜯은 것은 고즈넉한 달빛 때문이었는지도 모른다. 세상의 모든 비밀을 간직하고 있는 듯한 그 달빛.

오랜 벗, 심공 보시게.

서찰은 그렇게 시작되고 있었다.

오랜 벗, 심공 보시게.

이십여 년이 흐른 오늘에서야 이 아이를 다시 보게 되었네. 어쩌면 죽는 순간까지 다시는 만나지 못하리라 여겼건만.

우선 고맙다는 말부터 전해야겠군. 솔직히 우리 청해류가의 장손이 자네 같은 색승 밑에서 자라야 한다는 사실이 얼마간 걱정스러웠네. 하지만 성검이를 만난 오늘, 역시 내 판단이 틀리지 않았음을 확인했네.

물론, 워낙 뼈대있는 집안의 핏줄이다 보니 그 바탕이 흐릴래야 흐릴 수 없었던 것이겠지만 자네의 노고를 어찌 인정하지 않을 수 있겠는가. 이 아이 몸속에 쌓인 정순한 내공과 폭넓고 깊은 무학, 정(正)과 사(邪)에 얽매이지 않은 자유로운 사고. 모든 것이 자네의 보이지 않는 가르침 덕분이었으리라 믿네.

심공, 나는 지난 이십여 년간 대륙을 떠돌며 천검궁에 대항할 세력을 양성해 왔네. 아니, 뜻이 맞는 동지들을 규합했다는 표현이 옳겠군. 내가 아니었다 해도 그들은 천검궁을 상대로 칼을 들었을 테니까.

은하대맥(銀河大脈)!

나와 뜻을 같이한 동지들의 모임일세. 그들은 정체를 철저하게 숨긴 채 대륙 각지에 흩어져 있네. 도둑과 의원, 관리, 기녀, 대장장이… 저마다의 방식으로 살아가고 있으나 목적은 같네.

한때 나는 정의와 협이 나의 미혹이 아닐까 고민한 바 있네. 은하대맥의 맥주로 살아온 지난 십수년간 성검이를 찾지 않은 이유도 그 때문이었네. 모든 은원을 내 대에서 끝내고자 한 것일세. 거사가 성공하든 실패하든 상관없이……

하지만 이제는 생각이 달라졌네. 내 짐을 아들에도 물려주리라 결심하게 되었네. 물론 그 짐을 떠안느냐, 아니면 미련없이 버린 후 홀가분하게 사느냐는 전적으로 그 아이가 선택할 문제겠지. 다만, 진실을 들려주어야겠다는 생각이 들었다네.

심공, 자네에게 또 한 번 신세를 져야 할 것 같으이. 이 서찰을 받게 되면, 성검이에게 이 못난 아비에 대한 모든 진실을 들려주게. 내게는 기회가 없을지도 모르거든.

만약 이 아비의 짐을 떠안겠다면 그 아이를 섬서성 장안으로 보내게. 자네도 잘 알다시피 그곳에는 기인 막귀안이 있네.

푸훗. 막귀안, 한때는 원수지간이었으나 이제는 벗이 되었네. 은하대맹의 동지들을 규합하는 데 큰 힘이 된 이가 바로 그였지.

여기 하나의 징표를 동봉하겠네. 이것을 신표로 삼는다면 어렵지 않게 그를 만날 수 있을 걸세.

혹, 성검이가 이 아비와 다른 길을 걷겠다 해도 어쩔 수 없는 일이겠지. 다만, 이 한마디는 꼭 전해주게. 미안하다고. 사랑하는 만큼…….

심공, 더없이 고맙네. 가슴속에 쌓인 말은 많으나 우리의 인연은 내생에도 이어질 것을 믿네. 그때 가서 이야기해도 늦지 않겠지. 부디 성불하시게.

그럼 이만.

자네의 변함없는 벗 일검수가.

서찰을 읽어 내려가는 동안 성검의 표정은 수시로 변했다.

자신의 뿌리를 찾게 되었다는 기쁨과 아비를 알아보지 못했다는 자책, 그리고 눈앞에서 아비를 잃었다는 슬픔 따위의 감정들이었다.

"아, 아버지…….."

난생처음 불러보는 호칭이었다.

성검은 어린 시절에도 결코 어머니나 아버지란 단어를 입에 올리지 않았다. 왜 그랬는지는 알 수 없다. 어쩌면 눈물이 날 것 같아서 그랬는지도 모른다. 그도 아니라면 원망이 있었는지도 모른다.

하지만 지금 성검은 어색하게나마 아버지란 말을 입에 올렸다. 아니나 다를까, 눈 주위에 물기가 어리기 시작했다. 비록 같이 있어주지는 못했으나 늘 자신을 그리워했을 아버지 일검수 류추영 때문이다.

"흐흐흑, 아버지, 제가 뼈대있는 가문의 자식이었군요. 어쩐지 그럴 것 같았어요. 이 수려한 외모와 곧은 심성, 빼어난 두뇌… 저 같은 기재가 뭐 아무 집안에서나 나오겠어요? 흐흐흑! 하지만 너무하셨어요. 어떻게 아들을 앞에 두고도 '성검아' 하고 불러주시지 않은 거예요. '내가 네 아비다' 하고 말씀만 해주셨어도 아버지라고 한번 불러 드리지 못한 채 그렇게 멍하게 아버지가 사라지는 걸 지켜보지는 않았을 거예요. 꺼어어이―"

낮은 흐느낌으로 시작되었던 성검의 울음소리는 점차 통곡으로 바뀌어갔다. 그동안 저수지의 물처럼 가두어두었던 눈물이 한꺼번에 쏟아지기 시작한 것이다.

"흐흑! 큰스님도 그렇지, 하루도 빼놓지 않고 일검수 이야기를 들려주셨으면서도 왜 정작 일검수가 내 아버지였다는 이야기를 하지 않으셨을까? 그 말씀만 해주셨더라면… 흐흑, 두 분 모두 너무하셨습니다. 꺼이이이―"

성검은 베개를 끌어안고 침상에 엎어진 채 엉엉 울었다.

얼마 동안이나 그렇게 울었을까. 무엇에 생각이 미쳤는지 성검은 벌떡 상체를 일으키더니 류추영이 건넨 봉투를 톡톡 털어보았다. 그러자 그 안에서 나뭇잎 모양의, 손바닥보다 작은 헝겊 하나가 툭 떨어졌다.

'활(活)!'

서찰이 든 봉투의 봉인 글자와 같은 글씨체다. 일검수를 상징하는 글자임에 분명했다. 성검은 잠시 그 헝겊을 만지작거리다가 다시 서찰과 함께 봉투에 넣었다.

다음날 아침, 장여룡과 염자방이 성검의 방을 찾았다.

"하하, 형님, 편안히 주무셨습니까?"

염자방이 사람 좋은 웃음을 웃으며 의자에 앉았다.

머쓱한 표정으로 따라 들어온 장여룡은 탁자 맞은편에 앉았는데, 그저 머리를 벅벅 긁으며 천장에 시선을 둘 뿐이었다. 자신의 치부를 들키고 난 후라 성검과 눈길을 마주치는 게 쉽지 않은 듯했다.

"음회회, 형님, 해장술이라도 한잔하시겠습니까?"

성검은 농스럽게 말하며 장여룡을 빤히 쳐다보았다.

"응? 그, 그럴까?"

"……!"

장여룡이 반색을 하자 맞은편에 있던 염자방이 두 눈을 부릅떴다.

"하하. 아, 아닐세. 나는 정말 술을 끊을 생각이네. 나도 사람인데 어떻게……."

"음회회, 그거야 술 마시기 전에나 해당되는 이야기지요. 어차피 술 드시면 개로 변할 텐데 무슨 상관입니까?"

성검은 이번에도 농을 섞어 말했다.

"이거야 원, 면목이 없군, 아우님."

"아닙니다, 형님. 그나저나 정말 어찌 된 일입니까? 염 아우 얘기로는 저주라던데……."

"끄응. 맞네, 저주야. 그것도 아주 끔찍한 저주지. 그러니까 그게……."

장여룡은 길게 한숨을 내쉬며 자신이 반인반견(半人半犬)이 된 사연을 이야기하기 시작했다.

장여룡. 이미 말했듯 그는 해동 사람이었다.

어려서부터 선도에 심취한 장여룡은 나이 열일곱에 해동의 영산으로 알려진 계룡산에 입산해 수도하게 되었다.

그런데 입산한 지 삼 년 만에 괴노인을 만났다. 노인의 이름은 거타지.

거타지는 그 행색부터가 괴이했다. 머리카락이 붉디붉었는데 그나마도 가마를 중심으로 한 움큼 수북하게 자라났을 뿐이다. 즉, 정수리를 제외하고는 주변에 머리 한 올 없는 대머리였다.

그래서일까. 거타지는 지독하게도 주변머리없는 노인이었다. 어찌어찌 해서 장여룡이 거처로 삼고 있는 동굴에 동거하게 되었는데 할 줄 아는 게 아무것도 없었다. 먹을 만한 열매나 약초를 구해오지도 못했고 음식도 지지리 못했다. 그러면서도 빈대 근성은 있어서 장여룡이 구해놓은 식량을 넙죽넙죽 잘도 먹어치우곤 했다.

거타지와 함께 사는 동안 장여룡은 수도에 많은 진전을 보았다. 참고 산다는 게 무엇인지, 고행이 무엇인지 거타지와의 동거를 통해 온몸으로 깨달았기 때문이다. 장여룡에게 있어 거타지는 정말 무좀 같은 존재였다.

그런데 결국 사고가 터지고 말았다. 어느 날 거타지가 동굴 바닥에서 술 항아리를 찾아냈다. 아마도 전대 도인이 항아리에 머루를 담은 후 땅속에 묻었던 모양인데 그게 발효가 되어 자연스레 술로 변한 것이다.

마침 겨울이 되어 식량이 떨어질 즈음이라 장여룡과 거타지는 어쩔 수 없이 머루주를 식량 대용으로 삼게 되었다. 술 자체를 즐긴다기보다는 그저 굶지 않기 위해 항아리에 담긴 머루를 건져 먹기 시작했다.

하지만 하루 이틀 그것을 건져 먹는 사이 장여룡은 자기도 모르게 술에 중독이 되었고, 날이 갈수록 주량이 늘어났다. 그러다 보니 자연히 술에 절어서 살게 되었고, 정순한 본성과는 달리 주사가 늘고 총기가 흐려졌다.

그게 문제였다. 장여룡은 어느 순간부터 수도를 포기한 채 거타지와 함께 하루하루를 술로 보내기 시작했다.

그러던 어느 비 내리는 날, 장여룡은 그만 술김에 거타지를 두드려 패고 말았다. 물론 주변머리없는 거타지가 빌미를 제공했다. 장여룡이 잠시 한눈을 파는 사이 안주로 마련한 지네구이를 혼자 다 집어 먹은 것이다.

아무리 그렇다고는 해도 너무 심했다. 거타지 같은 노인을 상대로 비 오는 날 먼지가 나도록, 그것도 한 시진에 걸쳐 때린 곳만 골라서 때렸으니……

장여룡이 술에서 깨었을 때는 이미 하늘이 맑게 개어 있었다. 그런데 거타지의 모습이 보이지 않았다. 다만 그가 늘 덮고 자던 거적 위에 한 장의 서찰이 놓여 있었을 뿐이다. 서찰 내용은 이랬다.

이 천하의 잡놈! 나 거타지는 신라국 시절에 신선이 되어 수백 년간 계룡산의 산신으로 터를 닦아왔다. 네놈의 정성이 갸륵하여 수도를 돕기 위해 잠시 주변머리없는 노인으로 화했거늘, 네놈이 거타지를 알아보지 못하고 개 패듯이 패? 너 이제 죽었어. 내가 당한 만큼 갚아주마. 케헤헤헤!

서찰을 모두 읽어 내려간 장여룡은 피식 웃었다. 거타지와 신선. 말도 안 되는 이야기라고 생각한 것이다.

하지만 그 순간, 느닷없이 마른하늘에서 벼락이 떨어져 동굴이 무너져 내렸다. 장여룡은 요행히 동굴을 벗어났으나 심장이 벌렁거렸다. 아무래도 거타지의 일이 마음에 걸렸다.

거타지의 저주가 시작된 것은 그날부터다. 하루에도 서너 차례씩 마른하늘에서 벼락이 떨어졌다. 늘 아슬아슬하게 피해갔지만 그 벼락이 장여룡을 노리고 있다는 사실에는 의심의 여지가 없었다.

결국 장여룡은 우화등선을 포기하고 속세로 내려와 장사에 손을 댔다. 술을 딱 끊고 장사에 매진하다 보니 옛날의 총기도 되찾았고 그럭저럭 치부도 하게 되었다. 거타지의 일도 점차 잊어갔다.

하지만 장여룡이 다시 거타지의 악몽에 시달리기까지는 오랜 시간이 걸리지 않았다.

당시 이름을 떨치던 일연이라는 스님 작가가 신간(新刊)을 내놓아 저자에 유통되었는데, 평소 독서를 즐기던 장여룡이 장안의 화제가 된 그 책을 놓칠 리 없었다.

책 제목은 '삼국유사(三國遺事)'. 장여룡은 책을 구해 곧장 독서에 몰입했다. 그런데 채 반 시진도 지나지 않아 귀에 익은 이름을 발견하게 되었다.

거타지. 그랬다. '삼국유사' 권 이의 '진성여왕(眞聖女王) 거타지조(居

陀知條)'에는 이렇게 기록되어 있었다.

　때는 신라 제오십일대 진성여왕 재위 시절. 여왕의 아들 양패(良貝)가 당(唐)나라에 사신으로 가게 되었다.

　이때 양패를 수행한 궁사(弓士) 중에는 거타지라는 신궁이 있었다. 사신이 탄 배가 서해(西海) 곡도(鵠島)에 이르렀을 때, 갑자기 풍랑이 일더니 십여 일이 지나도 그칠 줄 몰랐다. 사신단은 근심으로 하루하루를 보냈는데, 그때 양패의 꿈에 한 노인이 현몽했다.

　노인 왈, '섬에 궁수 한 명을 두고 가면 뱃길이 무사하리라' 하였다.

　결국 제비를 뽑았는데, 재수없게 거타지가 걸려 혼자 섬에 남게 되었다. 그가 근심에 싸여 있을 때 홀연 한 노인이 물을 가르며 나타났다.

　그 노인 왈, '어느 날부턴가 해뜰 무렵이 되면 중놈 하나가 하늘에서 내려와 우리 자손들의 간(肝)을 빼 먹었소. 결국 다 죽고 우리 부부와 딸 하나만 남게 되었으니 부디 그 중놈을 활로 쏘아 죽여주시오' 하고 간청했다.

　거타지는 노인의 청을 쾌히 승낙했다.

　과연, 다음날 아침에 중놈 하나가 하늘에서 내려와 목탁을 치며 기이한 주문을 외기 시작했다. 거타지는 망설이지 않고 활을 쏘았다. 그러자 활에 맞은 중놈은 곧 여우로 변했고, 그 자리에서 죽었다. 중놈의 정체가 여우 요괴였던 것이다.

　잠시 후, 노인이 다시 나타나 거타지를 치하하고 자기 딸과 혼인할 것을 청했다. 열 여자 마다할 거타지가 아니었다. 그는 곧 그녀와 혼인했고 황홀한 첫날밤을 치렀다.

　며칠 후, 노인은 그의 딸을 꽃가지로 변하게 한 후 거타지가 품에 품고

갈 수 있게 했다.

그 노인은 바로 서해 용왕이었다. 용왕은 곧 두 마리 용을 시켜 거타지를 모시고 사신의 배를 따라가게 했고, 용들은 그 배를 호위하여 당나라에 이르렀다. 그리하여 비범한 인재로 여겨진 거타지는 당왕(唐王)에게 환대를 받았다. 그리고 얼마 후 신라로 귀국하였는데, 그제야 거타지는 꽃가지를 다시 여인으로 바꾸어 그녀와 행복하게 살았다. 그리고 만년에 이르러선 계룡산으로 들어가 신선이 되었다.

'신선? 거타지.'

장여룡은 책을 덮으며 길게 한숨을 내쉬었다.

하지만 우연의 일치라고 애써 자신을 안심시켰다. 세상에는 많은 동명이인이 있으니까. 그런데 하필 새벽녘에 설핏 든 잠에 거타지가 나타났다.

"케헤헤, 이 천하의 잡놈! 이제 내 정체를 알았냐? 네놈에게 얻어맞은 데가 아직도 욱신욱신 쑤시거든? 비가 오는 날은 더하지. 이제부터 시작이야. 어디 한번 당해봐라, 이놈!"

장여룡은 거타지의 음산하고 음흉한 웃음에 깜짝 놀라 잠에서 깨어났다. 묘하게도 그 웃음소리의 여운이 여전히 귓전을 맴돌았다.

마음이 심란한 장여룡은 모처럼 술을 꺼내 홀짝홀짝 마시기 시작했다. 께름칙한 기분을 술로 떨쳐 버리기 위해서였다. 그런데 이변이 일어났다. 어느 순간 갑자기 주둥이가 튀어나오고 온몸이 털로 뒤덮이더니 기어코는 꼬리까지 자라났다.

멍멍!

'이게 어떻게 된 일이지? 내가 아직 꿈이 덜 깬 것인가? 케헤헤, 하지만 기분 참 묘한걸? 내가 개가 되다니. 어디 먹다 남은 뼈다귀나 하다못해 식지 않은 똥이라도 없을까? 허헛, 지금 내가 무슨 이상한 생각을······.'

환장할 일이었다.

개로 변한 장여룡은 이제까지 자신이 알지 못했던 추잡한 본성들에 의해 움직이고 있었다. 아무 물건이나 물어뜯고 싶고, 괜히 거리로 뛰쳐나가 지나가는 애나 부녀자를 겁주고 싶었다.

컹컹! <u>으르르릉―</u>

'안 돼, 이건 꿈이야. 케헤헤, 하지만 뭐 어때. 이왕 꿈인데 모처럼 도덕에 얽매이지 않은 채 신나게 놀아보는 거야. 아무 데나 오줌도 갈기고, 길거리에서 적나라하게 연애도 하고, 다른 놈들이랑 진흙탕에서 신나게 뒹굴다가 내 똥을 가로채는 놈이 있으면 똥을 두고 다투는 거지. 케헤헤, 그래, 일단 나가보자!'

장여룡은 어스름이 걷히지도 않은 새벽녘에 거리로 뛰쳐나가 신나게 뛰어놀았다. 그러다가 우물에 물을 길러 온 처녀를 발견하고는 꽁무니를 쫓아다니며 계속 겁을 주었다. 그녀가 팔짝팔짝 뛰는 게 너무 재미있었다. 그래서 컹컹 짖어대며 저잣거리까지 계속 쫓아다녔다.

그게 문제였다. 일찌감치 저자에 나온 장사치들이 그 모습을 보고는 떼로 모여들어 몽둥이질을 하기 시작한 것이다.

퍽! 퍼퍽! 퍽!

깨개개갱―

장여룡은 반 시진에 걸쳐 조직적으로 얻어맞다가 가까스로 도망쳐 야산에 숨어들었다.

꼬리뼈부터 시작해서 주둥이까지, 성한 구석을 찾아보기 힘들 정도였다. 결국 수풀 속에 숨어 반 시진가량을 더 끙끙 앓다가 술기운이 떨어질 무렵이 되어서야 다시 사람의 모습으로 돌아왔다.

"마, 맙소사, 이게 거타지의 저주?"

벌거벗은 몸으로 수풀 속에 웅크린 장여룡은 비로소 자신이 겪고 있는 일이 꿈이 아님을 깨닫게 되었다.

어떤 식으로든 선계(仙界)와 인연이 닿긴 했는데 그게 악연이었던 셈이다.

이후 장여룡은 몇 번에 걸쳐 그런 수난을 겪었다. 그사이 알게 된 것은 술이 깨거나 까무러칠 정도로 맞은 후에야 사람으로 돌아온다는 것, 자기 힘으로는 도저히 저주를 풀 수 없다는 것, 술 마시면 정말 개가 된다는 것 등등이었다.

사실 장여룡은 굿도 해보고, 계룡산으로 찾아가 거타지와 동거하던 동굴 앞에서 사죄의 뜻으로 정성을 다해 제를 올리기도 했다. 하지만 모두 소용없는 일이었다.

그러던 중 인삼 교역을 위해 대륙으로 건너오게 되었고, 거기에서 화룡제일채, 즉 화룡방을 만났다.

이후의 일은 전에 들은 그대로다. 화룡방에 인질로 잡혔다가 탁월한 재능을 인정받아 그곳의 식구가 되었다는······.

물론, 장여룡이 전대 채주 공영걸의 제의를 받아들여 화룡방에 몸담게 된 데에는 거타지의 영향이 컸다. 그는 해동을 떠나면 거타지의 저주 역시 풀리지 않을까 생각했던 것이다. 아무리 신선이라 해도 멀고 먼 대륙에까지 쫓아오지는 못할 테니까.

하지만 이미 성검의 두 눈으로 확인했듯 거타지가 씌운 저주는 장여룡을 좇아 대륙에까지 건너왔다. 저 멀리 해동의 저주가 국경을 넘은 셈이다.

"쩝! 그렇게 된 거라네."

말을 마친 장여룡은 다시 한 번 길게 한숨을 내쉬었다.

"음회회, 이것 참, 믿어야 할지 말아야 할지."

장여룡의 이야기를 모두 들은 성검은 고개를 갸우뚱할 수밖에 없었다. 하지만 실제로 장여룡이 개가 되는 모습을 보았으니 믿지 않을 수도 없는 일이었다.

2

사흘 후, 한 명의 천검궁 무사가 화룡방 총타를 방문했다.

뜻밖에도 그는 성검을 찾아온 손님이었다. 성검에게 안내된 무사는 공손하게 예를 갖춘 후 용건을 밝혔다.

"화향검 단장의 말씀을 전하기 위해 왔습니다."

"화향검? 아, 오늘이 그날이군."

"단장님은 지금 나루 근처에서 대협을 기다리고 계십니다. 그곳까지 대협을 정중하게 모셔오라는 분부가 있었습니다."

"……?"

성검은 화룡방 채주 장여룡에게 선물로 받은 검 한 자루를 들고 곧장 천검궁 무사를 따라나섰다. 화향검과의 약속을 지키기 위해서였다.

나루 근처 강변까지는 그다지 먼 거리가 아니었다. 화향검은 화룡방 근처까지 왔다가 괜히 이목을 끄는 것이 마음에 걸려 수하를 보냈던 것이다.

"지난번엔 미안했네. 뜻하지 않은 변고로 고생을 하게 했으니 말이야."

수하를 돌려보낸 후 화향검이 부드러운 미소를 내비치며 말했다.

그는 풀밭 위에 걸터앉아 강물에 시선을 주고 있었다. 비록 결전을 앞둔 사이지만 조금의 적대감도 찾을 수 없었다. 오히려 오랜 친구와 마주한 느낌이었다.

"하하, 뭐 그 정도야 고생이라고 할 수도 없지. 어쨌든 그대도 명예를 아는 인물임에는 분명하군. 나 같은 무명소졸과의 약속을 지키기 위해 노력하는 것을 보면 말이야."

성검은 편안한 음성으로 말했다.

비록 비무를 고집하기는 했으나 지금에 와서는 그와 겨루고 싶은 마음이 모두 사라졌다. 세상만사가 허무하게 느껴졌기 때문이다.

하지만 약속된 비무를 취소할 명분 또한 없었다. 게다가 어차피 강호에 나온 만큼 구미가 당기는 인물이라면 일전을 벌이는 것도 괜찮을 듯싶었다. 그 상대가 천검궁의 인물이라면 더욱더.

"지금이라도 천검궁에 들어올 생각은 없는가? 아무렴 화룡방보다는 낫지 않겠냐는 얘기지. 어차피 화룡방도 천검궁의 산하에 있으니 말이야."

"음회회, 글쎄? 나는 아직 화룡방에 들 것을 약속한 바 없어. 그저 화룡방의 벗들을 사귀었을 뿐이지. 그리고 만약 내가 화룡방에 든다면, 그 순간부터 화룡방은 더 이상 천검궁의 산하 단체가 아니야. 나는 천검궁 따위에 세금을 바치고 싶지 않으니까."

"음, 하지만 세상이란 게 그렇게 녹록치가 않아. 싫어도 어쩔 수 없이 그 질서에 편승해야 하거든. 자네 말대로라면 자네가 화룡방에 드는 순간 화룡방에 위기가 닥친다고 보면 되네. 천검궁은 결코 천검궁의 질서에 거역하는 단체를 용납하지 않을 테니 말이야. 푸훗, 좀 우스운 이야기지만 자네와 적이 되고 싶지는 않네. 자네의 방식을 고집하고 싶다면 차라리 화룡방에 들지 말게."

화향검은 천천히 몸을 일으킨 후 성검을 바라보았다.

매서운 눈매 때문에 평소엔 더없이 차가워 보였지만, 그 얼굴에 어떤 표정이 깃들자 꽤나 인간적인 느낌을 주었다.

성검 역시 화향검 같은 이에겐 적보다는 친구로 남고 싶었다.

하지만 화향검의 말대로, 세상의 질서는 매정한 구석이 있다. 성검 자신, 어쩔 수 없이 천검궁과는 적이 될 수밖에 없는 인물이었다. 일검수 류추영의 하나밖에 없는 아들이고, 아비와 똑같은 길을 걸어가기로 마음먹었으니까.

"자, 이제 시작해 볼까?"

화향검이 나직하게 말하며 몸을 일으켰다.

미풍에 흔들리는 강변의 수풀과 맑은 하늘을 배경으로 서 있는 화향검은 무척이나 탈속하게 느껴졌다.

"그럴까."

가볍게 고개를 끄덕인 성검이 느리게 뒷걸음질쳐 거리를 넓혔다.

이제 두 사람 사이의 거리는 십여 장. 성검의 우측엔 깊게 파인 모래톱과 강물이 흐르고 있고, 좌측엔 완만하게 경사를 이룬 언덕이 있다. 두 사람은 지금 그 경계에 서서 풍경 대신 서로의 얼굴을 바라보고 있는 중이다.

사르르릉―

성검의 검이 검집을 벗어나는 순간 강변은 잠시 적막에 사로잡혔다.

물 흐르는 소리도, 새의 울음소리도 들리지 않았다. 그저 검신에 반사된 눈부신 빛이 화향검의 눈을 어지럽혔을 뿐이다.

"손속에 사정을 두지 않겠네."

"나 역시……."

화향검이 검의 손잡이에 우수를 얹으며 가볍게 고개를 끄덕였다.

피―룽!

잔잔한 청광과 함께 예리한 검의 울림이 적막을 갈랐다.

화향검의 신형이 완만한 언덕을 타고 비스듬하게 기울어지며 성검을 향해 쏘아져 들어왔다. 지극히 짧은 거리다. 그럼에도 어느새 가속도가 붙었다.

흐드러지게 핀 언덕의 들꽃 향기가 미세하게 흔들렸다.

지그시 눈을 감은 채 들꽃 향기를 음미하는 듯하던 성검이 빛살처럼 뻗어 나갔다.

스팟―

한순간 화향검과 성검이 서로 스쳐 지나갔다. 두 자루 검이 봄날 오후를 가른 것도 그 순간이다.

차르르릉―

서로 엇갈려 지나친 후에야 검의 맑은 공명음이 귓전을 울렸다.

눈 깜짝할 사이에 공수가 이루어졌다. 그것도 두 차례에 걸쳐……

"역시 좋군."

성검이 먼저 입을 열었다.

검은 사선으로 기울어졌고, 두 발은 모래톱 위에 살짝 걸쳐져 있었다.

"상당한 쾌검이야."

화향검이 낮게 한숨을 내쉬었다.

잠시 후, 두 사람은 천천히 돌아서서 고개를 끄덕이며 서로를 바라보았다. 평수다. 우열을 가릴 수 없는 실력이다. 만약 어느 한쪽이 이긴다 해도, 그것은 그저 일진으로 돌릴 수밖에 없다. 두 사람 모두 그렇게 생각하고 있었다.

틀린 생각이 아니었다. 두 사람의 비무는 그야말로 백중지세(伯仲之勢)였다. 이후 수백 합을 겨루었으나 승부가 나지 않았다.

비무는 두 시진이 넘게 이어졌다. 서서히 숨이 가빠오고 머리까지 어질어질했다. 천중에 있던 태양은 어느새 서산으로 기울기 시작했고, 강가엔 이제 잔잔한 노을 빛이 드리워지고 있었다.

"대, 대단하군."

"자, 자네야말로……."

성검과 화향검은 가쁜 숨을 몰아쉬며 잔뜩 인상을 찌푸렸다. 두 사람의 거리는 팔 장가량으로 벌어진 상태다.

"그래도 스, 승부는 내야 하지 않겠는가?"

화향검이 검날의 방향을 바꾸며 느릿하게 말했다.

"내 생각과 같군. 저, 정면으로 부딪쳐 볼까?"

"좋은 생각이야. 자, 가네!"

"조심하게에―"

이번에도 화향검이 먼저 움직였다.

그는 두 손으로 검을 거머쥔 채 언덕과 모래톱의 경계를 따라 빠르게 내달렸다. 검신에 닿은 풀꽃들이 소리없이 베어지고 있다.

한편, 수평으로 뻗어오던 성검의 검은 어느 순간부터 사선으로 기울어지며 화려한 검초를 흩뿌리고 있었다. 수십 가닥의 검영이 부챗살처럼 펼쳐지며 화향검의 눈을 현혹했다.

'예리하다!'

'강하다!'

일 장여의 거리를 두고 두 사람의 머리 속으로 스쳐 간 생각이었다. 도저히 승부를 장담할 수 없는 상황.

촤아앙―

성검과 화향검, 두 사람의 검이 마주치는 순간 고막을 찢을 듯한 쇳소리와 함께 찬연한 벽광이 주위를 밝혔다. 그것도 잠시…….

"헙!"

"젠장―"

두 사람의 입에서 짤막한 신음성이 새어 나왔다.

그들은 검기와 검기의 강력한 충돌에 의한 충격으로 동시에 일 장여 뒤로 밀려나 있었다. 입가에는 가느다란 핏줄기가 흐르고 있었고, 두 눈엔 거미줄처럼 실핏줄이 뻗어갔다.

내력이 고갈된 상태에서 발악에 가까운 최후의 초식을 펼쳤다. 하지만 이번에도 그들은 승부를 내지 못했다.

"서, 서 있기 힘들지 않은가?"

화향검이 나직한 음성으로 물었다.

가쁜 숨을 참고 있는 것처럼, 얼마간 답답하게 들리는 음성이다. 그는 검단으로 바닥을 찍은 채 힘겹게 균형을 유지하고 있었다.

"흥! 내, 내 끔찍한 유년 시절을 몰라서 하는 소리지. 혹시 파, 팔부중지수라고 들어본 적 있어? 아니, 알 턱이 없지.”

성검 역시 힘겨운 음성으로 말했다.

그는 꾸부정하게 웅크린 채 미동도 없이 서 있었다. 좌수에 잡힌 검은 왼쪽 어깨에 살짝 걸쳐졌고 우수는 좌수의 팔꿈치를 떠받친 상태다. 심공이 창안한 팔부중지수 가운데 마후라가의 수면 자세였다.

물론 성검이 그런 자세를 취한 것은 결코 수련을 위해서가 아니다. 어떻게든 넘어지지 않고 버티려다 보니 저절로 몸이 꼬여 버린 것이다.

‘으으으, 버텨야 해!’

‘죽어도 먼저 못 넘어져!’

두 사람 모두 환장할 지경이었다.

몸 안의 장기들은 한차례 높게 들어 올려졌다가 쿵 떨어진 것처럼 제 자리를 찾지 못한 채 흔들렸고, 두 다리는 사시나무처럼 떨렸다. 바람만 좀 더 세게 불어도 그대로 뒤로 넘어갈 것 같았다.

하지만 서로의 상태에 대해 너무 잘 알고 있었다. 조금만 더 버티면 상대가 먼저 쓰러지리라는 것도…….

‘먼저 넘어지는 놈이 지는 거다.’

‘저 인간, 얼마 못 버틸 거야.’

화향검과 성검은 어금니가 으스러질 정도로 세게 이를 앙다문 채 버티고 있었다.

하지만 한계를 느낀 것일까? 잠시 후, 화향검이 애절한 음성으로 입을 열었다.

“내 체면을 봐서라도 머, 먼저 넘어가 줄 수는 없겠는가? 자, 자네 같은 무명소졸을 상대로 먼저 쓰러진다면 나 화향검 그, 그날부터 천검궁 안에서 얼굴을 들고 다닐 수 없다네.”

"끄으으, 모르는 소리. 아, 아무도 보는 사람이 없는데 그게 무슨 상관이야. 자, 네가 먼저 쓰러져. 그렇게만 해준다면 오, 오늘 승부에 대해 입을 다물지. 무, 무덤에 들어갈 때까지… 으, 음회회회, 그리고 방금 전 구차하게 내게 청탁을 넣은 사실까지……."

"젠장, 자네 몇 살이야? 나이 많은 사람이 부탁하면, 흡, 좀 들어줄 줄도 알아야지."

"우라질, 넌 몇 살이냐? 내가 겉보기엔 이렇게 어려 보여도 반로환동한 노고수일지 어떻게 알고 그런 소리를 하는 거야?"

두 사람은 삐질삐질 땀을 흘리면서도 결코 움직일 생각을 하지 않았다. 움직이는 순간 균형을 잃고 그대로 넘어가리란 걸 잘 알고 있었기 때문이다.

"노, 농담할 때가 아닐세. 내 체면을 생각해서 제발……."

"흥! 차라리 서서 죽을 거야!"

"이보게, 내가 어떻게 하면 먼저 넘어갈 수 있겠는가?"

화향검은 마치 쉬가 마려운 사람처럼 몸을 비비 꼬며 힘겹게 물었다.

"지금 뇌물이라도 먹이겠다는 거야?"

"뇌, 뇌물이라기보다는 친구를 위해 내가 뭘 해줄 수 있을까 궁금해서 묻는 거야. 사나이의 뜨거운 우정이 느껴지지 않는가?"

"친구… 우정?"

성검의 표정이 묘하게 일그러졌다.

그러고 보니 그에겐 아직 친구란 게 없었다. 그 때문일까? 성검은 가슴 안으로 묘한 감정의 물결이 이는 것을 느꼈다 그런데 그게 문제였다. 일렁이는 물결 때문에 어렵게 유지하던 균형이 무너진 것이다.

"으, 으아아악!"

처절한 비명과 함께 성검의 몸이 그대로 뒤로 넘어갔다. 그리고 잠시 후,

쿵—

화향검 역시 그대로 땅바닥에 처박혔다. 하지만 성검과는 달리 그의 얼굴엔 희미하게나마 승자의 미소가 자리 잡고 있었다.

제8장

황탄무계 막귀안을 찾아서

성검이 열하에 도착했을 즈음엔 이미 한여름 더위가 기승을 부렸다.

제법 긴 여행이었다. 그나마도 화룡방의 채주 장여룡 덕분에 하남성까지는 편안히 올 수 있었다. 그가 배 한 척과 사공을 준비해 주었던 것이다.

기회가 된다면 심공에게 취향이 비슷한 고지기를 소개해 주고 싶었으나 그건 어렵게 되었다. 고지기는 먼 여행을 견뎌낼 수 없을 만큼 기력이 쇠잔해 있었기 때문이다. 어쩔 수 없이 염자방에게 그를 부탁하고 길에 올랐다.

"그러고 보면 장 형님이나 고지기 스님이나 참 불쌍한 사람들이야. 두 사람 다 저주받은 인생이잖아?"

이런저런 상념들에 사로잡혀 걸음을 옮기는 사이 성검은 어느새 경추봉 중턱에 당도했다.

"하긴, 내가 지금 남의 걱정 할 때가 아니지? 이거 은근히 겁나는군. 큰스님이 단단히 화가 나 있을 텐데."

말도 없이 야반도주를 했으니 걱정이 앞서는 것은 당연한 일이다. 더욱이 성검은 정을 끊는다는 핑계로 쌀독까지 박박 긁어서 달아나지 않았는가.

물론, 그렇다고 굶어 죽을 심공은 아니었다. 아무리 이빨 빠진 호랑이라고는 해도 가죽 값은 하니까. 짐작이 틀리지 않는다면, 심공은 늙은 보살들을 상대하기 위해 한동안 게을리 했던 체력 단련을 다시 시작했을 것이다. 지금쯤은 허릿살도 제법 빠졌을지 모를 일이었다.

산중의 해는 일찍 떨어지게 마련이다. 경추봉이라고 해서 다를 바 없었다. 어스름이 자리 잡는가 싶더니 얼마 지나지 않아 산중은 칠흑 같은 어둠에 잠겼다.

"시간을 제대로 맞췄군. 밤이 되면 외로움이 몰려오고, 그래서 사람을 그리워하게 마련이지. 음회회! 혹시 알아? 큰스님이 나를 그리워하고 계실지. 이럴 때 나타나면 원망과 분노는 봄볕에 눈 녹듯 녹게 마련인 게야."

성검은 어둠에 휩싸인 무불사 앞에서 잠시 호흡을 가다듬었다.

딱히 욕먹을 것이 두려워서는 아니었다. 성검 역시 무불사와 색승 심공을 그리워했다. 어쩌면 부모나 진배없는 이였기 때문이다.

심공의 거처에서는 희미한 불빛이 흘러나오고 있었다. 성검은 곧장 그곳을 향해 걸음을 옮겼다. 몇 년 만에 돌아오는 곳이지만 전혀 어색하지 않았다. 어둠 속에서도 낯익게 느껴지는 구조이고 풍경들이다.

"스님."

툇마루 앞에서 걸음을 멈춘 성검이 낮은 음성으로 심공을 불렀다.

하지만 얼마가 지나고서도 안에서는 아무런 기척이 없었다.

"스님!"

성검은 좀 더 음성을 높여 불러보았다. 신발이 놓여 있는 것으로 보아 심공이 방 안에 있는 것이 확실했기 때문이다.

"들어오너라!"

과연 잠시 후 심공의 목소리가 들려왔다. 그런데 생각했던 것과는 달리 담담한 음성이었다.

"아닙니다, 스님. 불초 성검이 어찌 함부로 스님 방에 들 수 있겠습니까. 장작개비로 한 백 대만 때려주신 후에 절 들이십시오. 흐흐흑!"

성검은 털썩 무릎을 꿇은 후 애절한 음성으로 말했다.

막상 심공이 담담하게 나오니까 그게 더 수상했다. 아무래도 밖에서 맞고 들어가는 게 속 편할 것 같았다. 심공이 결코 속 넓은 스님이 아니라는 것쯤은 알고 있는 성검이었다.

하지만 심공은 이번에도 담담한 음성으로 대답했을 뿐이다.

"우리 절엔 장작이 없느니라. 네가 떠난 후 나무 할 사람이 없어서 지난 겨울에도 화로 하나 없이 살았느니라."

"흐흐흑, 늙으신 스님을 봉양하지 못하고 떠났습니다. 장작이 없다면 죽비라도 들고 나와 때려주십시오. 이대로는 절대 스님을 뵐 면목이 없습니다."

'그러면 그렇지.'

성검은 더욱 애절한 음성으로 말했다.

"죽비 들 힘도 없느니라. 시주 끊어진 지가 하도 오래여서 요사이 쌀밥 한 끼 먹지 못했느니라. 오죽하면 절간 마당이 그렇게 반질반질 하겠느냐? 이 늙은이는 농사지을 힘도 없어서 마당의 풀만 뜯어 먹고 살았느니라.”

“……..”

‘젠장, 삐쳐도 단단히 삐쳤군. 이거 내가 너무 쉽게 생각했던 거 아
냐? 에휴, 들어오라고 할 때 그냥 들어가는 건데.’

잠시 머리를 굴리던 성검이 목소리를 가다듬은 후 다시 입을 열었
다.

“스님, 스님이 절 벌해주지 않으시면 제가 들어갈 수가 없습니다. 여
기 금원보 몇 개를 놓고 가겠습니다. 이것을 팔아 쌀독을 채우고 장작
도 사십시오. 우선 그렇게라도 해서 원기를 회복하신 후 다음에 제가
올 때 힘껏 때려주십시오. 흐흐흑! 그럼 불초 성검, 이곳에서 절을 올
린 후 돌아가겠습니다.”

장여룡이 노자로 준 금원보 일부를 바닥에 내려놓은 성검은 정말 돌
아가기라도 할 것처럼 큰절을 올렸다.

아나나 다를까, 끼이익 소리와 함께 방문이 빼꼼이 열렸다.

“금원보? 홍! 네놈이 지금 돈으로 내 마음을 녹일 생각이냐?”

이제껏 담담하게 말해 오던 심공이 팽 소리를 내질렀다. 비로소 불
편한 심기를 있는 그대로 드러낸 것이다.

“스님, 곡해십니다. 제가 어찌 대륙 불교의 최고봉이신 스님을 상대
로 그런 얄팍한 수를 쓰겠습니까. 다만 스님의 하해 같은 은혜에 보답
하지 못한 죄를 감당할 수 없을 뿐입니다.”

“음회회, 그래? 그럼 하나만 묻자꾸나. 그렇게 이 늙은이를 생각하
는 놈이 왜 쌀 한 톨 남기지 않고 쌀독을 박박 긁어갔느냐. 돌아오지
않을 생각이었지? 다시는 상종 안 할 사이니까 챙겨갈 것은 챙겨가야
겠다는 후안무치한 생각이 아니었냐는 말이다.”

"흐흐흑! 그럴 리가 있겠습니까. 다만, 제가 쌀독을 비우면 스님은 쌀독 채우는 일에 여념이 없어 미처 상심할 시간도 없지 않을까 하는 생각 때문이었습니다. 쌀이야 스님의 고매한 인품을 흠모하는 보살들이 채워줄 것이지만, 이 불초 성검을 염려하는 마음이 자칫 병이 될 수도 있기에……."

기회를 놓칠 성검이 아니었다.

일단 심공의 화가 얼마간 누그러진 듯하자 성검은 현란한 말발로 늙은 중을 홀리기 시작했다.

"그 말 진심이더냐?"

"여부가 있겠습니까, 스님. 스님은 스승이기 이전에 제 아비십니다."

"……!"

심공의 표정에 한줄기 격랑이 일었다.

사실, 장가 한 번 들어본 적 없는 심공은 성검을 아들처럼 아끼고 사랑했다. 그런데 막상 성검에게서 그런 말을 들으니 갑자기 코끝이 찡해졌다.

"쩝! 하긴, 네놈의 바탕이 워낙 맑긴 하지. 이 늙은이를 버리고 달아날 때는 필히 사정이 있었을 게야."

심공이 길게 한숨을 내쉬며 마당으로 내려섰다.

"그사이 별 탈은 없었느냐. 끼니는 거르지 않고 다닌 것이지?"

"예, 스님."

"아픈 곳은 없었고?"

"불초 성검 비록 어리지만, 스님이 밤마다 저를 위해 불공을 드렸으리란 것을 잘 알고 있습니다. 제가 스님을 아비로 생각하듯 스님 역시 저를 아들로 생각하신다는 것도 잘 알고 있습니다. 제가 어찌 스님의 허락 없이 굶거나 아플 수 있겠습니까."

"……!"

어둠 속에서 심공의 코가 벌렁거리기 시작했다.

다른 것은 몰라도 말발 하나는 제대로 가르쳤다. 세상의 어느 계집이 성검 같은 미장부의 이토록 심금을 울리는 말발에 넘어오지 않겠는가.

'니미럴, 정말 아까운 놈이다. 성검, 이놈이 절에 마음을 붙이고 살기만 했어도 무불사는 벌써 삼층으로 건물을 올릴 수 있었을 게야. 팔부중지수를 통해 얻은 단단한 하체와 균형 잡힌 몸매, 반반한 얼굴에 청산유수 같은 언변… 색마로서 털끝만큼의 부족함도 느껴지지 않는다. 홍보만 좀 하면 상품 가치가 무한대로 뛸 놈인데.'

심공의 얼굴에 기쁨과 아쉬움의 표정이 교차했다. 그것도 잠시, 그는 곧 성검의 손을 움켜쥐며 부드러운 미소를 내비쳤다.

"이쯤 했으면 됐느니라. 어서 안으로 들어가자꾸나. 강호의 이야기도 좀 듣게 말이다. 음회회, 모처럼 우리 둘이 날밤을 까보자꾸나."

2

성검이 무불사를 떠난 것은 다음날 아침이다.

지난밤, 일검수 류추영의 서찰을 읽어 내려가는 동안 심공의 표정엔 만감이 교차하고 있었다. 이십여 년 가까이 소식이 끊겼던 벗의 소식을 들었기 때문이기도 하고, 비로소 무거운 짐을 벗어놓게 되었다는 안도감 때문이기도 했다.

서찰을 몇 번이나 반복해서 읽고 난 후에야 심공은 애잔한 눈길로 성검을 바라보았다. 이제까지와는 달리 성검을 친구의 아들로 대할 수 있게 된 것이다.

심공은 밤새 성검에게 많은 이야기를 들려주었다. 그의 아비 일검수가 어떤 사람인지, 청해류가의 내력은 어떠한지, 성검을 낳다가 죽은 어미는 얼마나 곱고 훌륭한 여인이었는지.

그가 들려준 이야기는 사미승 시절의 성검에게 들려주던 이야기와는 전혀 달랐다. 과거엔 그저 남의 이야기하듯 냉소적으로 했던 이야기들이 어제만큼은 각질을 벗고 알몸을 드러냈다. 그것은 가슴을 적시는 진솔한 이야기들이었고, 성검에겐 더없이 소중했다.

"네게 줄 것이 있느니라."

오랜 이야기를 마친 심공은 옷장 깊숙한 곳에 간직해 온 한 권의 책을 내밀었다.

'활인류검(活人流劍).'

"청해류가 비전 검법인 십육수활류검의 검법서다. 네 아비가 너와 함께 맡긴 책이다. 이제 비로소 주인에게 돌아갈 때가 된 듯하구나. 이 책이 다시 빛을 보게 되었으니 강호엔 또 한차례 활류풍이 흐르게 될 것이다."

심공은 자애로운 눈으로 성검을 바라보다가 다시 말을 이었다.

"하지만 성검아, 나는 이런 비급 한 권으로 세상이 바뀌리라 믿지 않는다. 십육수활류검법을 가볍게 여기기에 하는 소리가 아니다. 다만, 세상의 무거움을 말하려는 것이다. 네 아비 일검수는 분명 강호지존의 자리에 오를 수 있는 기재였다. 그러나 그의 삶은 지극히 고단했을 뿐이다. 그것이 그의 운명이다."

"……?"

"지금은 활인의 시대가 아니다. 혼돈의 시기이고, 그것이 언제 끝날지는 아무도 모른다. 어쩌면 너 역시 네 아비처럼 뜻을 이루지 못한 채 허무하게 사그라들 수도 있다. 세상이 너를 원하지 않는다면……."

지그시 두 눈을 감으며 심공은 길게 한숨을 내쉬었다.

"성검아, 하지만 비록 세상이 너를 원하지 않는다 해도 네가 굳이 세상의 뜻을 따를 필요는 없다. 너는 그저 너의 길을 걸어가면 된다. 그리하면 천하는 너를 중심으로 돌게 될 것이다. 세상과의 힘겨운 줄다리기가 펼쳐지는 것이다. 지든 이기든 그 자체로 의미가 있지 않겠느냐. 가거라."

색승 심공. 비록 세상의 변두리에서 한평생을 보낸 기인이지만, 대륙의 문화와 사상에 끼친 영향은 적지 않았다. 유불선 삼교를 오가며 그 사상사에 일획을 그었고, 말년에 이르러선 체계적이고 독창적인 색학(色學)으로 기방과 밤거리에 일대 폭풍을 일으켰다. 물론 그것은 성검이 떠난 후 생계를 위해 궁여지책으로 생각해 낸 것이지만…….

어쨌거나 성검은 심공을 통해 많은 것을 배웠고, 앞으로 겪게 될 일들에 대해서도 얼마간 조언을 얻을 수 있었다. 당장 그가 만나야 할 막귀안이란 인물에 대한 정보도 그 가운데 하나였다.

황탄무계(荒誕無稽) 막귀안.

전대 기인으로, 꽤나 신비한 인물로 알려져 있다. 그는 심공처럼 강호의 수많은 은원에 관여했다.

하지만 심공과는 그 방식이 전혀 달랐다. 막귀안은 무림인들이 결전을 벌일 때마다 나타나 감 놔라, 배 놔라 하며 끼어들기 일쑤고, 제법 이름이 알려진 고수들을 찾아다니며 무학 논쟁 일삼기를 즐겼다.

그런데 정작 그 누구도 황탄무계 막귀안의 무공 실력을 눈으로 확인한 사람은 없었다. 물론 말 많고 잘난 척하는 그에겐 수많은 적이 있었지만, 이상하게도 그와의 일전은 이루어지지 않았다.

막귀안은 누가 싸움을 걸어오든 그 자리에서는 절대 싸움을 하지 않았다. 그 대신 정식 결투를 제안하고 대개 사흘 안쪽으로 일정을 잡았다.

묘한 것은 정작 실제 결투가 이루어진 일은 단 한 번도 없었다는 점이다. 그렇다고 막귀안이 결투가 두려워 달아나거나 한 것은 아니다. 오히려 결투 약속을 어기는 것은 늘 상대 무사들이었다.

도대체 무슨 일이 벌어진 것인지는 알 수 없지만 결투를 약속한 무사들이 하나같이 비무 전날 어디 한 군데씩은 부러지거나 깨진 채 겁에 질려 달아났던 것이다.

그러다 보니 누구도 막귀안과 겨루기를 꺼려했다. 실제로 그가 나서기 좋아하는 것을 제외하고는 누구에게도 원수를 사는 일도 없었으므로, 나중에는 막귀안이 무슨 말을 하든 강호인들은 그냥 한 귀로 듣고 한 귀로 흘려버리게 되었다.

하지만 그런 막귀안에게도 단 한 명의 천적이 있었다. 그가 다름 아닌 일검수 류추영, 바로 성검의 아버지였다.

막귀안은 딱 한 번 그에게 패했는데, 이때도 실제 싸움을 벌인 것이 아니라 그냥 패배를 인정한 것에 불과했다. 어쨌거나 그 일은 막귀안의 강호 은퇴를 결정케 한 일대 사건이었다.

성검이 태어나기도 전의 일이었으니 류추영이 한창 젊은 시절이었다. 청해류가의 젊은 가주 류추영의 명성을 들은 막귀안이 얌전히 있을 리 없었다. 그는 직접 청해류가까지 찾아와 무학 논쟁을 제의했다.

하지만 류추영은 평소 막귀안에 대해 들은 바가 있어 그다지 상종하고 싶어하지 않았다. 그래서 한마디로 거절했고, 아예 집 안에 발을 들여놓지도 못하게 했다.

무시를 당한 막귀안은 결국 앙심을 품었다. 그는 대문에 대고 고래고래 욕을 하다가 돌아갔고 며칠 후 정식으로 도전장을 냈다. 사흘 뒤 청해류가의 대문 앞에서 한판 붙자고.

사람들은 이번에도 류추영이 어떤 식으로든 낭패를 겪을 것이라 예상했다. 어디 한 군데가 부러지거나 심할 경우 불구가 될 수도 있다고 쑥덕였다. 이제까지 막귀안의 도전을 받은 이들이 하나같이 그런 처지가 되었으니.

예상은 틀리지 않았다. 도대체 무슨 일이 벌어진 것인지는 모르지만 결전을 하루 앞두고 류추영은 오른 다리와 갈비뼈 두 대, 왼팔이 부러지는 중상을 입었다.

마침내 싸우기로 한 날, 막귀안은 득의만면하게 나타나 대문 앞에서 고래고래 소리를 내질렀다. 비무를 약속하고 치사하게 꽁무니를 빼느냐고.

비무를 구경하기 위해 모인 사람들은 류추영의 처지를 딱하게 여기며 끌끌 혀를 찼는데 놀랍게도 그 순간 대문이 열리고 류추영이 모습을 드러냈다. 오른발과 왼팔을 붕대로 친친 감싼 채 오른손으로 목발을 짚은 구부정한 자세였지만 눈에서는 신광이 폭사하고 있었다. 더욱이 목발의 아랫부분엔 길쭘한 창날이 끼워져 예기를 발했고, 왼팔의 붕

대 끝에도 날카로운 비수가 묶여 있었다.

"아니, 어, 어쩌다 그런 중상을……."

막상 류추영이 모습을 드러내자 막귀안은 당혹스런 표정으로 말했다.

창날과 비수에 모아진 그의 눈빛이 바르르 떨리고 있었다.

"홍! 시치미를 떼시겠다? 물증은 없지만 심증은 있소. 나를 이 꼴로 만든 게 분명 노선배 짓이겠지? 하지만 잘못 걸렸소. 비록 몸은 이 지경이 되었어도 당신 같은 협잡꾼 하나쯤은 박살을 낼 수 있지. 우선 노선배의 옆구리에 이 비수를 푹 쑤셔 넣은 후 목발에 붙은 창날을 허벅지에 꽂아버리겠소. 나는 원래 되로 받으면 말로 주는 사람이지. 내 갈비뼈가 두 대나 나갔으니까 선배 갈비뼈는 스무 대가 나가야겠군. 다리뼈와 팔 뼈도 일 촌 간격으로 똑똑 부러뜨려 주지. 흐헤헤, 기대되지 않소, 노선배?"

"가주, 뭐, 뭔가 오해가 있는 모양이군. 하지만 몸도 성치 않으니……."

"비무를 다음으로 미루자구요? 홍, 어림없는 수작! 나 일검수 류추영, 하늘이 무너져도 약속은 지키는 사람이오. 그러니 부담 가지실 필요 없소이다. 우리 어디 한번 신나게 붙어봅시다. 뼈마디가 똑똑 부러지면서 내는 소리가 무척 경쾌하지 않겠소?"

"그, 그거야 가주 생각이고 난 도저히 곤란에 처한 이를 상대로 비무를 할 수 없다네. 자, 그럼 다음에 보세."

막귀안은 빠르게 말한 후 곧장 신형을 날렸다.

하지만 그러한 상황을 미리 예측하고 있었던 것일까, 이십여 명의 흑의무사들이 그의 퇴로를 막아섰다. 무흔검귀 구수룡을 비롯한 청해류가의 일급무사들이었다.

"우리 가주께선 어제 어떤 놈의 사술에 당하신 이후 분해서 밤을 꼬박 새셨소. 막 대협께서는 일을 마무리 짓기 전엔 어디도 갈 수 없소이다. 가주의 몸 상태가 정 마음에 걸린다면 나와 대신 비무를 겨루는 방법도 있소. 어차피 나는 가주께 무공을 사사했으니 부족하나마 상대하는 재미는 느낄 수 있을 것이오."

구수룡이 씨익, 웃으며 말했다.

"조, 좋아. 자네와 비무를 겨루겠네. 사흘 후, 이곳에서 다시 만나지."

"흐흐, 안 될 말씀. 또 무슨 수작을 부리시려고! 어디 신비에 싸인 막 대협의 솜씨 구경 좀 해볼까?"

구수룡은 섬전 같은 속도로 검을 발출했다.

사사삭—

검에 스친 막귀안의 귀밑머리 몇 가닥이 바람에 흔들리며 힘없이 떨어져 내렸다. 구수룡의 검은 이미 검집 안에 들어가 있는 상황.

주위의 구경꾼들은 일제히 탄성을 내질렀고 막귀안은 사색이 되었다.

"막 선배, 무흔검귀를 상대하는 것보다는 한쪽 팔다리밖에 사용할 수 없는 나와 겨루는 게 수월하지 않겠소?"

류추영의 말에 막귀안이 천천히 고개를 돌렸다. 그리고는 잠시 구수룡과 류추영을 번갈아 쳐다보았다. 도망갈 구멍이 없으니 딴에는 수월한 상대를 찾으려는 눈치였다.

"그, 그럴까, 그럼?"

막귀안은 결국 구부정하게 서 있는 류추영 쪽을 바라보며 배시시 웃었다. 아무래도 구수룡보다는 중상을 입은 류추영이 만만해 보였던 것이다.

어쨌거나 막귀안에게선 평소 그가 늘 주장했던 초절정고수 천하제일고수 무림절대지존의 면모는 보이지 않았다. 쉽게 말해 뭔가 구린 구석이 느껴졌다.

"자, 나는 거동이 불편하니 막 선배가 먼저 공격을 하시지요."

균형이 무너지기라도 한 것인지 류추영이 한차례 기우뚱하다가 힘겹게 자세를 유지하며 말했다.

"푸헤헤, 좀 심하게 다친 모양이군?"

막귀안의 얼굴에 모처럼 희색이 번졌다.

"하하, 괜찮습니다. 그런데 바람이 좀 세긴 하군요. 이거 몸이 자꾸 흔들려서……."

"그래? 이거 자네 같은 환자를 상대로 내 절세무공을 펼쳐도 될지 모르겠어. 자칫 나 막귀안의 얼굴에 먹칠을 하게 되는 건 아닌지……."

류추영이 약한 모습을 보이자 막귀안은 점차 안정을 되찾아갔다. 평소의 거만한 말짓거리가 다시 시작된 것이다.

하지만 그것은 아주 잠깐 동안의 일이었다.

애애애앵—

마침 분위기 파악을 못한 쇠파리 한 마리가 류추영의 머리 위를 맴돌았다. 류추영은 귀찮다는 듯 몇 차례 고개를 저었으나 쇠파리는 그런 류추영이 만만해 보였는지 더욱 수선스럽게 맴돌기 시작했다.

"이거 영 성가시군. 잠시 실례하겠소, 막 선배."

정중한 한마디와 함께 휘리릭, 류추영의 신형이 허공으로 솟구쳤다.

"잔혹비비참(殘酷飛匕斬)!"

짧은 외침이 허공을 맴돌았고, 뒤이어 류추영의 목발과 우수의 비수가 섬광을 일으켰다.

앵앵거리던 쇠파리의 소음이 사라진 것도, 뭔가 자잘한 알갱이들이 비수 끝에서 흩어진 것도 그 순간이었다.

"호접착(胡蝶着)!"

부드러운 음성과 함께 류추영의 신형이 바닥으로 내려섰다.

완벽한 착지였다. 놀랍게도 그는 왼발 끝으로 멈춰 섰으며, 부러진 왼팔과 오른손의 목발은 우아하게 수평을 이루었고, 고개는 뒤로 약간 치켜진 채 시선은 도도하게 전방을 향하고 있었다.

"우와아―"

구경꾼들의 입에서 연이어 탄성이 터졌다. 하지만 맞은편에 서 있던 막귀안의 얼굴은 다시 사색으로 변해 버렸다.

"이런, 막 선배, 본의 아니게 수선을 피우고 말았습니다. 하하, 오늘 잔혹비비참의 초식을 두 번이나 쓰게 생겼군. 자, 어쨌든 이제 잠잠해졌으니 시작하시지요."

"……!"

"뭘 그렇게 망설이십니까? 어서 오시라니까요."

류추영이 빙그레 웃으며 손가락을 까닥거렸다.

하지만 막귀안은 꿈쩍도 하지 못했다. 막귀안. 기이한 방식으로 강호고수들을 떨게 한 무적이었지만, 사실 그는 난생처음 약속된 날 약속된 시간, 약속된 장소에서 비무를 치르게 된 셈이다.

"붙어봐!"

"붙어봐!"

막귀안이 망설이는 사이, 구경꾼들은 주먹 쥔 손을 접었다 뻗었다

하면서 일제히 구호를 외쳤다. 그동안 신비에 싸여 있던 막귀안의 무공을 비로소 확인할 수 있는 기회였으므로.

"빨리 해!"

"빨리 해!"

구경꾼들의 구호는 보다 조직적으로 변해갔고, 막귀안도 더 이상은 버틸 수 없음을 깨달았는지 천천히 자세를 잡았다.

"어쩔 수 없군. 나 막귀안, 인세(人世)에서는 결코 쓰지 않으리라 다짐했던 무적사신전진태을사천황백팔나한태극환골권(無敵四神全眞太乙四天皇百八羅漢太極換骨拳)을 선보이게 되었어. 후회는 없겠지, 류추영?"

"후회라니요. 고명한 막 선배와 겨루게 되었으니 영광이라 여기고 있습니다. 그나저나 방금 전 무슨 권법이라 하셨지요? 귀에 익은 듯하면서도 생소한 권법이라……."

"응? 그러니까 그게 무적사신전진나한… 아니, 무적사신전진사천… 젠장, 쉽게 말해서 무적권이야. 천하에 적수가 없는 선계의 무공이지. 그리고 미리 한 가지 말해 두겠네. 무적권은 매우 잔혹한 무공이야. 이권법에 대항하려다간 불구가 되거나 죽기 일쑤지. 어쩌면 다시는 강호에 얼굴을 들이밀지 못하게 될지도 몰라."

"하하, 그렇군요. 그럼 오늘 막 선배께 한 수 가르침을 받겠습니다. 그리고 저도 한 말씀 드리겠습니다. 만약 오늘 선배께서 제게 패한다면 다시는 그 요사한 입으로 강호를 어지럽히지 마십시오."

"뭐? 요, 요사한 입? 흥! 좋아, 아주 매운맛을 보여주지."

막귀안은 쌍수를 상하로 활짝 펼친 채 마치 물레방아를 돌리듯 크게 휘두르기 시작했다.

"……!"

류추영은 물론 구경꾼들 모두 긴장감에 사로잡혀 굳게 입을 다물었다.

하지만 정작 얼마간의 시간이 흘렀음에도 막귀안은 한 발자국도 움직이지 않았다. 계속해서 쌍수를 교차시킬 뿐이었다. 그렇게 반 각 정도가 흘러갈 즈음.

"빨리 해!"

"빨리 해!"

구경꾼들이 다시 손을 뻗치며 구호를 외치기 시작했다.

"젠장! 간다아, 무적궈어언―"

눈치를 살피던 막귀안이 일갈을 터뜨리며 류추영을 향해 쏘아져 들어갔다.

두 손은 여전히 물레방아처럼 휘돌았고, 그때마다 파공성이 일었다. 하지만 정작 류추영은 이상하다는 듯 고개를 갸우뚱했다. 막귀안의 두 눈이 꼭 감겨 있음을 보았기 때문이다.

아니나 다를까, 두 사람의 거리가 일 장여로 좁혀질 즈음, 막귀안의 신형이 갑자기 앞으로 기울며 쿵 소리와 함께 바닥에 처박혔다. 돌부리에 걸려 넘어진 것이다.

"……?"

영문을 모르는 구경꾼들은 의혹의 눈초리를 빛내며 웅성대기 시작했고 류추영은 어이가 없어 피식 웃음을 터뜨렸다.

하지만 정말 놀라운 것은 막귀안의 반응이었다.

"끄으으, 놀랍군. 방금 전 그 무공이 무엇이었지? 내 무적권을 되받아치다니… 워낙 빠른 일격이어서 미처 손이 움직였다는 것조차 눈치 채지 못할 정도였네."

"예? 막 선배는 그냥 돌부리에……."

"그만 하게. 하긴, 패자가 그걸 알아서 무엇 할까. 역시 청해류가의
명성이 헛된 것이 아니었군. 자네가 이기고 내가 졌네. 약속대로 난 강
호를 떠나겠네. 하지만 이 점만은 분명히 하지. 내 명예를 위해서라도
오늘의 일전에 대해선 함구해 주게. 다시는 사람들의 입에 내 이름이
회자되는 것이 싫으니 말이야. 그래, 나 막귀안. 이제 잊혀진 이로 살
겠네."

막귀안은 비장미까지 느껴지는 음성으로 진지하게 말한 후 몸을 일
으켜 구경꾼들을 헤치며 사라졌다.

"뭐, 뭔가 이상하군?"

"그러게 말이야. 우리가 보지 못한 일장이 있었단 말이지?"

"음, 역시 초절정고수들은 달라."

구경꾼들은 고개를 갸우뚱하며 흩어지기 시작했다.

"가주, 어찌 된 일입니까?"

잠시 후 구수룡이 다가와 물었다. 그 역시 방금 전의 상황을 쉽게 이
해할 수 없었던 것이다.

"푸, 푸하하하! 자네도 모르겠는가? 그렇다면 막귀안은 진정 고수라
할 만하군. 푸하하하!"

유일하게 그 상황을 이해한 류추영이 길게 웃음을 터뜨렸다.

어쨌거나 그날 이후 막귀안은 일체 강호에 모습을 드러내지 않았다.
소문에 의하면 그는 섬서성 장안에 대장간을 차린 후 신검을 만드는
일에 전념하고 있는 것으로 알려졌다. 오늘날까지도…….

이상은 막귀안에 대해 심공이 들려준 이야기였다.

심공은 당시 그 비무를 기록하기 위해 참관한데다 류추영과는 막역한 사이였으므로 일의 전후 사정을 모두 알고 있었다.

"성검아, 황탄무계를 만나거든 내 안부를 전하거라. 그리고 보고 싶어하더라고 말해 주려무나. 황탄무계 막귀안은 천하의 잡놈이지만, 그래도 그가 활보하던 시절의 강호는 지금보다는 좀 더 인정이 넘쳤느니라."

심공은 막귀안에 대해 그렇게 평하는 것으로 이야기를 마쳤다. 실제로 막귀안을 이야기하는 동안 심공의 입가에선 가느다란 미소가 떠나지 않았었다.

"푸훗, 황탄무계 막귀안? 정말 기대되는 노인이군. 하지만 아버지는 왜 그런 천하의 하수와 함께 일을 도모하려 했을까?"

경추봉을 내려와 섬서성 방향으로 향하던 성검이 나직하게 중얼거렸다.

장안까지는 결코 가까운 거리가 아니다. 아버지 류추영의 흔적을 찾기 위해 성검은 빠르게 길을 재촉했다. 저 멀리 초원의 풀들이 바람에 시달리고 있었다.

3

산서성은 묘한 곳이다.

북쪽은 몽고족의 영향을 받아 기마 민족 특유의 호방함이 느껴지고, 남쪽은 호화로운 남방 문화의 영향으로 세련된 정취를 자아낸다.

그 두 개의 이질적인 문명을 잇는 것이 황하다. 황하는 산서성의 북쪽에서 남쪽으로 흘러간다.

뱃길을 이용한 성검은 선상에서 강변의 풍치를 감상하는 것만으로도 그 두 문명의 차이를 읽을 수 있었다. 또한 함께 배에 오른 승객들을 통해 이런저런 인간 군상을 접하게 되었다.

성검이 탄 배는 떡갈나무로 만들어진 목선이었다. 대략 삼십여 명이 탈 수 있는 크기의 배로, 다섯 평 남짓의 선실이 있긴 했지만 배에 오른 이들은 대개 갑판에 머물렀다. 선실이 워낙 비좁은 데다 악취도 심해 차라리 갑판에 앉아 있는 것이 속 편했기 때문이다.

하지만 갑판이라고 해서 쾌적한 것만은 아니었다. 좌우의 폭이 일 장여에 불과했고 그나마도 측면으로 길게 늘어진 목침이 의자 역할을 한 탓에 사람들은 서로의 얼굴을 빤히 마주 보는 고역을 참아야 했다.

한 가지 다행스러운 점이 있다면 남쪽으로 내려갈수록 성검의 눈이 즐거워진다는 점이었다. 당연히 풍경 따위를 이야기하는 것은 아니다. 매란이와 화접몽을 통해 여자가 남자를 즐겁게 해줄 수도 있다는 사실을 깨달은 이후 성검은 도통 그 재미를 잊을 수 없었다. 그래서 배에 타는 여자들을 상대로 나름대로 수작을 부리곤 했는데, 어떻게 된 것이 아래로 내려갈수록 미인들이 많아졌다.

지역색 때문이었다. 원래 산서성 북부에선 여자에 대한 관상 기준이 상식을 약간 벗어나 있다. 이유야 알 수 없지만 뚱뚱할수록 가치를 인정받는 것이다.

물론 산서성 외의 지역에도 간혹 그런 취향을 가진 이들이 있긴 하지만, 북부는 좀 심한 편이었다. 그곳에선 신랑이 장가들 때 처가에 결납금, 즉 몸값을 치르는데 뚱뚱한 신부일수록 값이 많이 나갔다.

당연히 북부의 부모들은 어떻게 해서든 딸들을 비만으로 만들기 위해 혈안이 되었고, 그런 문화 환경 때문에 북부 처녀들은 뚱뚱해질 수밖에 없었다.

그에 비해 남쪽으로 내려가면 갈수록 남방 문화의 영향으로 상당히 고급스런 심미안을 갖게 된다. 갸름하고 선이 고우며 피부가 흰 여자를 선호하는 것이다. 그러니 남부의 여자들은 날씬한 몸매를 유지하기 위해 이슬만 먹고 살아야 했다.

성검이 탄 배가 용문산 근처를 지날 무렵, 다섯 명의 여인이 배 위에 올랐다.

여인들은 하나같이 발치까지 끌리는 자색 장의를 입고 머리에는 죽립을 썼다. 죽립 앞에는 하얀 면사가 늘어져 얼굴을 가렸지만 워낙 투명해 쉽게 얼굴의 윤곽을 읽어낼 수 있었다.

정확한 나이는 알 수 없었으나 대부분 방년의 미소녀들이었다. 다만, 한 여인만이 서른을 전후한 나이인 듯싶었는데 일행 중에서 가장 늘씬했다.

여인들은 모두 등에 한 자루씩의 장검을 꽂고 있었다. 검집에는 각양각색의 문양들이 수놓아졌으며, 손잡이 끝에는 노리개가 달렸다.

'어라, 냄새가 무척 좋은걸?

성검은 그녀들의 맞은편에 앉아 있었는데 그 거리가 비교적 가까웠다. 은은한 체향을 즐길 수 있을 만큼…….

'우와아, 저 여자들도 이슬만 먹고 산 게 분명해. 그것도 참이슬…….'

성검은 여인들에게 시선을 고정시킨 채 헤벌쭉이 웃었다.

하지만 잠시 후, 성검은 고개를 갸우뚱했다. 특이하게도 그녀들의 오른쪽 볼에는 하나같이 매화 한 송이가 새겨져 있었다.

가느다란 매화 가지는 오른쪽 귀 반 치쯤 아래에서부터 턱 선을 따라 늘어져 오른쪽 입술 끝 부분에서 수줍은 듯 꽃을 틔웠다. 얼굴을 가린 면사보다 흰 꽃송이였다.

얼굴에 문신을 새기는 것은 아주 드물고 그만큼 꺼려지는 일이었으나 그 문신은 분명 여인들의 아름다움을 배가시켜 주었다.

하지만 정작 성검이 고개를 갸우뚱할 수밖에 없었던 것은 분명히 어디선가 본 기억이 있는 문신이었기 때문이다. 잠시 생각을 이어가던 성검은 두 눈을 동그랗게 떴다. 한동안 잊고 지내던 두 여인을 떠올린 것이다.

'취봉접과 초지. 그래, 분명히 그 무시무시한 괴녀들의 문신과 같다. 어라, 이해할 수 없군. 혹시 이런 문신이 대륙의 여인들 사이에서 유행하고 있는 걸까? 아니야. 다른 연관성이 있겠지. 어쨌거나 조심해야 할 여자들이군.'

성검은 매화에 시선을 고정시킨 채 잠시 넋을 놓았다. 그런데 그때였다.

"흥! 왜 내 얼굴을 빤히 쳐다보고 있지?"

맞은편에 앉은 앙증맞게 생긴 여인이 싸늘하게 말했다. 성검에게나 들릴 만큼 작은 음성이었지만 꽤나 위압적이었다.

"엥? 나, 나는 앞을 보고 있소. 지금도 그렇고, 한 시진 전에도 그랬소. 그런데 당신들이 내 앞을 가로막지 않았소이까."

성검은 의연하게 전방에 시선을 고정시킨 채 담담하게 말했다. 사실, 방금 전까지만 해도 좌측에 앉은 기녀를 힐끔힐끔 쳐다보고 있었지만…….

"흥! 눈알을 뽑아버리는 수가 있어. 그러니 냉큼 시선을 거두시지?"

여인의 음성은 보다 앙칼지게 변했다. 얼마간 앳된 얼굴이었음에도 두 눈에서 쏘아지는 기도는 결코 만만치 않았다.

그렇다고 겁먹을 성검이 아니었다. 비록 심약한 서생처럼 보였지만 결코 그 여인들에게 밀릴 수준은 아니었으니까.

"젠장, 꾸준히 반말이군. 시선을 거두라고? 싫다! 자고로 사내대장부는 늘 앞만 보라 했거든. 하지만 넌 여자니까 뒤나 옆을 봐도 상관없겠지? 내 별빛 같은 눈망울이 부담스럽다면 네가 고개를 돌리시지."

성검은 큰 목소리로 떠들었다. 그 바람에 선상에 있던 이들이 모두 성검 쪽으로 시선을 돌렸다.

"삼매, 얌전히 있거라. 말썽을 일으켜서 좋을 게 없어."

삼십 대로 보이는 여인이 침착하게 말했다. 꾸짖는 듯한 말투였음에도 지극히 부드러운 음성이었다. 나이로 따진다면 아마도 그녀가 일매인 듯했다.

"하지만 큰언니, 이런 뻔뻔한 녀석은 혼이 나야 해요."

삼매라 불린 여인이 뚱한 표정으로 토를 달았다.

성질이 꽤나 괄괄해 보였지만, 성검에겐 그게 또 귀엽게 보였다. 그러니 가만히 있을 수 없는 일.

"음회회 소저, 나는 무척 선량한 사람이니까 그런 식으로 음해하지 마시오. 이미 말했듯 나는 늘 앞을 보려 노력할 뿐이거든. 군이 내 시선이 거슬린다면 늦게 나타난 소저가 자리를 피하는 게 도리 아닐까?"

"호호, 정말 가소롭군. 네놈이 어디에서 내리게 될지는 알 수 없지만, 내릴 때 조심해야 할 거야. 엉덩이에 칼이 박힐지도 모르거든?"

"이런이런, 터무니없는 소리. 내 토실토실하고 선량한 엉덩이를 보게 된다면 아마 그런 상스러운 말은 하지 못할걸? 음회회, 사실 나와 사귄 대부분의 여자들이 내 엉덩이에 반했거든."

"……!"

삼매의 얼굴이 벌겋게 상기되었다.

그녀는 상대를 잘못 만난 것이다. 성검은 색승 심공의 아들이나 진배없는 날라리다. 결코 여자를 상대로 기죽을 위인이 아니었다.

"호호, 삼매, 오늘 제대로 걸린 것 같구나. 그러기에 성질 좀 죽이라고 하지 않았니? 어쨌든 그만 하거라. 이미 선상의 시선이 모두 네게 쏠리지 않았느냐."

일매가 다시 부드러운 음성으로 삼매를 꾸짖었다. 그리고 성검을 향해 가볍게 고개를 끄덕여 인사한 후 정중하게 말했다.

"공자, 제 아우의 무례를 용서하세요. 하지만 이 아이는 아직 어리고, 외간 남자의 시선에 익숙지 않답니다. 그리고 공자의 말씀이 틀린 것은 아니지만 그렇게 처음 보는 여인을 빤히 쳐다보는 것도 예의가 아니랍니다. 좀 불편하겠지만 시선을 돌려주는 게 좋을 것 같군요."

"음, 처음부터 그렇게 정중하게 부탁했다면 제가 무척 무안해했을 겁니다. 아마 이렇게 고개를 떨구고 바닥만 쳐다보았을걸요?"

성검은 고개를 푹 숙이며 장난스럽게 말했다.

"호호, 고마워요, 공자."

일매는 살며시 입을 가리며 웃었다.

삼매와의 신경전은 그렇게 끝났지만, 성검은 내심 아쉬웠다. 심심하던 차에 딱 걸렸다 싶었는데 일매가 정중하게 나오니 어쩔 수 없이 장난기를 거두는 수밖에.

하지만 기다리면 기회가 오기 마련이다. 물살이 센 협곡을 지나면서부터 배가 심하게 요동하기 시작했다. 그 바람에 선상의 사람들은 중심을 잃고 이리저리 기울어질 수밖에 없었다.

"어, 어, 어이쿠—"

성검이 데구루루 구르며 삼매의 복부에 머리를 쿵 들이받은 것도 그 순간이다.

"어머!"

삼매는 화들짝 놀라며 벌떡 일어섰다. 그 바람에 성검은 다시 뒤로 쿵 나자빠졌다. 그런데 거기에서 끝난 게 아니다.

"이 엉큼한 놈!"

빠드득, 이를 갈며 삼매가 곧장 등 뒤의 검을 빼 들었다.

하지만 그때 또다시 배가 심하게 기울어졌고, 그 바람에 이번엔 삼매가 앞으로 기울어지며 성검을 덮쳤다.

"헉—"

성검은 짧은 신음을 내질렀지만, 꼼짝도 하지 않았다. 뭔가 뭉클한 것이 얼굴을 뒤덮고 있는데, 그게 뭔지 성검은 잘 알고 있었다.

"삼매!"

일매와 또 한 명의 여인이 다급히 달려와 삼매를 일으켜 세웠다.

그런데 마침 삼매의 죽립이 벗겨지며 죽립 안에 숨겨져 있던 머리카락이 차르륵 흘러내렸다.

"……!"

성검의 눈이 휘둥그레졌다.

숨이 막힐 듯한 미모였다. 면사에 가려져 있을 때도 제법 예쁘다는 건 알았지만 흑단 같은 머릿결 사이로 드러난 희고 맑은 얼굴은 그야말로 절색이었다.

하지만 성검에겐 그 얼굴을 감상할 시간이 많지 않았다.

"결코 용서 못해!"

삼매의 얼굴이 순식간에 붉으락푸르락 변하는가 싶더니 곧장 검을 찔러 들어왔다. 엉겁결에 내지른 일검이었음에도 무척이나 쾌속하고 깔끔한 실력이었다.

"흡!"

성검의 입에서 외마디 신음이 새어 나왔다.

삼매의 미모에 넋을 잃고 있다가 검이 가슴에 다다를 무렵에야 다급히 손을 뻗어 두 손가락으로 검신을 잡아챘다. 다행히 피를 보지는 않았지만 날카로운 검단이 아슬아슬하게 가슴에 닿아 있었다.

"젠장, 가슴으로 덮치다 안 되니까 칼로 덮치겠다는 거야?"

성검은 재빠르게 검을 쳐낸 후 두 다리를 뱅그르르 돌리며 몸을 일으켰다. 그리고 곧장 우수를 뻗었다. 몸이 움직이는 대로 반응한 것이다. 하지만,

"헙!"

이번에도 성검은 짧은 신음성을 내뱉었다.

아차 싶어서 멈추긴 했으나 하필 손이 멎은 곳이 삼매의 오른 가슴 위였다. 오른손 가득 느껴지는 부드러운 느낌. 화접몽 가슴보단 조금 컸고, 매란이 것보다는 약간 작았다.

성검과 삼매의 두 눈이 정면에서 마주쳤다. 두 사람의 몸은 마치 얼음처럼 굳어져 있었지만 얼굴 표정은 수시로 변했다. 그것도 잠시.

"정말 죽여 버릴 거야!"

삼매의 쌍수가 응조수처럼 날카롭게 꺾이며 성검의 정수리를 노리

고 들어왔다. 잔혹한 손속임에 분명했다.

"으허헉—"

너무 긴장한 탓일까, 성검은 제대로 된 퇴법이나 수비식조차 펼치지
못한 채 그대로 신형을 뒤로 날렸다.

쿵—

하지만 이번에도 본능이 먼저 꿈틀거렸다. 떡갈나무로 만들어진 딱
딱한 바닥에 등이 닿는 순간, 성검은 놀라운 반사 신경으로 양손을 튕
겨 앞으로 쭉 미끄러져 나갔다. 삼매의 발목을 걷어차기 위해서였다.

"흐아아—"

또 무슨 공격으로 분풀이를 할까 고민하던 삼매는 대책없이 앞으로
고꾸라졌다. 그런데 하필 이번에도 그녀의 가슴이 성검의 얼굴을 덮치
고 말았다.

"……!"

성검은 갈수록 적극적으로 몸을 던지는 삼매에게 얼마간 감동했다.
이런 식의 오묘한 자세는 난생처음이었으니까.

"어머, 삼매, 왜 자꾸 그러는 거니?"

일매가 다시 쪼르륵 쫓아와 삼매를 일으키며 민망한 표정을 지었다.

일매가 민망해할 정도니 삼매는 오죽했을까. 그녀는 두 손으로 얼굴을
감싸며 홱 돌아섰다. 금방이라도 눈물을 펑펑 쏟아낼 듯한 분위기였다.

한편 성검은 헤벌쭉이 입을 벌린 채 하늘을 쳐다보았다. 뱃길 여행
의 보람을 느끼는 순간이었다.

그 일 이후 성검과 삼매는 서로를 외면한 채 얌전히 앉아 이리저리
흔들리는 배에 몸을 맡겼다. 두 사람 모두 더 이상 소란을 일으킬 생각
은 없었다. 성검은 손끝에 남은 감촉을 되새기며 멍한 표정으로 바닥을

붉었고, 삼매는 아예 고개를 뒤로 돌린 채 가끔씩 긴 한숨을 토해냈다.

그렇게 날이 저물어갔다. 그사이 배는 구곡(九谷)이라는 작은 마을의 나루에 닿았다.

산서성의 경계를 지나 섬서성에 돌입한 것인데, 성검은 어떻게 해야 하나 잠시 망설일 수밖에 없었다. 이곳에서부터는 육로를 이용하는 게 낫지 않을까 하는 생각도 들었지만, 좀 더 편안하게 뱃길을 따라 내려가는 것도 괜찮을 것 같았다.

"얘들아, 어차피 내일 아침이나 되어야 배가 출발할 거야. 갑판보다는 근처 객잔에서 하룻밤 묵는 게 낫겠지?"

일매가 나머지 여인들을 둘러보며 말했다. 목적지가 어디인지는 알 수 없지만 한동안 더 뱃길을 이용할 모양이었다.

잠시 후, 그녀들은 배에서 내려 어둠 속으로 사라졌다. 비록 강호에 몸담고 있지만 여자 몸으로 남자들과 뒤섞여 배에서 밤을 보내기가 쉽지 않았을 것이다.

'쩝! 나쁘진 않았지만 이거 영 거북해서 같이 배를 탈 수가 있나. 내일도 하루 종일 바닥만 긁어댈 처지니 차라리 육로로 갈까?'

갑판에 누워 밤하늘을 쳐다보던 성검이 생각을 굳힌 듯 자리에서 일어섰다.

뱃삯은 이미 충분히 치렀으니 이곳에서 내린다 하여 뭐라고 할 사람은 아무도 없다. 성검은 조용히 배에서 내려 방금 전 여인들이 그랬던 것처럼 어둠 속으로 스며들기 시작했다.

제9장

내가 왜 변태야?

오랫동안 선상에만 머물던 성검은 모처럼 마음이 동했다.

좋은 술과 음식으로 하루쯤 마음껏 즐기는 것도 나쁘지 않을 듯했다. 그래서 멈춰 선 곳이 '화인향(花人香)'이란 현판이 붙은 주루.

화인향은 이층 건물로, 구곡 같은 시골에서 흔히 볼 수 없는 화려한 주루였다.

'매란이 같은 기녀들이 있을지도 몰라.'

설레는 마음으로 주루에 들어섰는데, 하필 제일 먼저 눈에 띈 것이 배에서 보았던 다섯 여인이었다.

'젠장, 객잔에서 일 박을 하겠다더니 결국은 술이 고팠던 게군. 그나저나 난감한걸? 자칫하면 작정하고 따라온 것으로 오해를 사겠어. 내 고매한 인격에 흠집을 남길 수도 있겠단 말이지.'

당혹스러운 상황이었지만 다행히 그녀들은 주루 구석에 눈이 팔려 있었다.

　여인들의 시선이 닿는 곳엔 백색 비단옷을 입은 삼십 세가량의 준수한 사내가 홀로 앉아 술을 마시고 있었다. 체구는 평범했지만 갸름한 얼굴과 선이 굵은 이목구비가 여인들의 시선을 끌기에 충분했다. 게다가 걸친 의복 또한 화려하고 세련된 것이 세도가나 부잣집 자제쯤으로 보였다.

　'이거 은근히 자존심 상하는군. 나는 치한 보듯이 하더니 저 작자에겐 아예 넋이 나갔군. 왜 저렇게들 밝히나? 혹시 다들 여자 심공 아냐?'

　속으로 투덜거리던 성검은 혹시라도 그녀들의 눈에 뛸까 봐 재빨리 계단을 밟아 이층으로 올라갔다.

　잠시 후, 성검은 점소이가 내온 술을 마시며 이런저런 생각들을 이어갔다.

　주로, 매란이가 따라주면 더 맛있었을 것이라거나, 심공이 요사이 부업 삼아 그리고 있는 춘화도(春畵圖)가 세밀하고 사실적이라거나, 그래도 가슴은 매란이 것이 훨씬 예뻤다는 따위의 잡다한 것들이었다.

　하지만 어느 순간 성검은 다시 아버지 일검수 류추영을 떠올렸다. 비록 검은 소용돌이 안으로 빨려 들어갔지만 그의 생사에 대해선 딱히 무엇이라 결론지을 수 없는 형편이다.

　무불사에 들렀을 때 심공에게 물어보았으나 심공 역시 그 현상에 대해서는 뭐라고 단정을 내리지 못했다. 다만, 충분히 있을 수 있는 이변이라고만 말했다. 우주는 수많은 세계로 이루어져 있으며, 그것은 서로 다른 시간의 축에 의해 움직인다. 쉽게 말해 과거와 현재, 미래가 우주 안에 공존하고 있으며, 그것들은 서로 다른 공간에서 떠돈다. 다만 그것들을 잇는 특정한 혈(穴)이 일시적으로 열릴 때 이해할 수 없는 일이 벌어지곤 하는데, 어쩌면 천검궁에서 벌어진 일이 그와 관련이 되었을지도 모른다는 이야기였다.

즉, 잔잔한 강물의 어느 한 지점에서 느닷없이 소용돌이가 일어나거나 한 방향으로 흐르던 바람이 갑자기 회오리를 일으켜 수면과 수심, 지상과 허공으로 물체를 이동시키는 것과 비슷한 현상이라는 것이다.

'다른 공간?'

매란이를 생각할 때만 해도 맑고 가볍던 기분이 갑자기 무거워졌다. 심공 역시 더 이상의 설명을 하지 못했으니, 성검으로선 답답할 뿐이었다.

"그냥 죽었다고 생각하거라. 몇몇 문헌이 그런 현상에 대해 기록을 남긴 바 있으나 사라진 사람들이 다시 돌아왔다는 이야기는 없다. 죽은 사람이 다시 살아나지 않는 것처럼 말이다. 어차피 죽음도 다른 공간으로 이동하는 것에 불과하다. 딱히 슬퍼할 이유도 없으며, 두려워할 필요도 없다."

성검이 꼬치꼬치 따져 묻자 심공은 귀찮다는 표정으로 그렇게 대답했다. 당장은 이해할 수 없었지만 곰곰이 생각해 보니 그의 말은 지극히 당연했다.

'그럼 내년엔 제사를 지내 드려야 하나?'

길게 한숨을 내쉬는 것으로 성검은 아버지에 대한 상념을 마무리 지었다. 그런데 그때 갑자기 아래층에서 소란이 일었다.

"오호호! 당가륵, 천년밀문의 소환령에 거역하겠다는 것이냐?"

귀에 익은 여인의 음성에 이어 검을 뽑는 소리가 연달아 울렸다. 그리고 잠시 후, 사내의 맑은 음성이 이어졌다.

"천년밀문? 하하, 계집들아, 이왕 여기까지 왔으니 술이나 따르거라. 마침 옆구리가 허전했거든. 듣기로 천년밀문에선 방중술도 가르친다던데 마침 잘되었구나. 오늘 밤 심심치는 않겠어. 파하하하!"

"이, 이런! 좋아, 네놈의 허전한 옆구리에 검 다섯 자루를 한꺼번에 꽂아주지!"

"하하, 앙칼진 게 마음에 드는군. 네년을 가장 먼저 상대해 주지. 어때, 방중술을 게을리 익히지는 않았겠지?"

"뭐얏? 죽어라!"

챙, 차르르룽—

여인의 기합성을 끝으로 검과 검이 마주치는 소리, 식탁 넘어가는 소리, 웅성대는 취객들의 소리가 이어졌다.

이층에서 술을 마시던 이들 역시 아래층에서 벌어진 소란이 궁금했는지 하나둘 몸을 일으켜 계단을 내려가기 시작했다.

'어럽쇼, 우주적인 문제로 고민하고 있는데 저것들이 그걸 방해해? 음회회, 하지만 불 구경 다음으로 재미있다는 싸움 구경을 놓칠 순 없지?'

얼마간 취기가 느껴지긴 했지만 성검은 자리에서 벌떡 일어나 아래층으로 향했다. 목소리의 주인이 삼매임을 확신했기 때문이다.

계단을 내려서자 싸움의 형국이 한눈에 들어왔다.

다섯 명의 여인이 협공을 펼치고 있는 상대는 주루에 들어설 때 보았던 비단옷의 귀공자였다. 그는 사검(蛇劍)을 들었는데, 특이하게도 손잡이 끝에 채찍처럼 긴 검수(劍穗)가 달려 있었다.

당가륵이라고 불린 사내는 파도처럼 구부러진 검신을 부드럽고 빠르게 휘두르며 다섯 자루의 검을 일일이 쳐냈다. 그를 포위한 여인들 역시 녹록치 않은 실력인 듯했지만 어쩐지 당가특이 그녀들을 데리고 놀고 있다는 느낌을 지울 수 없었다.

표정이 굳어진 것으로 보아 그녀들 역시 당가특의 실력에 당혹스러워하고 있는 것이 분명했다.

"홍! 당가특, 믿는 구석이 있어서 그렇게 건방졌던 게구나. 하지만 오늘 상대를 잘못 골랐다. 얘들아, 회류매진(回流梅陣)을 펼쳐라!"

가슴으로 짓쳐들어오는 당가특의 검을 힘겹게 쳐낸 일매가 다급히 외치며 물러섰다.

"하하, 아직도 보여줄 게 남은 게냐? 좋아, 어디 얼마나 미련을 떠는지 지켜봐 주지. 하지만 이번에도 시원찮으면 다음엔 하나씩 너희 알몸을 보여줘야 할 게야."

당가특이 배검(背劍)의 자세를 취하며 싸늘하게 웃었다.

처음 보았을 때만 해도 풍류공자의 면모가 느껴졌으나, 막상 다섯 여인과 겨루는 지금 당가특은 어딘가 사이한 분위기를 풍길 뿐이었다.

"그래, 당가특, 실컷 비웃어라. 우리 취영오매(醉影五梅) 앞에서 웃는 그 웃음이 마지막이 될 테니까. 받아랏!"

일매는 오른 방향으로 한 바퀴 몸을 회전시키며 전진했다.

당가특 같은 고수에게 잠시나마 등을 보인다는 것은 매우 위험한 일이다. 화려하긴 했지만 빈틈이 너무 많은 초식이다. 하지만 나머지 네 여인이 동시에 검을 찔러 들어갔으므로 당가특으로선 우선 눈에 보이는 네 자루 검을 쳐내는 수밖에 없었다.

피류룡―

당가특은 현란한 손놀림으로 여인들의 검을 쳐냈다. 그리고 본능적으로 아래에서 위로 검을 치켜 올리며 일매를 견제했다.

그런데 그 순간 뜻하지 않은 일이 벌어졌다. 오른쪽에서 휘둘려져 나올 것이라 예상했던 검이 엉뚱하게도 일매의 왼손에서 쭉 뻗어져 나왔다. 그녀의 오른손에 들려져 있던 검이 어느새 왼손으로 옮겨진 것이다.

하지만 당가륵은 역시 고수였다.

"헛—"

다급성과 함께 허리를 활처럼 휘어 피하는 와중에도 검을 휘둘러 네 여인을 견제했다. 동시에 다리를 앞으로 뻗어 일매의 검로를 바꾸었다. 하지만 정작 무서운 것은 섬전 같은 후속 공격이었다.

"낙화취검(洛花醉劍)!"

몸을 휘돌리며 균형을 잡는가 싶던 당가륵이 신형을 일직선으로 뻗어 검을 날렸다.

"하약—"

취영오매 가운데 두 명의 여인이 검을 놓치며 비명을 내질렀다. 당가륵의 검이 회전하며 그녀들의 팔을 훑어갔기 때문이다.

"잔재주가 정말 뛰어나구나, 당가륵?"

매섭게 눈을 치뜬 일매가 차가운 음성으로 말했다.

전혀 뜻하지 않은 상황이었다. 당가륵은 사검의 손잡이에 달린 검수를 쥔 채 검을 날림으로써 검의 동선을 최대화한 것이다.

"푸훗, 잔재주라? 하긴 너희 따위를 상대하는 데는 잔재주만으로도 충분하지. 하지만 이왕 잔재주를 부렸으니 구경꾼들을 위해서라도 눈요기는 확실히 시켜줘야겠지? 자, 약속대로 옷을 벗을 준비는 되었겠지?"

"……!"

"하하, 그렇게 놀란 표정을 지으니 이제야 제법 계집 냄새가 나는구나?"

말을 마친 당가륵이 곧장 신형을 비틀며 전후좌우 사방으로 휘돌았다. 워낙 표홀한 신법이라 여인들은 미처 방어할 틈도 없었다.

사르륵—

사검이 허공을 가를 때마다 천이 베어지는 소리가 부드럽게 이어졌다.

"허엇—"

"어머!"

여인들은 어깨 아래로 흘러내리는 장의를 다급히 움켜쥐며 당혹성을 내뱉었다. 차마 어떻게 손쓸 사이도 없이 그녀들의 자색 장의가 찢겨져 나간 것이다.

'이런 파렴치한!'

싸움을 지켜보던 성검이 검을 움켜쥐었다. 상대적으로 무공이 약한 여인들을 상대로 점잖치 못한 행동을 하고 있는 당가륵을 참아줄 수 없었다.

하지만 삼매의 놀란 얼굴을 보는 순간 성검의 입가에 가느다란 미소가 그려졌다.

'음회회, 아니지, 당가륵의 성의를 무시할 수야 없지. 좀 더 지켜보는 게 예의야. 사실, 아직은 누구 잘못이 큰지 모르잖아? 먼저 공격을 한 것도 저 여자들이고, 실수를 펼친 것도 저 여자들이야. 게다가 취봉접이나 초지와 똑같은 문신을 하고 있는 걸 보면 분명 사파 소속일 거야. 음회회, 삼매의 행동거지로 보아 의심의 여지가 없지.'

성검은 검에서 손을 뗀 채 당가륵의 현란한 검식을 느긋하게 지켜보았다. 궁금증이 일긴 했지만 아직은 나설 때가 아니라고 판단했다.

"하하, 취영오매라고 했던가? 천년밀문의 문주가 노망이 든 모양이군. 나 당가륵을 부르는 데 너희 같은 하수를 보내다니 말이야. 그나저나 그렇게 옷만 쥐어 잡고 있어서야 어떻게 나를 잡을 수 있겠어?"

당가륵이 검을 거둔 채 여인들을 둘러보았다.

"흥! 당가륵, 네놈이 이러고도 무사할 것이라고 생각하는 것은 아니겠지? 설령 우리가 이 자리에서 모두 죽는다 해도, 오늘의 일이 알려진다면 대륙 전체에 천년밀문의 천라지망이 펼쳐질 것이다. 당가륵이라는 쥐새끼를 잡기 위해서……."

일매가 매서운 눈으로 당가륵을 쏘아보았다.

'대륙 전체에 천라지망을? 현 대륙에 천검궁 말고 그런 거대한 조직이 있었던가? 음, 천년밀문이라… 처음 들어보는 단체인데…….'

성검은 잠시 고개를 갸우뚱했다.

지난번 천검궁의 모반 이후 그는 비로소 은하대맥의 존재를 알게 되었다. 그런데 이번에는 또 천년밀문이라는 단체가 모습을 드러냈다. 그렇다면 아직도 강호에는 비밀리에 명맥을 유지하고 있는 거대방파들이 존재한다는 이야기다.

'이거 점점 재미있어지는걸?'

싸움을 지켜보는 성검의 눈에 이채가 어리기 시작했다.

"상관없어. 나 당가륵은 원래 내일 일을 걱정하지 않아. 오늘 열심히 살다 보면 내일도 좋은 일이 일어나지 않겠어? 하하, 그나저나 계집 다섯을 상대하자면 밤을 새도 모자라겠는걸? 자, 남은 이야기는 침상 위에서 나누도록 하지."

말을 마친 당가륵이 서서히 일매를 향해 다가섰다.

일매의 손에는 여전히 검이 들려 있었으나 이미 당가륵의 실력을 확인한 만큼 함부로 덤벼들지 못했다. 그저 어깨 아래로 흘러내리려는 장의를 꼭 움켜쥔 채 두려움에 몸을 떨 뿐이다.

"이 색마 녀석, 무슨 짓을 하려는 거지?"

삼매가 분을 삭이지 못한 채 당가륵을 향해 검을 뻗었다.

하지만 당가륵은 가볍게 몸을 휘돌려 그 검을 쳐낸 후 곧장 반격에 나섰다. 사검이 파공성도 없이 허공을 갈랐고, 그때마다 삼매의 옷이 찢겨져 나갔다.

"흐아악—"

어떻게든 저항해 보려던 삼매가 낯빛을 굳히며 바닥으로 나동그라졌다. 그녀의 옷은 이미 넝마처럼 너덜너덜 찢겨져 있었으므로 군데군데 흰 속살이 드러났다.

"왜, 네가 처음이 아니라 아쉬운 게냐? 하하, 귀여운 것. 좋아, 너부터 상대해 주지. 하지만 잠시 기다리렴. 우선 저 아이들을 얌전하게 길들여 놓아야 하니까."

당가륵이 검집에 검을 꽂으며 싸늘하게 웃었다. 그리고 어정쩡하게 서 있던 여인들을 향해 빠르게 쏘아져 나가 차례로 혈도를 짚었다.

"흡!"

"헛—"

일매를 비롯한 네 명의 여인이 짧은 신음성을 토해내며 그대로 몸을 굳혔다. 미처 저항할 틈도 없었던 것이다.

"자, 이제 우리 다 함께 침상으로 갈까?"

당가륵이 삼매를 향해 천천히 다가가며 말했다. 그가 걸음을 옮길 때마다 삼매의 얼굴이 참혹하게 일그러졌다.

하지만 그때였다.

"음회회, 그림 좋군."

계단 쪽에서 누군가가 불량스럽게 지껄였다. 당가륵이 천천히 고개를 돌리자 한 사내가 방긋 웃는 모습이 보였다. 성검이다.

"내게 볼일이 있는가?"

당가륵이 고개를 갸우뚱하며 물었다.

"그거야 상황에 따라 달라지지. 저 버르장머리없는 계집애가 내게 사과를 하면 볼일이 생길 것이고, 안 하면 별 볼일 없는 거지."

성검이 삼매를 향해 사악한 웃음을 흘리며 눈을 찡긋했다.

"너, 너는……."

삼매의 얼굴이 더욱 처참하게 일그러졌다. 수모를 당할 거라면 차라리 당가륵에게 당하는 편이 낫다는 듯.

"재미있는 친구군. 이 계집이 마음에 드는가? 그럼 가지게. 사실, 다섯은 좀 벅차거든. 계집을 두고 다투는 것도 내 취향이 아니고……."

"……."

'으흥? 의외로 대범하고 사내다운 친구군. 은근히 마음에 드는걸?'

성검은 잠시 당황한 표정을 지었다.

잠시 후, 당가륵이 씽긋 웃으며 말을 이었다.

"하나로 부족한가? 그렇다면 이 아이들을 모두 가지게. 자네는 그럴 만한 자격이 있어. 사실, 이 많은 사내놈들 중에 이 지경이 되도록 나서는 자가 없어 한편으로 기분이 더러웠다네. 물론 정의가 사라졌다는 것은 오래전에 알았지만……."

"……?"

'어라, 정말 괜찮은 놈일세? 아니야. 어쩌면 내 위풍당당한 모습에

바짝 쫄아 있는 건지도 몰라. 아무렴. 충분히 그럴 수 있지.'

"아, 그런데 검을 든 것을 보니 자네 역시 무림인이군. 아무래도 강호초출인 모양이야. 그렇다면 충고 하나 하지. 용기는 가상하지만 강호에선 남의 은원에 관여하지 않는 게 좋다네. 나야 시비에 말려드는 것을 좋아하고 나 하나쯤 지켜낼 자신이 있으니 상관없지만 자네 같은 시골 친구는 감당하기 어려워지거든."

말을 마친 당가륵은 자기 자리로 돌아가 잔에 담겨 있는 술을 단숨에 비웠다. 그리고 은전 한 냥을 탁자 위에 올려놓은 후 주루의 문을 향해 유유히 걸어나갔다.

'이런 환장할!'

졸지에 촌놈 취급을 받은 성검은 갑자기 머리가 아파왔다. 괜히 쓸데없는 일에 나서 망신만 당한 느낌이었다. 당가륵을 불러 세운 것도 그래서였다.

"잠깐!"

"왜, 내게 할 말이라도 있는가?"

막 주루를 벗어나려던 당가륵이 천천히 고개를 돌렸다.

"이대로 가면 어떻게 해? 내가 저 계집애에게 사과를 받은 다음에 가든지 말든지 해야 할 것 아냐!"

"음, 사연은 모르겠지만, 나와는 상관없는 일인걸? 인연이 닿는다면 다음에 또 보세."

당가륵은 가볍게 고개를 끄덕여 보인 후 다시 걸음을 옮겼다.

'젠장, 끝까지 멋있는 친구군. 나도 저런 모습으로 이 주루를 빠져나가야 할 텐데.'

구경꾼들의 시선을 의식하며 성검은 삼매를 힐끔 쳐다보았다. 상황으로 보아 그녀에게 사과를 받기는 힘들 것 같았다.

2

"고맙습니다. 공자가 아니었다면 오늘 무슨 변을 당했을지 알 수 없어요."

옷을 갈아입고 다시 주루로 돌아온 일매가 정중하게 인사했다. 그녀는 은혜에 대한 답례로 성검에게 술을 대접하기로 했다.

"음회회, 사내대장부로서 당연히……."

"흥! 대장부 좋아하시네. 언니, 이 작자도 색마가 분명해요. 온몸에서 사특한 기운이 풀풀 날린다구요."

성검이 내숭을 떠는데 삼매가 톡 끼어들며 앙칼지게 말했다. 그녀는 아직도 성검에게 감정의 앙금이 남아 있는 게 분명했다.

"삼매야, 은공께 그게 무슨 말버릇이지. 어서 사과하지 못하겠니?"

일매가 꾸짖는 낯빛으로 삼매를 쏘아보았다.

당가륵과 어떤 관계인지 알 수 없으나, 성검이 보기에 어느 쪽도 그렇게 못돼먹은 사람들 같지는 않았다. 삼매만 빼고…….

"하지만 언니, 뭔가 수상하잖아요. 우리의 뒤를 밟아 이곳까지 온 것도 그렇고, 수모를 당할 만큼 당한 후에야 도와주는 척 나타난 것도 그렇고… 그리고 솔직히 뭐 하나 한 게 없잖아요. 당가륵과 싸운 것도 아니고요. 홍, 아마 당가륵이 사라지지 않았으면 무기력해진 우리 자매를 상대로 음탕한 짓거리를 했을지도 몰라요."

"……!"

'뭐 이런 싸가지없는 계집애가 다 있지? 젠장, 당가륵 말이 틀린 게 하나도 없군. 남의 일에 나섰다가 감당하기 어려운 일을 당할 수도 있다더니… 일매, 이매, 사매, 오매의 혈도를 풀어주기 전에 저 계집애 엉덩이를 벌집으로 만들어놨어야 하는 건데… 아니야, 참길 잘했어. 고매한 인격에 말만한 계집애 엉덩이를 때려줄 수는 없지. 음회회, 매란이에게 그랬던 것처럼 두드려 주면 모를까…….'

성검은 매서운 눈으로 삼매를 쏘아보았지만, 매란이를 떠올리자 갑자기 기분이 좋아졌다.

"저것 봐요, 언니. 변태가 분명해요. 저 느끼한 웃음도 그렇고……."

"벼, 변태? 내가 왜 변태야?"

'젠장, 저 계집애랑 술을 먹다가는 큰형님처럼 개로 변하는 수가 있겠군. 변태라니, 내가 무슨 번데기야? 변태를 하게… 음회회, 하지만 변태도 그리 나쁘진 않더군. 매란이는 무척 변태스러웠지만 황홀했어.'

성검은 이번에도 매란이 때문에 기분이 좋아졌다. 그러고 보면 세상이 이만큼이라도 평화로울 수 있는 것은 기녀들 덕분인지도 모른다.

"삼매. 그만 하지 못하겠니? 은공의 인품이 고매해서 네게 그렇게 모욕을 당하고도 우릴 도와준 거라는 생각이 들지 않니? 지금도 보아라. 다른 사내들 같았다면 벌써 검을 뽑았을 것이다. 사과하기가 싫다면 차라리 다른 식탁에 앉아라!"

짐짓 노한 표정으로 말한 일매가 이번엔 성검에게 고개를 조아렸다.

"공자, 저 아이의 무례를 용서해 주세요. 원래 심성은 착한 아이랍니다."

"음회회! 괜찮소. 아직 나이가 어려서 그런 것을……."

'개가 웃을 일이군. 꼭 못된 아이들을 감싸줄 땐 원래 심성이 착하다고 하지. 하지만 솔직히 심성 착한 아이들이 싸가지없게 구는 경우는 드물지. 그나저나 일매는 상당히 안목이 높군. 내 인품이 고매하다는 사실을 알아채다니 말이야. 음회회, 게다가 몸매도 죽이는걸? 저 잘록한 허리와 살랑살랑 흔들리는 둔부, 요염한 미소. 정말 바람직한 모습이야.'

성검은 사람 좋은 미소를 지으면서도 두 눈으론 빠르게 일매의 몸매를 훑어갔다. 요즘 들어 꾸준히 심공에게 배운 것들을 써먹고 싶다는 충동이 일어나곤 했다.

술이 몇 순배 도는 사이, 성검과 취영오매는 꽤나 가까워졌다.

일매를 제외한 취영오매들은 모두 성검보다 어렸다. 그녀들은 성검에 대한 고마움 때문인지 스스럼없이 오라버니란 호칭을 사용했고, 성검 역시 일매를 누님이라 칭하게 되었다. 물론, 조금 떨어진 식탁에서 혼자 술을 퍼마시는 삼매는 그런 일행을 아니꼬운 눈으로 쳐다보고 있었지만…….

어쨌거나 몇 순배의 술이 더 돌자 성검은 느닷없이 취영오매에게 의남매를 맺자고 제안했다. 워낙 외롭게 자라다 보니 술만 같이 마시면 무조건 형제처럼 느껴졌던 것이다.

게다가 이미 화룡방의 채주 장여룡, 책사 염자방 등과 의형제를 맺은 경험이 있어서 성검은 그런 의식에 별다른 거부감이 없었다.

하지만 일매는 잠시 난색을 표했다. 아직 성검에 대해 아는 바가 적었으며, 천년밀문의 제자로서 아무나와 의남매를 맺을 수 없는 일이었다.

"아니, 누님, 제가 싫습니까?"

"그, 그게 아니라……."

일매가 난색을 표하는데, 기회를 노리던 삼매가 불쑥 끼어들었다.

"호호, 우리 취영오매가 너처럼 근본도 모르는 놈과 어찌 의남매를 맺을 수 있겠니? 어떻게든 수작을 부리려는 속셈을 누가 모를 줄 알아?"

"떼끼! 삼매야, 넌 국으로 안주발이나 세우고 있어라. 얌전히만 있으면 술값 계산은 이 오라버니가 할 테니까 말이야."

힐끔 삼매를 바라보던 성검이 무시하듯 말했다.

이미 이매에게 오라버니란 소리를 들었으니 삼매에게 오라버니 행세를 하는 것은 당연하다는 생각이었다. 하지만 그게 싸가지없는 삼매에게 통할 리 없었다.

"뭐, 오라버니? 호호, 정말 가관이군. 어디서 굴러먹다 온 촌놈인지는 모르겠지만, 감히 취영오매의 은매란과 맞먹으려는 것이야? 흥, 큰언니만 아니었으면 넌 벌써 거름으로 만들어졌을 거야. 오호호호!"

삼매가 검을 만지작거리며 비웃듯 말했다.

기회만 온다면 당장이라도 검을 뽑을 태세였다. 아니, 검을 뽑고 싶어 안달이 난 듯한 모습이었다.

하지만 삼매의 이야기를 듣던 성검의 눈이 갑자기 묘하게 빛났다.

'은매란, 매란? 어디에서 들어본 이름인데…….'

잠시 고개를 갸우뚱하던 성검이 느닷없이 박장대소했다.

"음, 음회회회! 매란? 삼매, 네 이름이 매란이었니?"

"그, 그렇다. 그런데 왜 그렇게 기분 나쁘게 웃는 거지? 흥! 매, 매란이란 이름이 어때서… 물론 좀 흔한 이름이긴 하지만…….'

괜히 약점을 잡힌 듯한 느낌에 매란이 잠시 주춤했다.

하지만 그것도 잠시, 그녀는 결국 성검을 향해 검을 뽑아 들었다. 성질대로 하기 위해서다.

"네놈이 감히 우리 문주님이 지어주신 이름을 비웃어? 흥! 그 주둥이를 세로로 찢어놓아 주마!"

삼매는 영문도 모른 채 무작정 검을 날려왔다.

챙—

성검이 미처 손쓸 사이도 없이 일매의 검이 그 검을 쳐냈다.

"삼매, 이게 무슨 무례한 짓이냐? 당가륵을 놓친 것만으로도 우린 얼굴을 들 수 없게 되었다. 그런데 이젠 은공에게까지 검을 들이미는 것이냐?"

이제까지와는 달리 일매가 노성을 터뜨렸다.

비록 웃으며 술을 마시고 있었지만 임무를 수행하지 못해 마음이 무거웠던 것이다.

"하지만 언니, 취영오매가 언제부터 이런 촌놈과 어울렸죠? 저자가 가지고 있는 검을 보세요. 은자 한 냥 값어치도 없는 싸구려예요. 비록 검을 들었지만 검술의 기초도 모르는 삼류가 분명합니다. 저런 자가 우리 취영오매와 맞먹으려 들다니, 이게 가당키나 한 일입니까?"

잠시 찔끔하기는 했지만, 삼매는 결코 물러서려 하지 않았다.

"삼매, 정말 버릇이 없구나. 비록 싸구려 검을 들었다고 해도 그것으로 사람을 평가하다니… 보지 않았느냐. 주루에 있던 숱한 사내들이 우리가 곤경에 처한 것을 보았다. 그중에는 갑부와 세도가의 자제, 검을 든 무림인들도 숱했지. 하지만 그자들은 그저 눈치를 살피거나 아예 드러내 놓고 우리의 처지를 즐겼다. 오직 류 공자만이 용기와 의협

심으로 약자를 돕기 위해 나선 것이야. 그것만으로도 류 공자는 높게 평가될 수 있지 않겠니?"

말이 끝날 즈음, 일매의 음성은 어느새 부드럽게 변해 있었다.

생각이 깊고 자기를 다스릴 줄 아는 여인임에 분명했다. 물론 그녀의 말투에서도 삼매처럼 은연중 성검을 떠돌이무사 정도로 치부하는 느낌이 있었지만······.

"알아요, 언니. 그래서 이제껏 참았잖아요. 그런데 저 작자가 갈수록 분수를 모르고 날뛰니 더 이상 참을 수 없는 거죠."

"얘가 그래도······."

일매의 눈매가 상큼 치켜 올려졌다.

"하하, 누님, 그만 하십시오. 제가 삼매에게 무례했던 건 사실입니다. 물론 악의가 있었던 건 아닙니다. 다만······."

성검은 묘한 눈으로 삼매를 쳐다보며 말끝을 흐렸다.

동명이인이야 숱하게 많고 많지만 하필 삼매의 이름이 송죽루 매란이와 같다는 게 그를 웃게 만들었다. 어쩐지 삼매의 가슴이며 허리, 엉덩이 따위가 익숙하게 느껴지기까지 했다.

"흥! 당장 눈 깔아. 정말 느끼하단 말이야."

간지럽게 파고드는 눈길을 의식한 것일까. 삼매는 이번에도 앙칼지게 소리쳤다.

성검과 취영오매는 밤새 술을 마셨다.

일매 송가영에서 이매 비취화, 사매 이옥향, 오매 공유향까지 하나같이 절색의 미녀들이었다. 성검은 술이 입으로 들어가는지 코로 들어가는지도 모르게 그녀들의 미모에 취해갔다.

하지만 그 와중에도 천년밀문과 취영오매에 대해 몇 가지를 알게 되었다.

처음엔 그녀들이 천년밀문에 대해 굳게 입을 다물고 있었지만, 성검이 취봉접과 초지에 대해 이야기를 꺼내면서부터는 분위기가 달라졌다.

"아니, 공자가 흡혈 사숙조를 어떻게 알지요?"

취봉접에 대한 이야기가 나오자 일매가 눈빛을 빛냈다.

"하하, 우선 흡혈 선배와 어떤 관계인지부터 말씀해 주십시오. 그래야 솔직하게 이야기할 수 있지 않겠습니까? 행여 적이기라도 하면 제가 비밀을 발설하게 되는 거 아닙니까. 난 그저 한번 만난 적밖에 없으니 괜한 일로 오해를 사고 싶지는 않아요. 그저 얼굴에 새겨진 문신이 똑같아서 관심을 가지게 된 것뿐입니다."

성검은 아직 취영오매의 정체를 모르는 만큼 신중하게 답했다.

"음, 그런 염려는 하지 않아도 돼요. 그분은 우리 천년밀문의 대선배랍니다. 하지만 구십여 년 전 하나의 사건을 계기로 밀문을 떠나셨지요. 아마 그런 일이 없었다면 현재 밀문의 문주가 되셨을지도 모르지요. 궁금하군요. 사실, 우리 밀문에선 오랫동안 그분을 찾고 있었어요. 생사가 궁금해서이기도 하고… 밀문 내의 복잡한 사정 때문이기도 하답니다. 공자께선 대체 어디서 흡혈 사숙조를 만났지요?"

"저, 그것이……."

"말씀해 주세요. 우리 밀문으로선 중요한 일이 아닐 수 없습니다."

일매가 간절한 음성으로 물었다.

결국 성검과 일매는 서로가 궁금하게 여기고 있는 것들에 대해 솔직하게 들려주기로 했다. 성검은 취봉접의 거처에 대해, 그리고 일매는 천년밀문과 당가특에 대해……

일매를 통해 알게 된 천년밀문은 그야말로 신비집단이었다.

천년밀문!

대륙 천축에서 건너온 밀교의 한 분파로, 그 모태는 좌도밀교다. 천년밀문은 한때 마교에 흡수되었다가 다시 독립했으며, 마교와 등을 지면서부터는 철저하게 자취를 감춘 채 은밀히 세력을 넓혀왔다.

천년밀문의 입장에서 보자면 천검궁의 강호일통은 호재였다. 당연한 일이다. 만약 천검궁이라는 절대 집단이 마교를 제압하지 않았다면 밀문은 오늘날까지 마교의 추격에 시달려야 했을 것이므로……

어쨌거나 천년밀문의 전대 문주인 자경옥수(紫鏡玉手)에게는 두 명의 여제자가 있었다. 그들 중 한 명은 성검이 익히 잘 알고 있는 취봉접이었고, 다른 한 명은 현재 밀문의 문주가 된 흑화신녀(黑花神女)였다.

한때 자경옥수는 두 제자를 놓고 천년밀문의 후계를 정하기 위해 고심했다. 하지만 오래지 않아 그 문제는 자연히 해결되었다.

취봉접 때문이었다. 자경옥수는 내심 소심하고 소극적인 흑화신녀보다는 적극적이고 활달한 취봉접에게 마음이 기울어 있었다. 하지만 강호를 경험하라고 내보낸 취봉접이 곳곳에서 사고를 치더니 기어코는 곤륜파의 장문인 일절천하 구룡휘를 덮쳐 덜컥 임신까지 하고 말았다.

사정이 그렇다 보니 자경옥수는 강호의 문제녀가 된 취봉접을 차기 문주로 내세울 수 없었다. 결국 흑화신녀를 후계로 낙점했고, 칠십여 년 전 생을 마감했다. 이후 오늘까지 천년밀문은 흑화신녀에 의해 이끌어져 왔다.

하지만 최근 천년밀문 내에 작지 않은 문제가 생겨났고, 흑화신녀는 은밀히 문도들을 풀어 취봉접을 찾게 했다. 그런데 엉뚱하게도 취영오매는 이곳에서 그녀에 관한 이야기를 듣게 된 것이다.

참 묘한 인연이었다. 지난밤 취영오매는 또 다른 우연을 경험했다. 바로 당가륵을 만난 일이다.

당가륵!

신비한 검객이다. 알려진 바로는 사천당문의 인물이었으나 정작 독에 대해선 아는 바가 적다. 그가 의지하는 것은 한 자루 사검이다. 그 검 한 자루로 당가륵은 강호에서 자그마한 이름을 얻었다. 물론 어제 상대해 본 바로, 그의 무위는 소문 이상이었다.

사실, 취영오매가 당가륵과 겨룬 것은 계획에 없는 일이었다. 원래 그녀들은 천년밀문 섬서 분타에 볼일이 있어 그곳으로 향하던 도중이었다. 하지만 일 박을 하기 위해 객잔을 찾던 도중 이 주루 안으로 들어가는 당가륵을 발견했다.

당가륵은 이미 흑화신녀에 의해 소환령이 내려진 상태였다. 그가 천년밀문의 사람이 아니니 정확히는 수배령이라는 표현이 어울리겠지만…….

취영오매로서는 그냥 지나칠 수 없는 일이었다. 섬서 분타의 볼일보다는 당가륵을 잡는 것이 시급했다. 그녀들은 거리낌없이 주루로 들어갔고, 한동안 술을 마시며 사내가 진정 당가륵인지 주의 깊게 살펴보았다.

그럴 수밖에 없는 형편이었다. 당가륵과는 직접 마주친 적이 없었다. 그저 그의 초상화와 함께 신체적 특징이나 버릇, 무기에 대해 주지받았을 뿐이다. 그러니 주루 안의 사내가 정말 당가륵인지 신중하게 살펴야 했다.

실제로, 거리에서 흘깃 본 사내가 당가특이 아닐까 의심했던 것도 장수가 달린 기이한 사검 때문이었다.

당가특은 사검으로 유명한 검객이었다. 특히 검의 손잡이 끝에 달린 장수를 이용해 유성추처럼 검을 다루기도 했는데, 그런 변칙 공격에 당한 고수가 한둘이 아니었다.

비록 검이 검집 안에 들어 있기는 했으나 취영오매는 어렵지 않게 그것이 사검임을 알 수 있었다. 가죽으로 만들어진 검집 자체가 사검과 마찬가지로 파도 형상을 하고 있었기 때문이다. 게다가 장수가 길게 늘어져 있고, 외모 역시 초상화 속의 인물과 흡사해 그녀들의 시선을 사로잡았다.

정작 사내가 당가특임을 확신한 것은 주루 안에서였다.

당가특에게는 한 가지 특징이 있었다. 왼쪽 손가락이 여섯 개라는 점이다. 흔히 말하는 육손이었다. 평소 그는 육손을 숨기기 위해 긴소매의 옷을 즐겨 입었다. 주루에서도 좀체 왼손을 소매 밖으로 내지 않았으나, 길게 흘러내린 머리카락을 쓸어 올릴 때 그만 육손을 드러냈다. 그로써 당가특임을 증명하고 만 것이다.

이후의 일은 성검이 확인한 그대로다. 취영오매의 합격진에도 불구하고 당가특은 가볍게 그녀들을 제압했다. 마침 성검이 나서서 불상사를 막긴 했지만, 굳이 그러지 않아도 당가특은 애초부터 그녀들에게 잔혹한 손속을 펼칠 생각이 없는 듯했다. 사특한 웃음이나 저질스런 언사와는 달리 제법 사내다운 인물이었으니까…….

뒤늦게나마 취영오매도 그 사실을 깨달았다. 그녀들이 보기에도 당가특이 성검을 두려워해 물러선 것으로는 생각되지 않았다.

일매는 더 이상의 자세한 이야기는 하지 않았다. 당가륵이 어떤 인물인지, 왜 천년밀문에서 당가륵에게 소환령을 내린 것인지.

"음, 누님, 당가륵에게 소환령이 내려졌다면 왜 누님들은 그를 추격하지 않는 겁니까?"

이야기를 듣던 성검이 이상하다는 듯 물었다.

"호호, 류 공자도 보지 않았나요? 그는 우리가 어찌할 수 없는 고수였습니다. 추격한들 그를 제압할 자신이 없어요."

"아무리 그래도, 미행 정도는 해야 나중에 질책을 면하지 않을까요?"

"그 점은 걱정 마세요. 이미 두 번에 걸쳐 전서구를 띄웠습니다. 당가륵을 발견한 즉시, 그리고 당가륵이 사라진 이후… 늦어도 오늘 정오까지는 근처 삼백여 리에 천년밀문의 천라지망이 펼쳐질 거예요."

일매가 가볍게 웃으며 말했다.

하지만 성검은 그 말에 고개를 갸우뚱했다. 쉽게 납득할 수 없는 일이었다.

"누님, 도대체 천년밀문의 규모가 어느 정도이기에 그렇게 자신하십니까? 어제도 당가륵에게 대륙 전체에 천라지망이 펼쳐질 거라고 말하지 않았습니까. 그 정도 규모라면 가히 천검궁에 버금갈 정도 아닙니까. 제가 알기로 천검궁은 결코 어떤 방파와도 양립하려 들지 않을 텐데요?"

"호호, 류 공자. 너무 깊이 알려고 하지 말아요."

얼마간 취기가 올랐는지 일매가 희고 긴 손가락으로 이마를 짚었다.

하긴, 오랜 시간에 걸쳐 꽤나 많은 술을 마셨다. 이미 이매와 사매,

오매가 식탁 위에 엎어져 있고, 끝없이 투덜거리던 삼매 역시 옆 탁자에서 잠들어 있었다.

　"류 공자, 의남매를 맺자는 제안은 깊이 생각해 보겠어요. 혹시라도 다음에 또 인연이 닿는다면 말입니다."

　주위를 둘러보던 일매가 정중하게 말했다. 이제 그만 술자리를 파할 때가 온 것이라고 생각한 듯했다.

제10장

대장간 늙은이

황하의 중류에 자리 잡은 섬서성 장안.

주(周)나라 무왕(武王) 이후 번성해 온 천 년의 고도다. 한창 번성했던 당 현종 때만 하더라도 인구가 일백오십만에 이르렀으며, 매년 수천 명의 사신이 왕래했다.

비단길의 기점이었던 만큼 장안의 화려하고 웅대한 규모는 서역에까지 널리 알려진 바 있다. 도시 남쪽엔 자은사(慈恩寺), 북쪽에는 당, 송 대의 고비(古碑)가 즐비한 비림(碑林), 북동쪽에는 양귀비가 온천물을 담가 목욕했다는 화청지(華淸池). 이런저런 숱한 명승고적이 자리 잡고 있다.

장안의 저자 중앙로엔 꽤나 많은 부류의 사람들이 오고 간다.

이국(異國)의 상인들부터 시작해 부유한 집안의 귀공자, 세도가의 부녀자들, 시골에서 갓 올라온 농투성이, 기녀, 장사치 등 온갖 잡다한 인간군상이 뒤섞여 있다. 그들이 만들어낸 풍경은 때로는 화려하고, 때로는 활달하며, 때로는 소란스럽다.

하지만 저잣거리 중간중간에 열린 소로로 접어들면 그곳의 풍경은 사뭇 다르다. 우중충하고 음산하기까지 하다. 비단옷을 걸친 이들은 어쩌다 눈에 띌 뿐이고, 그나마도 볼일을 마치면 미련없이 빠져나간다.

물론 그곳도 소란스럽기는 하다. 활달하기도 하다. 다만 사치스러움이나 화려함을 찾을 수 없다는 게 다르다. 도살장이나 싸구려 객잔, 매음굴 따위가 주를 이루었으며, 가끔은 길가에서 투전판을 벌이는 작자들을 볼 수도 있다.

그 변두리에서도 무엇인가를 만들어내고, 먹고, 배설하는 따위의 일들이 벌어지는 셈인데 그런 모든 생활이 지나치게 적나라하다는 게 가끔은 그곳의 사람들을 비참하게 만든다.

그 장안 저자 외곽에 자리한 허름한 골목.

이십여 개의 대장간이 무더기로 자리 잡고 있어서 들어서는 순간 매캐한 쇳물 냄새와 후끈한 열기, 연신 쇠를 두드리는 소음에 우선 인상을 찌푸리게 된다.

대장장이들은 땀에 번들거리는 웃통을 드러낸 채 메질에 여념이 없고, 쇠를 담금질할 때마다 뿌연 연기가 치지직거리며 피어오른다. 아침부터 저녁까지 그 거리의 풍경은 크게 다르지 않다. 평생 쇠를 다루며 살아온 이들의 거칠고 과묵한 성격이 거리에 고스란히 배어든 느낌이다.

하지만 그런 역동적인 풍경 가운데 유독 눈에 띄는 사람 하나가 있었다. 쇠를 다루는 것은 고사하고 풀무를 밟는 것조차 버거워 보이는 노인이었다. 그는 허름한 대장간 앞에 등받이 없는 의자를 내놓고 앉아 길게 하품을 하곤 했다.

벌써 반 시진 가까이 노인은 그렇게 앉아 있었다. 어지간히 주문이 없거나, 너무 늙어 이제는 일하기가 귀찮다는 듯……

노인의 대장간은 기껏해야 열 평 남짓한 작은 크기였다. 커다란 화덕에서는 숯불이 이글거리고, 화덕 근처 모루 위엔 어느 정도 검의 형상을 갖춰가는 무쇠와 망치가 올려져 있다. 언제부터 그런 모습으로 놓여졌었는지는 아무도 알 수 없다.

근처 다른 대장간들은 괭이나 쟁기, 낫 따위의 자잘한 농기구들에서 부터 갑주나 편자, 검, 도 따위의 각종 병기들을 일목요연하게 진열해 놓았다. 쇠로 만들어질 수 있는 모든 것들을 주문 제작하고 있는 것이다.

하지만 노인의 대장간은 달랐다. 좌측 벽면엔 몇 자루 검이, 우측 벽면엔 그보다 적은 수의 도(刀)가 걸려 있고, 정면으로 보이는 벽면엔 비수나 창, 철퇴, 유성추 따위의 잡다한 무기가 몇 점 걸렸을 뿐이다. 무기를 전문적으로 다루는 대장간이 분명한데, 그 적은 수의 무기들이 어떻게 그렇게 어수선하게 걸릴 수 있는지 신기할 정도였다.

다시 노인에게 시선을 돌리면 저절로 고개가 갸우뚱해진다.

오 척이나 될까 싶은 작은 체구인데다 벗어젖힌 웃통은 갈비뼈가 고스란히 윤곽을 드러낼 만큼 빼빼 말랐다. 그나마 살가죽이라고 붙어 있는 것도 온통 쭈글쭈글한 주름에 검버섯투성이고, 풀어헤친 백발은 바닥까지 끌렸다.

아무리 좋게 봐주어도 올해를 넘기기 힘든 상늙은이였다. 모루 위에 놓인 무쇠를 검으로 만들기도 전에 무덤에 들어갈 것 같은……

하지만 언뜻언뜻 드러나는 형형한 눈빛은 다시 고개를 갸우뚱하게 한다. 그 눈빛엔 감히 맞서기 힘든 기도가 담겨 있어서 쇠꼬챙이처럼 마른 노인이 마치 잘 벼리어진 한 자루 검처럼 보이게도 했다.

신시(申時)가 막 시작될 무렵, 한 명의 사내가 노인 앞에 섰다.

"노인이 금선(金仙) 막귀안이오?"

거구의 무사. 백의에 검 한 자루를 들고 있었는데, 억양이나 표정으로 보아 관부 소속의 무사인 듯했다.

"헤헤, 모처럼 손님이 왔군?"

꾸벅꾸벅 졸고 있던 노인이 눈살을 찌푸리며 백의무사를 쳐다보았다.

그 노인이 바로 금선, 한때 황탄무계로 불리었던 막귀안이다.

"노인의 검 다루는 솜씨가 천하제일이라 들었소."

"응? 헤헤, 아직도 이 막귀안의 명성이 강호를 울리고 있단 말이지? 하긴, 무사의 위명이란 게 쉽게 사라지는 게 아니지. 비록 머리 위에 서리가 내리긴 했지만 아직도 내 일권, 일검은 산을 부수고 대해를 가를 만큼 강하지. 그래, 검을 배우고 싶어서 찾아온 게야? 제법 자세가 된 놈이로군. 하지만 나는 수업료를 좀 세게 받는 편인데?"

막귀안의 눈빛이 반짝 빛났다. 그것은 은연중에 보이곤 했던 형형한 눈빛과는 달리 탐욕과 공명심으로 가득한 눈빛이었다.

하지만 백의무사는 뚱한 표정으로 등에 메고 있던 검을 풀어 막귀안에게 건넸을 뿐이다.

"뭔 소린지 모르겠구려. 난 그저 영감이 뛰어난 대장장이란 이야기를 들었을 뿐이오. 물론 약간 맛이 갔다는 이야기도 들었지만, 역시 틀린 말이 아니군. 영감의 솜씨 또한 헛소문이 아니길 바라오. 자, 내가 아끼는 검인데 날이 무뎌졌소. 좀 갈아주시오."

"끄응, 얼마에 주고 산 검이야?"

잠시 인상을 찌푸리던 막귀안이 심드렁하게 물었다.

"선물 받은 것이오. 듣기로는 은자 사백 냥가량의 값어치가 있다더 군."

"헤헤, 뭔가 아쉬운 게 있어서 자네에게 뇌물을 쓴 게군."

"영감이 알 바 아니지 않소?"

"푸헤헤, 그건 그래. 하지만 젊은이를 위해 충고하겠는데, 그놈을 곁에 두지 마. 멍청이거나 사기꾼이니까. 이따위 검은 은자 여섯 냥이면 살 수 있지."

대충 검을 훑어보던 막귀안이 씨익 웃으며 말했다.

"그럴 리가. 그럴 사람이 아닌데……."

"헤헤, 그래. 사람을 믿는다는 건 중요한 일이지. 사실, 꽤나 고급스러운 재질이야. 검 값은 여섯 냥이지만, 검을 만들지 않았다면 삼백 냥 값어치는 나갔겠어. 상등품의 현철이거든."

"……?"

"품값을 아끼려고 삼류 대장장이에게 맡긴 게지. 그러다 보니 담금질을 하는 과정에서 불순물이 섞이고 쇠 안에 기포가 생긴 게야. 날이 쉽게 무뎌지는 것도 그래서지. 운이 좋았어. 이걸 들고 싸움판에 뛰어들었다간 졸지에 황천으로 갈 뻔했지. 슬쩍 건드리기만 해도 두 동강이 날 테니 말이야. 못 믿겠으면 볼래?"

막귀안은 대장간 안으로 들어가 벽에 걸린 검 하나를 집어왔다. 그리고 두 개의 검을 양손에 나눠지고 힘껏 부딪쳤다.

챙―

탁한 쇳소리에 이어 백의무사가 들고 왔던 검이 정확히 두 동강 났다.

눈앞에서 자기 검이 부러져 나가는 모습을 본 백의무사는 잔뜩 표정을 일그러뜨렸다. 만약 목숨을 건 싸움에서 지금처럼 검이 부러진다면 그때는 정말 죽은 목숨이나 다름없다.

"이, 이런! 내 이 녀석을 당장……."

백의무사는 얼굴을 붉히며 낮게 으르렁거렸다. 그 검을 뇌물로 바친 자를 어떻게 응징할까 고민하는 모습이었다.

하지만 막귀안은 지극히 담담한 음성으로 짧게 말했다.

"이백 냥만 내."

"뭐요, 그게 무슨?"

"이 검을 다시 붙여줄 테니까 이백 냥만 내라고."

"흥! 나를 바보로 아시오? 이깟 엿가락 같은 검을 붙여서 무엇에 쓴단 말이오. 그냥 영감이 가지시구려."

백의무사가 잔뜩 인상을 찌푸렸다.

"이 검을 육백 냥짜리로 만들어주지."

"흥! 저 따위 싸구려 쇳덩이를 무슨 수로……."

"내 명성을 듣고 찾아왔다며? 그럼 한번 믿어봐. 오래 걸리지도 않아. 내일 아침이면 돼. 어디 가서 거나하게 한잔한 뒤에 푹 자고 오면 되는 거지. 만약 내일 아침에 와서 검이 마음에 들지 않으면 그냥 가."

막귀안은 턱수염을 조몰락거리며 심드렁하게 말했다.

"하지만……."

"말했잖아. 저 검의 재질은 정말 좋아. 다시 녹여서 기포를 없애고 제대로 다듬으면 보검까지는 아니더라도 꽤나 쓸 만한 검이 될 게야. 나 같은 고수 손을 통했으니 못해도 은자 칠백 냥 값어치는 나가게 되지."

"그게 가능하겠소?"

"아, 글쎄, 마음에 안 들면 돈 안 받겠다니까?"

"……?"

백의무사는 고개를 갸우뚱했다.

막귀안의 안목이 얼마나 뛰어난지 이미 확인한 데다 그가 워낙 큰소리를 치고 있으니 은근히 마음이 동했던 것이다.

"좋소. 그럼 영감을 믿겠소. 내일 아침에 오리다."

백의무사는 짧게 말한 후 등을 돌렸다.

잠시 후, 무사가 사라지고 나서야 막귀안의 얼굴에 사특한 미소가 번졌다.

"헤헤, 멍청한 놈이 또 하나 걸렸군. 이래서 난 장안이 좋다니까……."

막귀안은 나직하게 중얼거리며 부러진 검을 들고 대장간 안으로 들어갔다. 비로소 작업이 시작된 것이다.

깡마른 막귀안의 등줄기로 비 오듯 땀이 쏟아지고 있었다.

이글거리는 화덕에 연신 풀무질을 해대며 쇠를 녹인 그는 숯으로 만든 틀에 쇳물을 넣어 길쭉한 모양의 쇳덩이를 만들어냈다. 그것을 꺼내 몇 차례 메질을 한 후엔 달궈진 쇠를 숯과 몇 가지 약재가 담긴 물에 넣었다.

치지지직—

매캐한 쇳물 냄새가 수증기에 섞여 피어올랐다.

막귀안은 다시 쇳덩이를 모루 위에 올려놓고 손이 안 보일 만큼 빠르게 메질했다. 그때마다 자잘한 불꽃들이 반딧불이 떼처럼 길게 꼬리를 그리며 사방으로 튀었다.

취이익—

붉게 이글거리던 쇳덩이가 물통에 들어가며 흰 연기를 뿜어냈다. 쇳덩이는 삽시간에 식었고, 물통에서 나오자 다시 모루 위에 올려졌다. 그리고 계속되는 메질.

놀라운 솜씨였다. 속도도 속도지만, 쇳덩이 위에 퍼부어지는 메질은 지극히 섬세하고 정교했다. 한 치의 오차도 없이, 힘의 흐트러짐도 없이 원하는 곳, 원하는 강도로 내려쳐지고 있는 듯했다.

그렇게 끊임없이 담금질을 반복하던 막귀안이 어느 순간 손을 멈추었다. 그의 손엔 이제 제법 검의 형상을 갖춘 쇳덩이가 들려 있었다.

"헤헤, 이 정도면 무는 자를 수 있겠군. 강도야 어떻든 제법 번지르르하게 보여야 하는데? 어이쿠, 벌써 자시(子時)가 넘었군. 빨리 끝내야겠어."

막귀안은 쇳덩이를 들고 숫돌이 놓인 곳으로 걸음을 옮겼다.

어찌 보면 대충대충 만들어내는 것처럼 빠른 속도로 진행되었지만, 한편으론 신의 손이 아닌가 싶을 만큼 정교하고 꼼꼼한 제작이었다.

백의무사는 다음날 사시(巳時) 무렵에 모습을 나타냈다.

그의 등에는 새로운 검이 걸려 있었다. 먹빛으로 된 검집과 손잡이가 꽤나 고급스러워 보였다. 어쩌면 백의무사는 내심 어제 그 검을 포기하고 있었던 것인지도 모른다.

"영감, 검은 다 되었소?"

"헤헤, 당연하지. 나 막귀안은 결코 헛말을 하지 않거든. 아는 사람은 다 알아. 내가 옛날 강호를 주름잡을 때 사람들은 내 한마디가 산보다 무겁다고들 했어."

벌겋게 충혈된 눈을 비비며 막귀안이 배시시 웃었다.

"볼 수 있겠소?"

"응. 자네 물건이니 당연히 자네가 보아야지. 그나저나 새로운 검을 가지고 왔군. 그것도 맡기려고?"

"아니오. 이건 오랫동안 내가 아껴온 검이올시다. 내 자존심이자 생명이지. 이곳 장안 일대에선 제일로 꼽아도 될 만한 명검이오."

어제 자존심이 상했기 때문일까, 백의무사는 은근히 자랑을 늘어놓았다.

"그래? 얼마 주고 샀는데?"

"선친께 물려받은 검이오. 감히 값으로 환산할 수 없는 보검이지. 어제 그 검 따위와는 근본적으로 다르오. 뭐, 나름대로 알아본 바에 의하면 황금 삼십 냥 이상은 나간다고 합디다. 주인만 제대로 만나면 부르는 게 값이고……."

"정말? 어디 한번 봐도 될까. 솔직히 이 장안 내에서 나보다 검 값을 더 잘 메기는 사람은 찾기 힘들거든."

"음, 보는 것은 어렵지 않으나 함부로 손때를 묻히지는 마시오."

백의무사는 검집째 풀러 막귀안에게 넘겼다.

사르르릉—

막귀안이 검집을 벗겨내는 순간, 푸르스름한 서기와 함께 매끄러운 공명음이 울렸다. 일견하기에도 보통 검이 아닌 듯했다. 한동안 검신을 훑어보던 막귀안은 지그시 두 눈을 감은 채 한 손으로 검신을 훑어 갔다. 부드럽고 세심한 손길이었다.

한참 만에 손을 거둔 막귀안이 씨익 웃으며 말했다.

"자네 선친도 속았군."

"뭐요? 영감, 그게 대체 무슨 소리요. 이미 많은 사람들이 이 검을 감정한 바 있소. 오늘의 내가 있을 수 있었던 것도……."

"못 믿겠으면 볼래?"

막귀안은 어제와 똑같은 말로 백의무사의 말을 잘랐다.

"하하, 영감, 이번엔 정말 잘못 짚었소. 이 검이 상대한 무기는 수백 점에 달하오. 그중에는 중병기나 보검도 꽤나 많았소. 하지만 그 무기들이 두 동강 난 일은 있어도 이 검은 어디 한 군데 긁히거나 날이 빠진 일도 없소. 누가 뭐래도……."

"잠시만 기다리게."

기이한 미소를 내비치던 막귀안이 이번에도 말을 자르며 대장간 안으로 들어갔다. 잠시 후, 그는 어제 백의무사가 맡겼던 검을 들고 나왔다.

"자, 이건 어제까지는 여섯 냥짜리 검이었지만 지금은 칠백 냥 값어치는 나가지. 나 막귀안의 손을 거쳤기 때문이야. 쇠의 성질을 원래의 상태로 되돌려놓은 것은 물론 우리 대장간만의 비법으로 그 강도를 대여섯 배는 강화시켰어. 하지만 이것도 보검 측에는 속하지 못해. 그저 쓸 만한 검이 되었을 뿐이지."

"……?"

"이제 자네 선친께 받은 검과 이 검의 강도를 시험해 볼까? 자, 받게."

막귀안은 먹빛 검을 백의무사에게 넘긴 후 자신은 밤새 새로 제작한 검을 움켜쥐었다.

"있는 힘껏 나를 내려쳐 보게."

"하하, 지금 장난을 하자는 것이오? 좋소. 영감이 최선을 다했다는 점은 인정해 주겠소. 하지만 영감은 내 힘을 감당할 수 없소이다. 비록 검이 부러지지 않는다 해도 영감의 뼈마디가 동강날 수 있으니 이런 짓은 하지 마시오."

백의무사가 사람 좋은 웃음을 내비치며 바닥에 떨어진 검집을 집어 들었다.

"쯧쯧, 그렇게 순해 터졌으니 매일 사기나 당하는 게야. 좋아, 내가 내려칠 테니 자네가 막아보게. 그러면 이 검이 부러져도 내 뼈는 온전할 테니 말이야. 괜찮겠는가?"

"하하, 이거야 참, 영감이 정 원한다면 어쩔 수 없지. 하지만 검이 마주치는 순간의 충격이 만만치 않을 것이오. 영감처럼 나이가 들면 뼈가 부실해지기 마련인데……."

"흥! 정말 미련하기가 대설산의 흑곰 못지않은 자군. 긴말 필요없네. 자, 가네."

막귀안은 등 뒤에서부터 크게 검을 휘둘러 백의무사의 정수리를 내려쳤다.

챙—

날카로운 쇳소리가 울렸고, 한차례 백의무사의 신형이 기울어졌다가 다시 일어섰다.

"괜찮소, 영감?"

백의무사가 막귀안의 표정을 살피며 물었다. 그는 행여 막귀안이 다치지 않을까 걱정되어 부드럽게 반동을 주며 검을 막아낸 것이다.

하지만 정작 막귀안은 얼굴이 벌겋게 상기되어 노한 표정을 지었다.

"야, 이 미련한 녀석아. 너는 전쟁터에서도 이렇게 손속에 사정을 두

느냐? 그렇게 반동을 주면 강도를 시험할 수가 없지 않느냐. 자, 이번
엔 제대로 받아보거라. 히야압!"

카캉—

보다 날카로워진 쇳소리와 함께 무사의 검이 두 동강 났다. 그리고
막귀안의 검은 정확히 무사의 머리 위에서 멈춰 섰다. 일 촌만 더 내려
갔어도 그대로 무사의 머리에 박혀들었을 것이다.

"⋯⋯!"

백의무사의 얼굴은 사색으로 변해 있었다. 도저히 납득하기 힘든 상
황이었다.

"헤헤, 내 말이 맞지? 사실, 그 검은 정말 재질이 좋아. 만년한철이
거든. 이 검과는 비교가 되지 않을 만큼 귀하지."

검을 거둔 막귀안이 실실 웃으며 신나게 떠벌리기 시작했다.

"하지만 그러면 뭐 해. 쇠를 다룰 줄 모르는 작자의 손을 거치는 바
람에 똥값이 되었는걸. 그러니 선친을 생각해서라도 황금 두 냥만 내.
내가 정말 보검으로 만들어줄 테니까. 나 막귀안으로 말할 것 같으
면⋯⋯."

"⋯⋯."

백의무사는 여전히 멍한 눈길로 부러진 검을 내려다볼 뿐이다.

2

오늘도 막귀안은 대장간 밖에 의자를 내놓은 채 그 위에 앉아 꾸벅

꾸벅 졸고 있었다.

초가을 볕은 막귀안의 주름진 피부를 부드럽게 어루만졌다. 만약 뜻밖의 손님이 나타나지 않았다면 그는 오후가 저물도록 그렇게 졸고 있었을 것이다.

"실례하오."

낭랑한 청년의 음성에 막귀안은 번쩍 눈을 떴다. 깊은 잠에 빠져 있던 터라 하마터면 앞으로 고꾸라질 뻔했다.

"젠장, 실례하게."

막귀안은 눈살을 잔뜩 찌푸린 채 그림자를 드리우고 있는 청년을 쳐다보았다.

막 잠에서 깬 데다 사내가 태양을 등지고 있는 탓에 눈이 부셨다.

"황탄무계 막 어르신을 뵙기 위해 찾아왔소."

청년은 또박또박 말했다. 하지만 이미 의자 위의 노인이 막귀안임을 알고 있는 듯했다.

"황탄무계? 헤헤, 정말 오랜만에 들어보는 외호군. 달리 말하자면 외호로 인해서 모처럼 기분이 더러워졌다는 얘기지. 그나저나 네놈은 누구야?"

막귀안은 점점 또렷해지는 사내의 얼굴을 살피며 심드렁하게 물었다.

눈앞의 사내. 나이 스물을 갓 넘긴 듯했으며 입성으로 보아 촌놈이 분명했다. 어깨까지 흘러내린 머리를 뒤로 흘려 넘겼는데, 자연스러움을 가장한 게으름이 엿보였다. 용모준수하고 훤칠한 데다 몸도 단단해 보였지만, 아무리 보아도 돈 될 놈 같지는 않았다.

얼마간 실망스런 표정을 내비치는데 청년이 입을 열었다.

"나는 류성검이오. 아버지의 유지를 받들기 위해 찾아왔소."

류성검. 그는 구곡에서 취영오매와 헤어진 후 육로를 택해 이곳까지 왔다.

그사이 여름이 가고 가을이 왔다. 꽤나 느긋한 행보였는데 그건 결코 명산대천을 구경하기 위해서가 아니었다. 그저, 유명한 기루와 주루를 빼놓지 않고 훑어 내려오기 위해서였을 뿐이다.

"아버지? 네놈 아비가 죽기 전에 내게 무기를 주문했어? 이상하군. 나는 주문을 받는 즉시 일을 시작하는데, 결코 사흘을 넘기지 않아. 네놈 아비가 어제나 그제 죽었냐? 아니지, 아무리 생각해 봐도 밀린 주문이나 넘기지 않은 물건이 없는데……."

"난 그저 아버지가 찾아가 보라고 해서 온 것뿐이오."

성검은 머리를 긁적이며, 혹은 고개를 갸우뚱하며 막귀안을 내려다보았다. 그의 얼굴에도 역시 얼마간의 실망감이 어려 있었다.

"류성검? 처음 들어보는 이름이군. 어쨌든 네놈 아비가 날 찾아오라고 했단 말이지. 그래, 네놈 아비가 누군데?"

"이 물건의 주인……."

성검은 품속에서 무엇인가를 꺼내 펼쳐 보였다. 막귀안의 두 눈이 부릅떠진 것은 바로 그 순간이었다.

"……!"

나뭇잎 모양의 쪽빛 헝겊이었다. 손바닥보다 작은 크기였으며 중앙에는 활(活)이라는 글자가 금빛 수실로 수놓아져 있었다. 바로 류추영이 서찰에 동봉했던 신표다.

잠시 후, 막귀안이 표정을 굳히며 진지하게 물었다.

"이놈, 정녕 그 물건의 주인이 네 아비더냐?"

"네. 하지만 양아버지일지도 몰라요. 솔직히 친아들이면 이렇게 막 내굴리지는 않았겠죠? 아마 나 같았으면 그럴 거예요."

"……."

'이상하군. 일검수는 머리는 나빠도 인간성은 좋았는데, 이놈은 말 본새가 영 글러먹었군. 하지만 빼다박은 것처럼 닮지 않았는가.'

다시 고개를 갸우뚱하던 막귀안이 의자에서 천천히 엉덩이를 떼었다.

"따라오너라."

막귀안은 짧게 말한 후 대장간 안으로 들어갔다.

대장간 우측 벽면엔 삐뚜름하게 세워진 소문이 달려 있었다. 막귀안을 따라 그 소문 안으로 들어서자 작은 뜰이 나왔고, 그 너머엔 토담을 쌓고 나무로 지붕을 얹은 조악한 집 한 채가 서 있었다.

막귀안은 가끔 고개를 갸우뚱해 가며 뜰을 건너 그 집 안으로 들어갔다.

아직 한낮이었음에도 방 안은 어둠침침했다. 작은 들창이 하나 있긴 했지만 그나마도 굳게 닫혀 있었다.

막귀안은 성검을 방에 앉혀놓고 잠시 어디론가 나갔다. 그리고 잠시 후 주전자가 담긴 소반을 들고 왔다.

"네 아비가 사라졌다는 이야기를 들었다. 너도 알고 있느냐?"

막귀안이 사발에 탁주(濁酒)를 따라 건네며 성검의 표정을 살폈다.

"네. 저도 그 자리에 있었습니다. 하지만 그때까지도 그분이 아버지인 줄 몰랐습니다. 돌아가신 후에야 남겨놓으신 서찰을 읽고 알게 되었지요."

"그랬구나. 너에 대해서도 들은 바 있다. 심공에게 맡겨졌었다며?"

"음회회, 심공 스님이 안부 전하라 하시더군요. 그리고 퍽 보고 싶다고도 하셨습니다."

성검은 심공이 황탄무계에 대해 했던 말을 떠올리며 배시시 웃었다.

"성검아, 황탄무계를 만나거든 내 안부를 전하거라. 그리고 보고 싶어하더라고 말해 주려무나. 황탄무계 막귀안은 천하의 잡놈이지만, 그래도 그가 활보하던 시절의 강호는 지금보다는 좀 더 인정이 넘쳤느니라."

심공이 기억하고 있는 황탄무계. 성검이 보기에도, 잡놈이란 말만은 틀리지 않은 듯했다.

하지만 그 순간, 황탄무계는 기이한 표정을 짓고 있었다.

"다시 한 번 웃어보겠느냐?"

"예? 음, 음회회회, 그런데 왜 그러십니까. 제 웃음이 좀 거북합니까?"

"아니다. 웃는 꼬락서니를 보니 심공 밑에서 자란 것은 확실하구나. 하지만 아직 너를 완전히 믿을 순 없다. 잠시 바지를 내려보거라."

"예?"

"일검수에게 들은 바가 있어서다. 그가 말하길, 자기 아들 엉덩이에 점 일곱 개가 북두칠성의 형상으로 자리 잡고 있다 했느니라. 그것을 확인한 후에야 너를 믿을 수 있겠다."

아닌 게 아니라 막귀안의 눈빛엔 짙은 의혹이 자리 잡고 있었다. 어쩌면 은하대맥이라는 조직 자체가 그만큼 극비에 묻혀 있기 때문이었는지도 모른다.

'북두칠성 모양의 점. 내 엉덩이에 그런 게 있었나?

어색한 동작으로 볼기를 내리며, 성검은 고개를 갸웃했다. 생각해보니 그 동안 자기 엉덩이에 대해 너무 무심했던 것 같기도 했다. 어떤 모양인지, 점은 몇 개나 되는지.

"음회회, 이거 좀 민망한 자세입니다. 그나저나 점이 있긴 있습니까?"

막귀안의 면전에 엉덩이를 삐죽 내민 성검이 가랑이 사이로 그의 표정을 살피며 물었다.

"어휴, 냄새 한번 지독하군. 이놈, 앞으로 좀 더 가보거라. 정신이 다 흐려지는구나."

"쩝! 무슨 냄새가 난다고……."

'나처럼 엉덩이를 깨끗하게 관리하는 사람도 드문데 말이야. 어제도 기루에 들러서 목욕재계했단 말입지. 음, 하지만 이렇게 자존심 구겨지는 얘기를 들었으니 오늘 또 기루에 가야겠는걸? 음회회, 고 삼삼한 것들보고 엉덩이를 밀어달래야지.'

성검은 허리를 구부린 채 앞으로 몇 걸음 옮겨가며 많은 것들을 생각했다.

"어르신, 언제까지 이러고 있어야 합니까?"

한참을 기다려도 반응이 없자 성검은 다소 불안해졌다. 점을 발견했다면 이렇게 뜸을 들일 필요가 없기 때문이다.

하지만 정작 막귀안의 입에선 엉뚱한 말이 새어 나왔다.

"얘야, 다리를 좀 더 벌려보거라."

"예? 왜, 왜요?"

"시키는 대로 하거라."

"……?"

성검은 뭔가 이상하다고 생각하면서도 별수없이 시키는 대로 했다.

'정말 민망하군. 이런 느낌은 처음이야. 내 은밀한 곳을 이렇게 적나라하게 드러내다니… 음회회, 하지만 남에게 써먹긴 아주 좋겠는걸? 예를 들어 송죽루의 매란이나 취영오매의 일매… 아니지, 삼매, 고 못된 것에게 써먹으면 더 통쾌할 게야. 음회회회? 젠장, 설마 이 늙은이가 남색(男色)을 즐기는 변태는 아닐까?'

한순간 성검의 등줄기가 서늘해졌다. 단순히 점을 확인하는 것이라면 이렇게 오래 걸릴 이유가 없다. 어떤 불순한 의도가 있는 게 분명했다.

'허거걱─'

성검은 두 눈을 동그랗게 뜬 채 가랑이 사이로 보이는 막귀안의 얼굴을 뚫어져라 쳐다보았다. 아닌 게 아니라 그의 주름 덮인 얼굴에 사특한 미소가 번지고 있었다.

"헤헤, 뭘 그리 빤히 쳐다보느냐? 그만 그 냄새 나는 엉덩이를 치우거라."

눈이 마주치는 순간, 막귀안이 표정을 갈무리하며 냉담하게 말했다.

"저, 점은 확인하셨습니까?"

"그래. 팥알만한 점 일곱 개가 있긴 하지만, 솔직히 북두칠성의 형상은 아니구나. 바가지 모양이라기보다는 범상할 범(凡) 자에 가깝다. 뭐 그저 그런 점에 불과하단 얘기지. 어쨌거나 일검수의 아들인 것만은 분명한 듯하니 더 이상 의심은 하지 않으마."

"고, 고맙네요."

성검은 바지를 올리며 길게 한숨을 내쉬었다.

솔직히 막귀안을 만난 지금, 성검은 참담했다. 이곳까지 오는 동안 그는 희망에 부풀어 있었다.

'은하대맥이 얼마나 거대한 규모일까? 신비단체인만큼 뭔가 다르겠지. 막귀안이라는 자가 비록 협잡에 능하지만, 많은 돈을 모은 게 분명해. 아마 재정적인 뒷받침을 하고 있겠지. 여제자들은 예쁠까?'

이런 식의 생각들로 가슴이 벅차올랐었다. 그런데 정작 막귀안의 모습을 보는 것만으로도 성검은 그런 기대가 와르르 무너지는 것을 느꼈다.

"어르신. 그나저나 이제 전 어떻게 하면 되는 겁니까? 아버지의 유지를 받들어 은하대맥을 접수하고 맥주로서 품위와 위신을 세우면 되는 겁니까?"

성검은 결연한 표정을 지으며 물었다.

비록 지지리 궁상맞은 집단이라 해도 아버지 일검수의 뒤를 이어 천검궁에 대항할 거대 세력으로 키워낼 생각이었다.

하지만 막귀안의 반응은 그런 의지마저도 무참하게 꺾어버렸다.

"맥주? 푸헤헤, 환장하겠군. 좋아, 일검수의 자식이니 똥 치는 일부터 시킬 수는 없지. 하지만 처음부터 중용할 수도 없는 일이다. 일단 간단한 교육을 거쳐 네 자질을 검증해 본 후, 그에 합당한 직책을 주겠다. 부디 열심히 해서 네 아비 얼굴에 먹칠은 하지 말거라. 푸, 푸헤헤헤!"

막귀안은 두 손으로 발가락을 움켜쥔 채 뒤로 발랑 자빠지며 웃기 시작했다. 어딘가 불순한 의도가 느껴지는, 아주 기분 나쁜 웃음이었다.

사흘 후 새벽녘, 막귀안은 자고 있는 성검을 다짜고짜 깨워 대장간을 나섰다.

인시(寅時) 초(初), 칠흑 같은 어둠이 저잣거리를 잠재우고 있는 시간이다. 하지만 막귀안은 능숙하게 그 어둠을 헤쳐 갔다.

지난 사흘간 막귀안은 은하대맥에 대해 단 한 마디도 꺼내지 않았다. 그저 대장간 내의 자잘한 일들로 성검을 부려먹었을 뿐이다.

하지만 성검은 화를 내거나 불평을 늘어놓지 않았다. 막귀안을 믿어서라기보다는 심공과 함께 사는 동안 참고 기다리는 법을 배웠기 때문이다. 더욱이 막귀안을 찾은 것은 일검수의 유지였다. 그는 지금 생전처음으로 아버지의 뜻을 따르고 있는 것이다.

얼마나 걸었을까? 성검은 자신이 홍등가를 걷고 있다는 사실을 깨달았다. 온통 암흑 천지인 저자 중앙과는 달리 그 골목엔 드문드문 불빛이 새어 나오고 있었다. 밤을 새워 술을 마시는 주당들이 몇몇 있는 것인지, 기녀들의 웃음소리에 섞인 호쾌한 목소리들이 거리로까지 새어 나왔다.

'이 인간이 오늘 술이라도 사려나?

입꼬리가 귀밑까지 저절로 치고 올라가고 있음을 느꼈다. 그러고 보니 며칠간 기루에 들르지 못했다.

아나나 다를까, 막귀안이 멈춰 선 곳은 '운우몽(雲雨夢)'이라는 현판이 내걸린 호화로운 기루였다.

'어라. 제법 통이 큰 늙은일세? 음회회, 이런 고마울 데가……'

성검은 애정이 담뿍 담긴 눈으로 막귀안을 바라보았다. 역시 아버지 일검수가 막귀안을 동지로 삼은 데는 다 이유가 있었구나 싶기도 했다.

잠시 후, 막귀안이 대문을 두드리자 인기척이 들렸고 곧 홑겹의 나삼만 걸친 기녀가 문을 열었다.

"모두 기다리고 계십니다. 안으로 드시지요."

기녀는 살짝 무릎을 굽혀 인사를 건넨 후 날아갈 것처럼 가벼운 걸음으로 앞질러 갔다.

'저렇게 고마울 데가… 음회회회!'

성검은 살랑살랑 흔들리는 기녀의 둔부를 바라보며 헤벌쭉이 웃었다. 갑자기 세상이 밝아지는 것 같았다.

하지만 정작 기녀가 안내한 방으로 들어선 성검은 한순간에 싸늘히 감흥이 사라지는 것을 느꼈다. 자신과 막귀안을 빤히 쳐다보고 있는 네 사람의 시선 때문이었다. 그중 셋은 천하의 추남들이었고, 나머지 한 명은 추남보다 못한 중년의 여인이었다. 어쨌거나 하나같이 괴물이었다. 숨이 탁 막힐 만큼…….

"앉거라, 애야."

막귀안이 빈자리를 가리키며 말한 후 자신은 무리의 상석에 앉았다.

'환장하겠군. 이거 분위기가 왜 이래? 아니야, 어차피 기녀들 보러 온 거지, 이 작자들 보러 온 건 아니잖아?'

성검은 다시 한 번 네 사람의 면면을 살피면서 어정쩡하게 자리에 앉았다. 그들 네 사람 역시 아무 말 없이 성검의 얼굴을 살필 뿐이었다.

"인사드리거라. 앞으로 네게 가르침을 줄 선생들이니라."

차 한 모금을 들이킨 막귀안이 담담하게 말했다. 성검의 표정이 굳어진 것도 그 순간이었다.

'우라질, 기녀들하고 술 마시는 자리가 아니었단 말이야?'

다리에서 힘이 쫙 풀리는 느낌이었다. 그런데 그것을 아는지 모르는지, 막귀안은 방 안의 인물들을 하나하나 소개해 나갔다.

"맨 좌측에 앉은 이는 금룡모(左龍毛)다. 물론 별명이고, 하는 일은… 헤헤, 차차 알게 될 것이다. 원래 사이비 도사였으나 이십여 년 전 종목을 바꾸었고, 나름대로 일가를 이루었다. 네게 제대로 된 기술을 가르칠 게다. 기한은 단 열흘, 낮과 밤을 가리지 않는다."

막귀안의 소개에 금룡모는 가볍게 미소를 내비쳤다.

그는 얼굴이 누렇게 뜬 초로의 인물로, 키는 사 척을 간신히 넘는 단신이고, 염소 수염에 쥐눈을 가지고 있었다. 첫눈에 보기에도 정상적인 직업을 구하긴 글러먹은 노인네다.

소개는 계속 이어졌다.

"그 옆에 앉은 이는 삼수(三手)다. 달리는 불영수(佛影手)라고도 불리는데, 분명 손이 세 개임에도 숨어 있는 하나의 손을 본 이가 없다. 천하제일의 도박꾼으로, 과거 도신(賭神)으로 불렸던 만박자(萬博子)의 직계 제자이기도 하다. 네게 세상의 모든 도박의 원리를 가르칠 것이며, 그 기한은 역시 단 열흘, 낮과 밤을 가리지 않을 것이다."

"네놈이 일검수의 아들이라지? 이런 싸가지없는 놈. 맥주가 내게 도박 빚을 지고 아직 갚지 않았다. 맥주를 찾아오던가 그가 빚진 황금 오백 냥을 갚거라!"

막귀안의 소개가 끝나자 삼수가 불쾌한 음성으로 입을 열었다.

그는 금룡모와 비슷한 연배로, 퉁퉁한 체구에 살모사 눈을 가진 사내였다. 눈 밑은 검게 죽어 있었으며, 목소리는 음산했다.

"제가 왜요?"

성검 역시 얼굴을 잔뜩 찡그린 채 대답했다.

"미친놈, 나는 돈 안 갚는 놈들을 좋아하지 않는다. 그 피붙이도 싫어하지……."

"······?"

"케헤헤헤, 농담이니라. 그렇다고는 해도 허언이 되지는 않을 게야. 난 조만간 네놈에게 황금 오백 냥을 빚지게 할 테니 말이야."

삼수는 횡설수설하며 실실 웃었다.

막귀안은 삼수의 웃음소리를 귓전으로 흘리며 계속해서 소개해 나갔다.

"그 옆에 앉은 이는 락사매(樂死妹)다. 이곳 장안 땅 모든 기루의 대모(大母)로, 네게 고금의 정제된 방중비기(房中秘技)를 전할 것이다. 락사매와 실전을 통해 익혀도 좋으나 그녀의 배 위에서 죽은 사내가 쉰 명을 넘으니 나름대로 조심해야 할 게야. 낄낄!"

진지하게 말을 이어가던 막귀안이 실실거리며 락사매와 은밀한 눈빛을 교환했다.

"어머나, 정말 귀엽게 생겼구나. 원래 내게 주어진 시간은 열흘에 불과해. 하지만 서방님을 위해선 특별봉사할 수 있어요. 오호호호―"

"······?"

반말로 시작해서 존대로 끝난 락사매의 말에 성검의 표정이 묘하게 일그러졌다. 그도 그럴 것이 락사매는 천하의 박색이다. 게다가 나이는 마흔을 훌쩍 넘어섰다.

'젠장, 어떤 경로로 기루에 들게 된 것인지는 알 수 없으나 평생 열 명의 손님도 채우지 못하고 은퇴했을 거야. 그런데 무슨 방중비기?'

성검은 살며시 눈살을 찌푸리며 다음에 소개될 애꾸사내에게 고개를 돌렸다.

"끼히히, 놈! 락사매는 천하제일의 우물이니라. 그 우물 맛을 본 사내놈들은 절대 사매에게서 헤어 나오지 못하지. 너도 하룻밤만 같이 자보면 알게 될 게야. 끼히히히—"

성검과 눈이 닿은 애꾸사내가 입맛을 쩝 다시며 말했다. 말하는 본새로 보아 락사매와 이미 관계를 맺어본 것이 분명하다.

'환장하겠군. 하긴, 저런 추물의 애꾸라도 있으니 락사매 같은 여인이 안 굶어 죽고 살아온 거겠지.'

한숨을 내쉬던 성검이 막귀안을 빤히 쳐다보았다. 애꾸사내가 누군지 궁금해진 것이다.

"낄낄, 락사매 옆에 앉은 이는 촌철살(寸鐵殺)이다. 도살장을 운영하는데 그것은 부업이고 원래 직업은 살수. 여기 모인 이들 외에는 아무도 모른다. 은하대맥의 살수는 중원이나 새외의 살수들과는 다르다. 사람을 죽이되, 결코 살인의 흔적을 남기지 않는다. 그저 재수가 없어서 돌에 깔려 죽거나 물에 빠져 죽거나 소에 밟혀 죽은 것처럼 처리되지. 물론 은하대맥 내에도 살인을 청부받아 무식하게 칼이나 도끼로 찍어 죽이는 자들이 있으나 촌철살은 그들과 격이 다르다. 아마 겪어보면 알게 될 게야. 역시 기한은 열흘, 운이 좋다면 많은 것을 배울 수도 있다."

소개가 끝나자 촌철살이 기이한 미소를 내비치며 말했다.

"끼히히, 혹시 평소에 죽이고 싶었던 놈이 없었냐? 굳이 실전을 원한다면 그놈을 죽여줄 수도 있는데……."

"……!"

알 수 없는 살기로 인해 성검은 숨통이 조여드는 것을 느꼈다.

"성검아, 여기 네 사람은 강호에서 전설처럼 이야기되어지는 사비객(四秘客)이다. 일검수가 가장 신임했던 이들로, 일검수와 나 이외에는 아무도 이들의 정체를 모르지. 물론, 은하대맥에 소속되어 별도의 직책을 담당하고 있지만 이들의 진짜 정체를 모른다는 얘기야. 원래 사비객은 황교(黃敎)에서 파생된 신비종교 신비류(神秘流)의 후계들로, 철저히 일 대 일로 그 맥이 이어지며 스스로 자기 주인을 찾아 평생을 섬긴다. 여기 사비객은 일검수를 주인으로 택했고, 지난 이십여 년간 그를 위해 일했지. 일검수가 죽은 이상 이들은 이제 각자의 제자들을 찾아 모든 것을 전수해 주어야 해. 그런데 특별히 너를 위해 가르침을 주기로 했다. 일 대 일의 전승이라는 계율을 깨가면서까지 말이야. 단, 그것은 네가 너의 자질을 검증한 이후의 일이다. 만약 실패한다면 넌 이들의 손에 죽게 될지도 모른다. 맥주가 되겠다고 했느냐? 그렇다면 이들이 지닌 모든 것을 전수받아라. 그게 시작이다."

막귀안은 이제까지와는 달리 진지한 음성으로 말한 후 성검을 바라보았다. 얼마간의 염려와 기대가 뒤섞인 눈빛이었다.

은하대맥! 이제 성검에겐 새로운 인생이 준비되고 있었다. 일검수 류추영의 아들 류성검으로서의 삶이……

『골초검』 제3권으로…

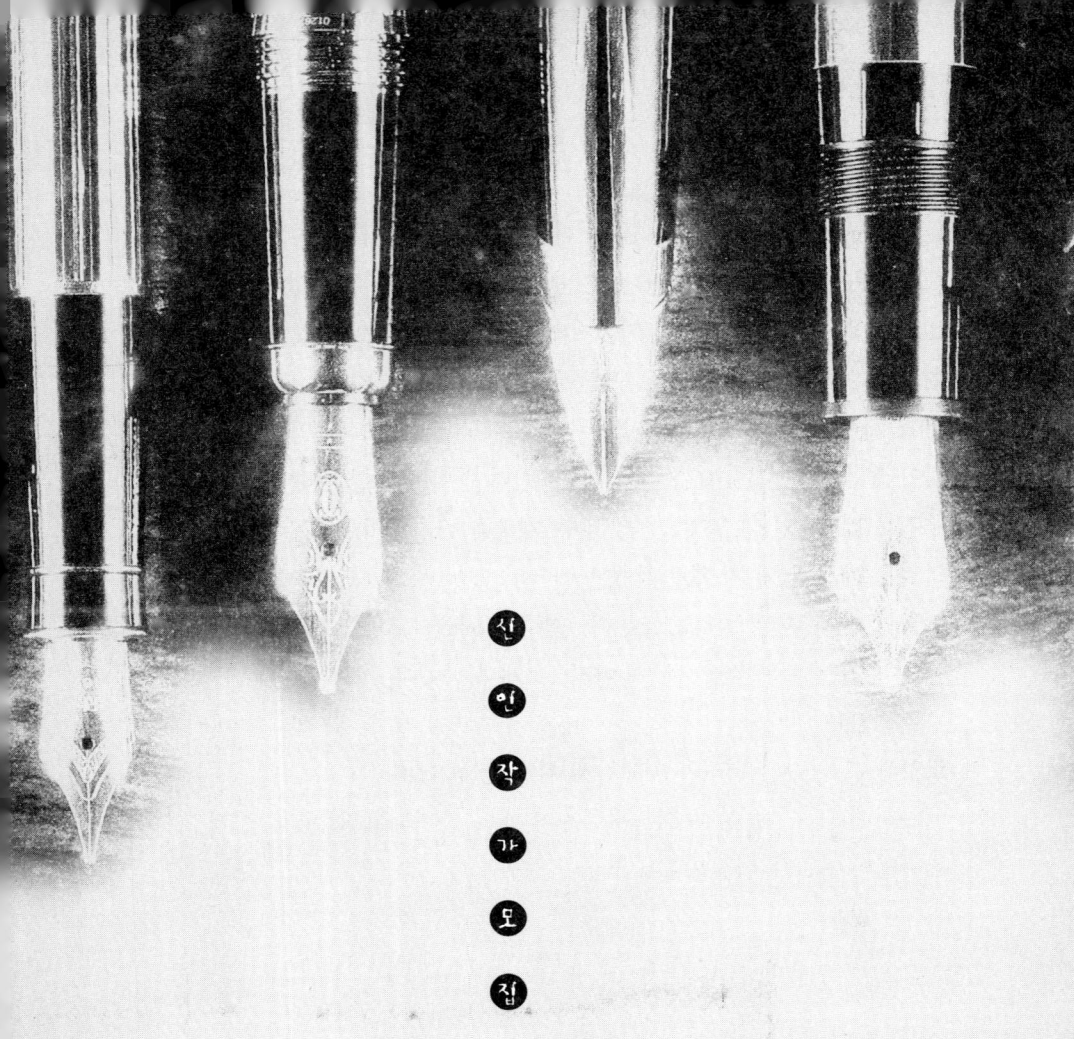

신 인 작 가 모 집

시작이 반이라고 했습니다.
작가의 길에 대한 보이지 않는 벽을 과감히 깨뜨리십시오!
청어람은 작가 지망생 여러분들의
멋진 방향타가 되어드리겠습니다.

저희 도서출판 청어람에서는
소설 신인 작가분들을 모집합니다.
판타지와 무협을 사랑하시는 분들의 많은 참여를 바랍니다.
소정의 원고(A4용지 150매)를 메일이나 우편으로 보내주시면
검토 후 출판 여부를 알려드리겠습니다.

주소:경기도 부천시 원미구 심곡1동 350-1 남성B/D 3F 우편번호420-011
TEL:032-656-4452 · **FAX**:032-656-4453
http://www.chungeoram.com
e-mail:chungeoram@chungeoram.com